DE VROUW DIE TERUG MOEST

LINA BENGTSDOTTER

DE VROUW DIE TERUG MOEST

Vertaling Ydelet Westra

HarperCollins

MIX
Papier van
verantwoorde herkomst
FSC
www.fsc.org
FSC® C083411

Voor dit boek is papier gebruikt dat onafhankelijk is gecertificeerd door FSC™
ten behoeve van verantwoord bosbeheer.
Kijk voor meer informatie op www.harpercollins.co.uk/green

HarperCollins is een imprint van Uitgeverij HarperCollins Holland, Amsterdam

Oorspronkelijke titel: *Annabelle*

Omslagontwerp: Studio Jan de Boer
Foto auteur: Lina Bengtsdotter
Zetwerk: Mat-Zet B.V., Soest
Druk: CPI books GmbH, Germany

In de roman zijn regels uit de volgende liedteksten en literaire werken geciteerd:
'Annabel Lee' (gedicht van Edgar Allan Poe)
'Annabelle' (tekst en muziek: Gillian Welch)
'Hotel California' (tekst en muziek: Don Felder, Glenn Frey en Don Henley)
'Inte ens en grå liten fågel' (gedicht van Nils Ferlin)
'Jane Eyre' (roman van Charlotte Brontë, Nederlandse vertaling van Babet Mossel, Athenaeum-Polak & Van Gennep, 2014)
'Living Next Door to Alice' (tekst en muziek: Nicky Chinn en Mike Chapman)
'När det är sol och vår' (tekst en muziek: Åke Gerhard en Ulf Källqvist)
'The River' (tekst en muziek: Bruce Springsteen)
'Ska vi plocka körsbär i min trädgård?' (tekst: Börje Carlsson, muziek: Karl-Gerhard Lundkvist)
'Staten och kapitalet' (uitgevoerd door Ebba Grön met deze titel. Oorspronkelijke titel: 'Den ena handen vet vad den andra gör' (tekst en muziek: Leif Nylén)
'That's What Friends Are For' (tekst en muziek: Burt Bacharach en Carole Bayer Sager)
'Ung & kåt' (tekst en muziek: Ebba Grön)
'800°' (tekst en muziek: Ebba Grön)

ISBN 978 94 027 0098 5
ISBN 978 94 027 5518 3 (e-book)
NUR 305
Eerste druk mei 2018

Originele uitgave verschenen bij Bokförlaget Forum, Stockholm, Zweden.
De Nederlandse vertaling is tot stand gekomen in samenwerking met Bonnier Rights, Stockholm, Zweden

HarperCollins Holland is een divisie van Harlequin Enterprises Limited

www.harpercollins.nl

Voor mijn dochters Ebba, Edit en Ingrid

It was many and many a year ago,
In a kingdom by the sea,
That a maiden there lived whom you may know
By the name of Annabel Lee;
And this maiden she lived with no other thought
Than to love and be loved by me.

UIT: 'ANNABEL LEE' (EDGAR ALLAN POE)

De bewuste nacht

De mist hing over de weilanden en de krekels tjirpten in de berm. Het meisje liep slingerend over de grindweg. Het klopte tussen haar benen, er stroomde iets uit haar. Eigenlijk zou ik moeten huilen, dacht ze, maar er kwamen geen tranen.

Hoe laat was het? Elf uur? Twaalf uur? Ze viste haar mobieltje uit haar tas. Bijna halfeen. Mama zou laaiend zijn. Ze zou haar in de deuropening opwachten, haar bij haar schouders pakken en door elkaar schudden en schreeuwend vragen waar ze gezeten had. Ze zou de scheuren, het bloed en haar kapotte jurk zien. Hoe zou ze dat moeten uitleggen?

Ze was zo in gedachten verzonken dat ze de persoon die voor haar stond pas zag toen de afstand tussen hen slechts een paar meter was. Ze gilde, maar toen ze zag wie het was, slaakte ze een zucht.

'O, jij bent het,' zei ze met dikke tong. 'Ik schrok me kapot.'

1

Het was begin juni, en helemaal donker werd het 's nachts niet meer. Fredrik Roos zat in zijn auto en keek uit over de mistige velden. Hij wist dat Annabelle altijd door deze weilanden afstak en haar eigen paden in het hoge gras had platgetreden. Uiteraard had Nora het haar verboden hier 's nachts te lopen, maar Fredrik wist dat ze het toch deed, en hij begreep haar wel. Door Nora's strikte uitgaanstijden was elke minuut kostbaar. Hij hoopte dat hij zijn dochter zo dadelijk over het veld aan zou zien komen lopen, in de blauwe jurk die kennelijk uit Nora's kledingkast was verdwenen. Toen Nora dat ontdekte, was het huis te klein. Hij dacht even aan zijn vrouw, aan haar heftige temperament en overbezorgdheid. Ze was labiel en angstig. Toen ze elkaar net kenden vond hij het bijna fascinerend hoe ze van alledaagse gebeurtenissen een horrorscenario kon maken. Maar in de loop der jaren had deze fascinatie plaatsgemaakt voor irritatie. En nu, nu hij hier in zijn auto zat en er voor de zoveelste keer door Nora op uitgestuurd was om Annabelle naar huis te brengen, merkte hij dat hij dit niet lang meer zou volhouden.

Je kunt ze niet overal tegen beschermen, zei hij altijd, ook al wist hij dat hij Nora daarmee nog meer van streek maakte. Dat je ze niet overal tegen kon beschermen, was natuurlijk geen argument om ze niet te beschermen tegen de dingen waartegen je ze wél kon beschermen. Het probleem was dat ze het niet eens waren over waar de grenzen lagen. Van Fredrik mocht Annabelle, al was het midden in de nacht, alleen naar huis lopen als ze bij vrienden was geweest. En hij was het er niet mee eens dat ze moest bellen om te zeggen waar ze naartoe ging als ze haar plannen wijzigde. Toen hij zelf jong was, kon hij gaan en staan waar hij wilde. Hij zou helemaal gek geworden zijn als iemand hem zo op de huid had gezeten als Nora bij Annabelle. Het was dus niet zo vreemd dat Annabelle de regels overtrad. Niet de vrije teugels zijn het probleem, dacht Fredrik, maar Nora's enorme controlezucht.

Het pand waarin ooit een plattelandswinkel had gezeten, bevond zich aan de andere kant van het dorp. Het stond al jarenlang leeg en werd door de plaatselijke jeugd als feestruimte gebruikt. Fredrik wist dat veel dorpsbewoners bezig waren er een sloopvergunning voor te krijgen. Hij had er weleens een petitie voor ondertekend, maar dat was voor de schijn. Het enige wat er dan zou gebeuren, was dat de jongeren hun feesten ergens anders gingen houden – vermoedelijk nog verder van het centrum.

Hij parkeerde voor de voordeur. Achter het grote raam hingen vergeelde krantenaffiches van jaren geleden. Een doffe bas bereikte zijn auto. Hij pakte zijn mobieltje om Nora te vragen of Annabelle al thuis was – hij wilde niet bij een groep feestende jongeren naar binnen lopen als dat niet nodig was – maar toen hij op haar nummer wilde drukken, belde zij hem. Was hij er al?

'Ik ben er net.'

'Is ze daar?'

'Ik stap nu uit de auto.'

'Ga dan naar binnen.'

'Dat wilde ik net gaan doen.'

De dichtbegroeide bloemperken langs de gevel van de plattelandswinkel lagen vol blikjes bier, peuken en flessen. Hij stapte door de voordeur naar binnen en kwam in de grote ruimte waar de winkel zelf had gezeten. De geur van jarenlange leegstand kwam hem tegemoet. Hij bleef even staan en liet zijn blik over de vieze vloer, de toonbank met de oude kassa en de lange, lege schappen langs de wanden glijden. Boven hem hoorde hij de muziek dreunen. Hij liep naar de deur waarvan hij wist dat die naar de bovengelegen woning leidde. Die zat op slot. Hij ging weer naar buiten, liep om het pand heen en nam de andere ingang. Op de veranda aan de korte kant lag een jongen met zijn hand in zijn broek te slapen. Fredrik moest over hem heen stappen om bij de deur te komen.

In de hal rook hij een zoetige geur. Hij liep de lange, zwenkende trap op, richting de muziek.

Warme kleren, maar een koude wind
door al die dwazen aan 't bewind
Achthonderd graden, vertrouw maar *op mij, vertrouw* maar *op mij*

Fredrik keek net op tijd omlaag om te zien dat de plank van de volgende traptrede ontbrak. Het is een wonder dat hier geen doden vallen, dacht hij terwijl hij de laatste stappen naar de eerste verdieping zette.

In de keuken zaten twee jongens aan een donkere houten tafel, die bezaaid was met asbakken, flesjes, blikjes en pakjes sigaretten. Een van hen zat obsessief met een mesje in het tafelblad te hakken. De jongens kwamen Fredrik bekend voor, maar hij wist niet meer hoe ze heetten. Ze moesten iets ouder zijn dan Annabelle, anders had hij hun namen wel gekend. Ze merkten hem pas op toen hij vlak voor hen stond.

'Hallo!' riep de jongen die met het mes in de tafel hakte.

Toen zag Fredrik wie het was: de zoon van de eigenaar van de multiplexfabriek, Svante Linder.

'Ga zitten en neem ook wat!' riep Svante. 'Kijk niet zo sip,' ging hij verder. 'Dit is een megagaaf feest. De rest ligt al in coma, maar wij gaan door tot de zon opkomt.'

'Die is al op, Svante,' zei de jongen naast hem lachend, terwijl hij tegen het vuile keukenraam tikte. 'Hij is niet eens ondergegaan, volgens mij.'

'Is Annabelle hier?' vroeg Fredrik.

'Annabelle?' De jongens keken elkaar aan.

'Annabelle,' zei Fredrik opnieuw.

Svante grijnsde hem toe, waarbij een stukje mondtabak zichtbaar werd, en zei dat hij wist dat Annabelle op ouwe kerels viel, maar dat ze nou ook weer niet moest overdrijven.

'Jezus, je zou haar vader kunnen zijn.'

'Ik bén haar vader.' Fredrik zette een paar stappen naar de tafel omdat hij die jongen met die stomme grijns een klap wilde verkopen.

De jongens staarden hem aan.

'Shit,' zei Svante, 'jij bent het.' Hij trapte tegen een lege stoel aan die bij de tafel stond en zei dat het hem speet. Hij had het niet zo bedoeld... Hij bedoelde niet... Hij had hem niet herkend. Ze hadden een beetje te veel op. 'Het is ook zo warm, ik verga van de dorst. Mix eens een drankje voor hem, Jonas,' zei hij met een knikje naar de jongen die tegenover hem zat. 'Maak het lekker sterk. Sta op, Jonteman.'

'Ik wil niks drinken,' zei Fredrik. 'Ik wil alleen maar weten waar mijn dochter is. Hebben jullie haar gezien?'

'Het was hier vrij druk,' zei Svante. 'Het ging er nogal ruig aan toe, zeg maar. We zijn al om zeven uur begonnen, daarom ligt iedereen nu al op apegapen. Ze is hier wel geweest, maar volgens mij is ze al weg. Boven zijn er nog een paar.' Hij wees naar het plafond. 'Als ik jou was zou ik een rondje door het pand lopen. Er zijn een paar verdiepingen,' riep hij terwijl Fredrik naar de trap liep. 'Ik zou ze allemaal even checken, want er liggen overal mensen.'

Hoe hoger Fredrik kwam, hoe harder de muziek klonk. Op de volgende verdieping zat een lange gang. Tegen een van de wanden stond een aquarium. Toen hij dichterbij kwam, zag hij een schildpad rondzwemmen in het water, dat vol peuken lag. Wat bezielt iemand om een sigaret in een aquarium te doven?

Achter in de gang zat de woonkamer, waar groene pluche banken stonden met scheuren erin. Op één ervan lag een jong meisje met warrig haar. Eerst dacht Fredrik dat ze sliep, maar toen hij naar haar toe liep, zag hij dat ze haar ogen wijd open had.

'Alles oké?' vroeg hij.

'Fantastisch,' fluisterde het meisje. 'Fijn dat je het vraagt.' Ze begon te lachen en met haar handen te draaien. Fredrik dacht bij zichzelf dat ze meer dan alleen alcohol op had en dat hij misschien moest achterhalen hoe ze heette, zodat hij haar naar haar ouders kon brengen. Dat zou hij ook gaan doen, besloot hij, zodra hij Annabelle gevonden had.

We vriezen dood, het is zo koud
Arm kind, maar straks is het warm

De stereo stond in de kamer ernaast. De muziek stond oorverdovend hard. Het duurde even voordat Fredrik de volumeknop had gevonden en het geluid zachter kon zetten. Daarna liep hij verder en maakte de ene deur na de andere open, maar de overige kamers op de verdieping waren leeg. Toen kwam hij in een halletje waar zich nog een trap bevond. Hoe hoog is dit pand wel niet, dacht hij. Er lijkt geen eind aan te komen. Helemaal bovenin zaten twee deuren. De linkerdeur zat op slot, maar de rechterdeur gleed open toen Fredrik de deurkruk omlaagduwde.

Het raam stond open en een groezelig gordijn zwaaide door de wind heen en weer. Midden in de kamer stond een bed; onder het dekbed zag hij ritmische bewegingen.

'Annabelle?' zei Fredrik. 'Ben jij dat?'

'Wat is dit!' Aan het voeteneind stak een jongen zijn hoofd boven de deken uit.

'Ik ben op zoek naar mijn dochter. Ik wil alleen maar weten of Annabelle hier is.'

Fredrik zag hoe de jongen op de naam reageerde.

'Ik weet niet waar ze is.'

'En wie ligt er dan met jou onder dat dekbed?'

'Rebecka,' zei de jongen. 'Laat even zien dat jij het bent.'

'Ik ben het,' zei Rebecka. 'Ik weet niet waar Annabelle is. Ze zei dat ze naar huis zou gaan.'

'Ik dacht dat ze bij jou was,' zei Fredrik. 'Jullie zouden toch bij jou thuis een film gaan kijken. Dat zei Nora.'

'Dat waren we ook van plan,' zei Rebecka, 'maar er kwam iets tussen.'

'Hoe laat is ze weggegaan?'

'Dat weet ik niet precies. Annabelle... Ze was... behoorlijk dronken. Sorry!' riep Rebecka toen Fredrik de kamer uit liep. 'Ik had met haar mee naar huis moeten gaan, maar...'

'Daar is ze dus niet?' Plotseling stond Svante achter Fredrik.

'Nee. Volgens Rebecka niet.'

'Alsof zij iets weet.'

'Wat zit daarachter?' Fredrik wees naar een deur.

'Daar is ze niet, dat weet ik zeker.'

'Hoe weet je dat zo zeker?'

'Omdat...' zei Svante, 'Omdat ik de enige ben die daar de sleutel van heeft.'

'Misschien kun je hem dan even openmaken.'

'Dat wil met alle plezier doen, maar ik ben de sleutel kwijt. Ik ben hem gisteren verloren. Daarom weet ik zeker dat daar niemand is. Heb je hulp nodig bij het zoeken, trouwens? Er staat beneden een bakbrommer. Hij is hartstikke opgevoerd. Die kunnen we pakken en...'

Fredrik keek in Svantes grote ogen. Daar was iets vreemds mee. Dit was geen jongen met wie hij Annabelle wilde gaan zoeken. In zijn toestand zou dat een regelrecht gevaar voor het publiek betekenen.

'Natuurlijk helpen we je zoeken,' vervolgde Svante. 'Ik bedoel... Ik heb gehoord dat ze niet zo laat thuis mag komen en...'

Fredrik nam het jonge gezicht op en stelde vast dat het klopte wat hij in het dorp had gehoord: de zoon van de fabriekseigenaar was een onsympathieke klootzak.

Toen Fredrik weer bij zijn auto kwam, had hij drie gemiste oproepen van Nora. Hij belde haar in de hoop dat ze hem had willen laten weten dat Annabelle thuis was, maar hij hoorde meteen aan haar stem dat dat niet het geval was.

'Ben je nog steeds bij de plattelandswinkel?' vroeg ze, en voor hij kon antwoorden: 'Is ze daar?'

'Nee,' zei Fredrik. 'Hier is ze niet.'

'Maar waar is ze dan wel?'

'Weet ik niet.'

'Rij even langs Rebecka.'

'Rebecka is in de plattelandswinkel,' zei Fredrik. 'Rustig maar,' zei hij toen Nora begon te huilen. 'Ze is vast onderweg naar huis. Ik ga kijken of ik haar ergens zie.'

'Zorg dat ze thuiskomt,' zei Nora. 'Zorg er alsjeblieft voor dat ze thuiskomt, Fredrik.'

2

Charlie werd om zeven uur al wakker. Als ze had gedronken sliep ze nooit goed, en in een vreemd bed al helemaal niet. Ze keek naar de man naast haar. Martin, zo heette hij toch? En hoe had ze zelf gezegd dat ze heette? Maria? Magdalena? Ze loog altijd over haar naam als ze een man in de kroeg tegenkwam – over haar naam en over haar beroep. Vooral om te voorkomen dat ze haar zouden opzoeken, maar ook omdat ze grapjes over handboeien en vrouwen in uniform een grote afknapper vond. Dat was haar probleem (een van haar problemen): ze was snel verveeld.

Hoe het ook zij, deze Martin was op haar afgestapt om te vragen waarom ze alleen in een bar zat, en zonder haar antwoord af te wachten had hij haar een drankje aangeboden, en daarna nog één, en na sluitingstijd waren ze naar zijn huis gegaan. Normaal gesproken was hij niet het type dat vrouwen meteen de eerste avond mee naar huis nam, zei hij terwijl hij met de sleutel in het slot van zijn huis had staan hannesen. Waarop Charlie had gezegd dat zij dat wel was. Zij was het type dat meteen de eerste avond met iemand mee naar huis ging. Martin had moeten lachen en gezegd dat hij van dat soort vrouwen hield, vrouwen met gevoel voor humor, en Charlie had niet durven zeggen dat het geen grap was.

Ze stond zachtjes op. Haar hoofd bonkte. Ik moet naar huis, dacht ze. Ik moet mijn kleren zoeken en naar huis.

Haar jurk lag op de grond in de keuken, haar slipje liet ze voor wat het was. Ze was bijna in de gang toen ze per ongeluk op een stuk speelgoed ging staan, dat heel hard 'Mary Had a Little Lamb' begon te spelen. 'Verdorie,' fluisterde ze. 'Verdomme.' Ze hoorde dat Martin zich omdraaide in bed. Snel liep ze de gang in, raapte haar schoenen op, maakte de deur open en snelde de trap af.

Ze werd overrompeld door het licht dat haar tegemoetstroomde toen ze door de dubbele portiekdeur naar buiten stapte. Het duurde even voor ze alle indrukken had verwerkt en precies wist waar ze was. Östermalm, Skeppargatan. Met een taxi zou ze in vijf minuten thuis zijn. Ze keek om zich heen, maar er was nergens een taxi te zien, dus begon ze te lopen.

Toen ze twee straten verder was, belde Challe.

'Ben je aan het hardlopen?' vroeg hij.

'Ja, ik probeer gezond te blijven. Ben je op het bureau?'

'Ja. Nu je toch al voor dag en dauw op bent, kun je net zo goed hier komen.'

Charlie glimlachte. Wat arbeidsmoraal betrof leek ze op haar baas; op andere vlakken waren ze erg verschillend. Maar in tegenstelling tot sommige oudere mannen in het korps leek Challe – ook al liet hij de anderen dat niet merken – nooit te twijfelen aan haar professionaliteit. Ze werd woedend als hij het niet voor haar opnam als ze vervelende opmerkingen kreeg over haar jonge leeftijd of het feit dat ze een vrouw was, maar tegelijkertijd voelde ze zich gevleid als hij haar, achter gesloten deuren, zijn meest bekwame rechercheur noemde.

Charlie was twee jaar geleden bij de landelijke recherche begonnen. In het begin was het zwaar geweest. Op de opleiding had ze veel horrorverhalen gehoord over de gerontocratie in het korps, maar zich niet gerealiseerd hoe wijdverbreid die was, wat bleek uit het jargon, de hatelijke opmerkingen en de toespelingen op PMS als ze iemand tegensprak. De meeste collega's waren mannen van middelbare leeftijd die elkaar al decennialang de hand boven het hoofd hielden. De eerste dag was het meteen al duidelijk dat ze niet blij waren met zo'n jonge meid als collega – in elk geval niet met de positie die Charlie had. Een van hen had het zelfs met zoveel woorden gezegd: de enige plek waar hij een vrouw boven zich duldde, was in bed. Dat Charlie een bliksemcarrière had gemaakt en een bachelor in psychologie had toen ze met de politieacademie begon, deed er niet toe. Hoe had ze dat trouwens voor elkaar gekregen, had een van de mannen in het team gevraagd toen ze net was begonnen. Hoe had ze een driejarige opleiding kunnen afronden voor ze op haar twintigste naar de politieacademie ging?

Charlie had verteld hoe het zat, dat ze een klas had overgeslagen, op haar zeventiende examen had gedaan en daarna direct naar de universiteit was gegaan. Haar collega had gefronst en gezegd dat het niet goed was om meteen na de middelbare school te gaan studeren, dat het beter was om eerst wat levenservaring op te doen, om te gaan reizen en je te ontplooien. Charlie had hem toegesnauwd dat ze het nut van reizen en tijd verspillen niet inzag. En levenservaring had ze tijdens haar studie wel opgedaan. Je leven stond niet stil als je op de universiteit zat. Haar collega had minachtend geglimlacht, alsof ze te jong en te dom was om te begrijpen wat hij bedoelde.

Charlie had lange tijd gehoopt dat deze vervelende houding met de jaren zou verdwijnen, maar naarmate ze hoger in de hiërarchie kwam, leken de afgunst en het wantrouwen alleen maar toe te nemen. In het begin had ze zich verdedigd, zich kwaad gemaakt, was uit protest de koffiekamer uitgelopen en had boze e-mails naar haar bazen gestuurd. Maar uiteindelijk had ze hetzelfde gedaan als de meeste van haar andere vrouwelijke collega's die iets hadden bereikt in het vak: ze dempte haar stem en stopte met glimlachen, waardoor ze meer tijd en energie had voor datgene waarvoor ze was aangesteld. Slap, dacht ze soms, laf en egoïstisch. Maar als ze dit niet had gedaan, had ze niet kunnen blijven, zich niet kunnen ontwikkelen en niet kunnen opklimmen. En die behoefte was groter dan de wil om het gevecht met idioten aan te gaan die niet beter wisten.

Niet alle mannen in het korps waren natuurlijk hetzelfde, er waren uitzonderingen, en een van hen was Anders Bratt: haar naaste collega. Hij was maar een paar jaar ouder dan zij, en ze had hem meteen gemogen. Ze hadden een totaal verschillende achtergrond. Anders was een typische rijkeluiszoon, met een veilige en rijke jeugd, met zeilkampen in de zomer en skivakanties in de Alpen in de winter. Hij kon zelfgenoegzaam, arrogant en plagerig zijn, maar Charlie vergaf hem dat allemaal omdat hij ook drie eigenschappen had die ze waardeerde: hij had het hart op de goede plek, gevoel voor humor en zelfkennis. Anders zei vaak lachend hoe leuk hij het vond dat zij bij het team was gekomen en de boel een beetje in beweging had gebracht. Ze hadden het over haar naam gehad. De eerste dag had iemand haar gevraagd of ze haar voor het gemak Charline konden noemen, anders moesten ze steeds hun achternamen erbij zeggen als ze haar en haar baas uit elkaar wilden houden. Maar Charlie wilde dat niet. Ze wilde Charlie genoemd worden, en niets anders.

Later had Anders haar verteld dat iedereen erom had moeten lachen – dat de baas een andere naam had moeten aannemen toen zij bij hen kwam werken. Hoeveel mensen kregen hun baas zover dat hij zonder morren zijn naam veranderde?

Charlie verstapte zich en vloekte.

'Wat gebeurt er?' vroeg Challe.

'Niks.'

'Dus, kun je zo meteen komen?' vroeg Challe.

De schrik sloeg Charlie om het hart. Moest ze vandaag werken? Had ze gedroomd dat Challe tegen haar had gezegd dat ze vrij moest nemen?

'Ik weet dat ik gezegd heb dat je thuis kon blijven,' ging Challe verder, 'en ik weet dat we een warmterecord hebben en zo, maar er is iets gebeurd. Heb je de kranten al zien?'

'Kranten?' Toen realiseerde Charlie zich dat ze niet eens het nieuws op haar mobieltje had gelezen.

'In Västergötland wordt een meisje van zeventien vermist.'

'Sinds wanneer?'

'Sinds de nacht van vrijdag op zaterdag. Die provincialen daar dachten eerst dat ze vrijwillig verdwenen was, daarom hadden ze het niet gemeld. Maar er zijn een paar dingen die toch op een misdrijf wijzen.'

'Wat dan?'

'De bekende dingen: haar mobieltje is niet gebruikt en er is niets van haar bankrekening gehaald.'

'Waar in Västergötland?' vroeg Charlie.

'Gullspång.'

Charlie stopte. Challe vertelde verder over de vermissing, maar ze luisterde niet meer. Het enige wat in haar oren weerklonk, was de naam van het dorp: Gullspång.

'Charlie?' zei Challe. Ze hoorde dat hij een sigaret opstak. 'Ben je er nog?'

'Ja.'

'Ik stuur jou en Anders erheen. Het is misschien wel goed voor je,' vervolgde hij, 'om er even tussenuit te gaan.'

Charlie kon het niet laten om te zeggen dat het voor Hugo misschien ook wel goed was om er even tussenuit te gaan. Trouwens, ze was toch met een andere zaak bezig? Maar daar zou Challe andere mensen op zetten, want die zaak zat nog in de beginfase, en ja, hij kon Hugo ook sturen, maar Charlie moest het niet als een straf zien, maar als een...

Nu, dacht Charlie, nu zeg ik dat ik niet kan, dat ik er niet heen kan gaan.

'Charlie?'

'Oké,' zei ze. 'Ik ga erheen.' Is het politiebureau er nog, wilde ze vragen, maar in plaats daarvan hoorde ze zichzelf zeggen dat ze over een uur op haar werk zou zijn.

Nadat ze opgehangen hadden, ging ze naar de dichtstbijzijnde 7-Eleven. Op een krantenaffiche keek onder de kop VERMIST een rossig meisje met grote ogen haar aan. Ze klikte de nieuwsapp op haar telefoon aan en begon te lezen. Het meisje was de zeventienjarige Annabelle Roos. Haar achternaam klonk bekend, maar Charlie kon hem niet plaatsen. Maar ze kon ook niet alle namen in het dorp nog weten. Ze was er niet meer geweest sinds... Ze telde de jaren. Was het echt negentien jaar?

3

Charlie moest nog een paar straten lopen voor ze thuis was. Er was geen taxi langsgereden, en ze ging nooit met de metro. Ze kreeg moeite met ademhalen als ze zich onder de grond bevond. Haar voeten deden pijn in haar hooggehakte schoenen. Ze stopte en trok ze uit. Het asfalt verwarmde haar voetzolen. Mensen die me nu zien raden nooit wat voor werk ik doe.

Toen ze thuiskwam en haar gezicht in de gangspiegel zag, vloekte ze hardop. Vlak boven haar linkerwenkbrauw zat een snee, die fel rood afstak tegen haar bleke huid. Ze voelde aan de dikke korst en besefte dat die niet met make-up verdoezeld kon worden. Hoe had ze die in godsnaam opgelopen? Maar toen schoot het haar te binnen: de douche. Die Martin en zij hadden elkaar ingezeept, toen was ze uitgegleden en had zich gestoten aan… de douchekop? Ze wist niet eens meer waar ze zich aan gestoten had.

Ik ben een parodie op een politieagent, dacht ze: eenzaam, sociaal mislukt en met een zwak voor drank. Maar ze stelde zichzelf gerust met de gedachte dat het slechts periodes waren. Het werd erger als de zomer er aankwam, als het leven moeilijk voor haar werd.

Ze vond het bijna jammer dat ze geen man had die haar collega's hiervan konden verdenken. Nu zou iedereen vermoeden dat de wond… Ja, wat zouden ze eigenlijk vermoeden? Met het oog op het vorige personeelsfeest lag de gedachte aan overmatig alcoholgebruik voor de hand. Challe zou zeggen dat ze hulp nodig had, en zij zou antwoorden dat ze zich prima redde en alles onder controle had.

Maar geloofde ze het zelf?

Zelfmedicatie, had een serieuze therapeut haar eens gevraagd toen ze hem met tegenzin over haar relatie met alcohol had verteld. *Drink je om je angstgevoelens te dempen?*

Charlie had gezegd dat dat niet de reden was.

Wat was dan wel de reden?

Ze dronk om zich te ontspannen, om haar zenuwen te kalmeren, om wat rust in haar hoofd te krijgen. Soms moest ze gewoon iets drinken om zich goed te voelen.

Waarop de therapeut haar streng had aangekeken en gezegd dat dat onder zelfmedicatie werd verstaan.

Charlie liep de woonkamer in. Op de salontafel stonden bierblikjes en asbakken. Het ging goed met het niet-roken, dacht ze terwijl ze een plastic zak zocht om alles in weg te gooien. Toen ze de ergste troep had weggewerkt ging ze op de bank zitten en keek om zich heen: de open ruimtes, het hoge plafond, de houten vloeren. Zonder de verpieterde planten, stapels kleren en ramen die al in tijden niet waren gezeemd, had het een mooie woning kunnen zijn. Aan alles was te zien dat hier iemand woonde die geen enkele belangstelling had voor woninginrichting. Ze zou wel graag mooi willen wonen, maar ze leek er het talent niet voor te hebben. Soms kreeg ze even de geest en besloot ze haar huis in te richten zoals in de bladen, de glossy's die bij de tandarts lagen. Ze hoopte dat een wit appartement haar gelukkiger zou maken – of in elk geval minder ongelukkig. Witte muren, witte vloeren en een paar strategisch geplaatste oude objecten die ze had geërfd of meegenomen van haar reizen. Maar ze had geen geërfde spullen, en reizen… Ze reisde nooit. Bovendien kende ze veel te veel ongelukkige mensen met zo'n huis om in dat sprookje te geloven.

Op de bank in de keuken lag een eenzame sigaret. Ze wilde hem net weggooien, maar bedacht zich – ze stak hem op, ging bij de afzuigkap zitten en rookte hem tot het filter op. Nu ga ik bellen, dacht ze. Nu ga ik Challe terugbellen om te zeggen dat ik er niet heen kan gaan, dat die plek… dat ik om persoonlijke redenen niet kan gaan. Ze pakte haar telefoon, maar legde hem weer neer. Ze was misselijk geworden van de sigaret. Ze stond op en liep naar de badkamer.

In de douche hield ze haar gezicht onder de waterstralen en besloot zich professioneel op te stellen. Zolang ze dat deed, zou het allemaal goed komen. Of niet? Ze had haar best gedaan om het te vergeten en achter zich te laten – om het dorp, het huis, de feesten en Betty's ups en downs te vergeten. En soms had ze bijna het gevoel dat het haar was gelukt, maar gaandeweg had ze geleerd dat dat gevoel slechts tijdelijk was, dat rustige periodes altijd werden gevolgd door zware, dat de herinneringen haar op elk moment konden overvallen en terug konden brengen naar die plek, die nacht.

Een succesverhaal, zo had een vrouw van het maatschappelijk werk in Gullspång haar genoemd toen ze elkaar in Drottninggatan tegen het lijf waren gelopen. Ondanks haar moeilijke jeugd was het toch goedgekomen met haar.

Charlie had haar veel te blije gezicht bestudeerd en gedacht: misschien moet jij eens leren tussen de regels door te lezen.

Toen ze klaar was met douchen, pakte ze haar spullen. Op het nachtkastje lagen drie boeken waarin ze begonnen was. Ze vouwde in elk boek een ezelsoor en stopte ze in haar koffer. Tussen de stapel kleren in haar kledingkast zaten bijna geen schone kleren. Ze viste een paar jurken, spijkerbroeken en tops uit de wasmand en stelde vast dat de vraag wat ze aan moest het minste van haar problemen was.

4

'Wat is er met je voorhoofd gebeurd?' was het eerste wat Anders zei toen Charlie hem bij de entree van het politiebureau aan Polhemsgatan tegenkwam.

'Ik heb me gestoten.'

'Dat snap ik. Maar hoe?'

'Doet dat ertoe?'

'Straks hou je er nog een litteken aan over.'

'Mijn huid geneest altijd goed.'

Ze gingen door de poortjes. Bij de lift scheidden hun wegen. Charlie nam altijd de trap. Ze had er lak aan dat haar collega's zich vrolijk maakten over haar claustrofobie. Het ergste wat kon gebeuren was dat de lift zou blijven steken, zeiden ze, en dan kon je toch gewoon om hulp bellen? Maar alleen al het idee om in zo'n kleine ruimte tussen twee verdiepingen te hangen vond Charlie angstaanjagend. Voordat er hulp was gekomen, zou ze al doorgedraaid zijn.

'Challe wacht op je in de vergaderkamer,' zei Anders toen ze elkaar voor de lift op de derde verdieping weer zagen.

'Waar ga jij dan heen?'

'Thee halen. Ik heb een vreselijke nacht gehad.'

Wat heb je dan aan thee, dacht Charlie.

'Annabelle Roos,' zei Challe toen ze op de zachte rode stoelen in de vergaderkamer waren gaan zitten en Anders met een kop thee binnenkwam. 'Ze is in de nacht van vrijdag op zaterdag verdwenen na een feest waar ze niet naartoe mocht. Er blijkt die avond nogal veel gezopen te zijn, dus veel hebben ze niet uit de jongeren kunnen krijgen. Op een gegeven moment, waarschijnlijk ergens tussen twaalf en één, heeft ze het feest alleen verlaten, en sindsdien… sindsdien is ze vermist. Haar mobieltje is niet gevonden en er is geen geld van haar rekening gehaald.'

'Vier dagen geleden,' zei Anders. 'Waarom zijn ze haar niet eerder gaan zoeken?'

'Ze is zeventien,' zei Challe, 'en kennelijk is ze weleens eerder vermist geweest. Volgens de plaatselijke politie heeft ze de naam... losbandig te zijn.'

'Losbandig?' zei Charlie. 'Wat is dat nou voor woord?'

'Ik zeg alleen maar wat ze tegen mij hebben gezegd. Ze hebben in elk geval versterking nodig, dat staat vast. Ik heb jullie alle materiaal al gemaild. Het is driehonderd kilometer rijden, dus jullie hebben genoeg tijd om het door te nemen.'

Anders ging naar de wc. Charlie pakte haar laptop, logde in, opende haar mail en begon de documenten te lezen die Charlie had gestuurd. Dat de tekst over de vermissing formeel en zakelijk was maakte niet uit – voor haar kreeg het allemaal kleur.

'Wat zie je bleek,' zei Anders toen ze naar de auto liepen.

'Ik ben gewoon een beetje moe,' zei Charlie. 'Het zal wel door de hitte komen.'

Omdat ze allebei niet graag bijrijder wilden zijn, begonnen hun autoritten steevast met gekibbel over wie er mocht rijden. Maar nu haar adem naar uitgaan en alcohol stonk, was een discussie uitgesloten.

Charlie klapte de zonneklep omlaag en inspecteerde haar gezicht in het spiegeltje. Anders had waarschijnlijk gelijk, ze zou er een litteken bij krijgen. Vlak naast haar linkeroog zat het lichte plekje van het ongeluk met de fles. Het zag eruit als een omgekeerde S. Betty had gezegd dat ze ongelooflijk veel pech had gehad dat ze zo ongelukkig was gevallen, maar dat ze blij moest zijn dat haar oog gespaard was gebleven. Het had veel erger kunnen aflopen.

'Laat geworden gisteren?' Anders keek haar aan.

Charlie knikte.

'Ik snap niet hoe je het volhoudt. Je gaat nooit naar huis. Je blijft altijd tot het eind hangen als je gaat stappen.'

'Het is helemaal niet zo lang geleden dat wij dat samen ook nog deden.'

Anders zuchtte. 'Dat voelt als een heel ander leven.'

Charlie zei niets meer. Het stoorde haar dat Anders zo veranderd was sinds hij vader was geworden. De laatste maanden was hij vrijwel altijd korzelig en prikkelbaar. Charlie wist dat zijn vrouw een gelijkwaardige relatie wilde, en voor haar betekende dat dat ze om de nacht de baby moesten verzorgen. Dat zij zwangerschapsverlof had, deed er niet toe, klaagde Anders, want volgens haar was de hele dag een kind verzorgen net zo veeleisend als een baan buitenshuis. Hij zei dit soort dingen om bijval van Charlie te krijgen, maar Charlie wist niet zo goed wat ze ervan moest vinden, het lag er maar net aan wat voor baan en wat voor kind je had.

Anders zette de radio harder. Er werd een countryliedje gedraaid.

'Niet doen,' zei hij toen Charlie zich naar voren boog om een andere zender te zoeken. 'Luister even.'

I had a daughter called her Annabelle
She's the apple of my eye

'Ik wil de tekst horen.' Anders zette het geluid nog harder.

When I'm dead and buried I'll take a hard life of tears
For every day I've ever known
Anna's in the churchyard, she's got no life at all

'Wat onbehaaglijk dat ze net nu dit liedje draaien. Een dood meisje met dezelfde ongebruikelijke naam als het meisje in onze zaak.'

'Dat is gewoon toeval,' zei Charlie.

'Maar je zegt toch altijd dat je niet in toeval gelooft?'

'Je bent in de war met Challe. Ik geloof niet in het lot.'

'Is het niet saai om alleen maar in toeval te geloven? De meeste mensen die ik ken geloven op de een of andere manier in het noodlot.'

'Dat is omdat ze "het lot" en "toeval" door elkaar halen,' zei Charlie. 'Dat, samen met allerlei wensgedachten.'

'De meeste mensen willen gewoon betekenis geven aan dingen die gebeuren.'

'Ja. Daarom maken ze zichzelf wijs dat het lot bestaat.'

Ze draaide de volumeknop omlaag en hoopte dat Anders zou ophouden met praten.

5

'Heb je je al ingelezen over dat dorp?' vroeg Anders.

Ze waren inmiddels op de snelweg. Charlie ergerde zich aan Anders' onregelmatige rijstijl. Ze schudde haar hoofd en probeerde haar misselijkheid te onderdrukken door haar blik op de weg te houden en niet te denken aan wat ze de avond ervoor allemaal achterover had geslagen. Ze had zichzelf voorgenomen het bij bier te houden (het begon altijd met zo'n soort voornemen). Ze had met een oud-collega afgesproken, en het was allemaal heel leuk begonnen: een paar biertjes, wat herinneringen ophalen en een beetje ouwehoeren, maar haar collega was om een uur of twaalf naar huis gegaan; hij moest de volgende dag vroeg op omdat hij op reis ging. En toen was die Martin gekomen en had alles verpest. Ze dacht aan de zoete drankjes en slikte een oprisping weg. Er kwamen steeds meer herinneringen van de avond ervoor naar boven. Ze had wijn over zichzelf gemorst, en Martin had haar naar de douche gedragen... Hij had haar tegen de douchewand aangedrukt en haar genomen terwijl het water over hen heen sijpelde. Bijna als in een film, dacht ze – als ze niet zo dronken waren geweest, ze niet was uitgegleden en haar voorhoofd had gestoten en hij haar naar bed had moeten helpen... Allejezus, ze leerde ook nooit van haar fouten.

Anders begon te vertellen wat hij tot nu toe over Gullspång op internet had gelezen. Het was een industriedorp met zesduizend inwoners, de jongste moeders van het land, slechte mondhygiëne en hoge werkloosheid. Dat klonk gezellig, vond hij.

'Je bent een echte Stockholmer,' verzuchtte Charlie. 'Neerbuigend en sarcastisch over alles buiten de stadsgrenzen.'

'Iemand is hier echt chagrijnig, zeg.'

'Vind je het gek als je van de ene op de andere dag op een andere zaak wordt gezet?'

'Daar heb je normaal ook geen moeite mee. Jij zegt toch altijd dat je op de positie moet spelen die de coach je geeft?'

'Niet als ik gestraft word.'

Anders begreep het niet. Hoezo 'gestraft'? Challe was niet rancuneus. Had ze het over het personeelsfeest? Dat was iedereen nu toch wel vergeten?

Hij weet het, dacht Charlie. Hij weet alles.

'Wat heb je gehoord?' Ze draaide zich naar hem toe.

'Hoe bedoel je? Ik dacht dat je gewoon een beetje... aangeschoten was. Wat zit je nou naar me te staren?'

'Ik heb het gevoel dat je dingen over me weet die ik je niet heb verteld.'

'Je vertelt nooit iets over jezelf.'

'Wie heeft er zitten kletsen?' vroeg Charlie. 'Challe? Hugo?'

'Geen van beiden. Ik weet dat jullie een verhouding hebben gehad, omdat ik jullie per ongeluk een keer heb gezien. Jullie dachten waarschijnlijk dat iedereen naar huis was. In de vergaderkamer...'

Charlie begon te blozen. Ze wist nog dat ze tegen Hugo had gezegd dat ze het niet moesten doen en naar haar huis moesten gaan. Niet omdat ze preuts was, maar omdat haar werk alles voor haar was en ze niet met haar broek naar beneden op een vergadertafel betrapt wilde worden. Ze had tegengestribbeld, maar Hugo had zijn zin doorgedreven. Hij wilde haar daar hebben. Hij had haar op de juiste plekken aangeraakt tot ze was gezwicht en was vergeten waar ze was. Anders was dus in de buurt geweest. Wat had hij gezien?

'Ik heb niet veel gezien,' zei Anders. 'Ik zag niet eens wie het waren, maar wist dat jullie het moesten zijn, omdat verder iedereen naar huis was.'

'Waarom heb je niks gezegd?'

'Wat had ik moeten zeggen?' Anders keek haar aan.

'Ja, tegen mij, later, dat je het wist.'

'Ik dacht dat je er zelf wel mee zou komen, als je daar behoefte aan had.'

'Het is nu in elk geval voorbij.'

‘Fijn,’ zei Anders.

‘Wat is daar zo fijn aan?’

‘Ik dacht alleen… Ik bedoel, hij is getrouwd en…’

‘Hij zei dat hij niet gelukkig was,’ zei Charlie. Toen schoot ze in de lach, want nu pas, nu ze het hardop zei, realiseerde ze zich hoe voorspelbaar het allemaal was geweest. Een getrouwde man met een vrouw die hem niet begreep. Hoe had ze daar ooit in kunnen trappen?

‘Bovendien mag ik hem niet,’ zei Anders. ‘Even onder ons: hij is… Hij heeft nogal een hoge dunk van zichzelf. Volgens mij denkt hij dat hij beter is dan anderen.’

Charlie moest hem gelijk geven. Ze dacht aan die keer dat ze in een buitenhuisje op een eiland voor de kust zaten. Ze lagen in bed. Hugo wilde dat ze ‘zich openstelde’ en over haar verleden vertelde, hoe ze was opgegroeid en waar. Hij wist verdorie niet eens waar ze vandaan kwam.

Maakte dat wat uit, had Charlie gevraagd.

Nee, dat maakte niets uit.

Nou dan, zei ze.

Maar ze kon hem toch wel… Ze kon hem toch wel iets vertellen?

Wat dan?

Een geheim of zo.

Charlie zei dat ze dat zou doen als hij dat eerst deed.

Hugo was ervoor gaan liggen en had met slecht verholen trots verteld dat hij als jongen graffiti had gespoten. En toen ze vervolgens moest lachen, was hij diep gekwetst. Wat was daar zo grappig aan?

Niets, had ze gezegd, *maar alle jongeren spuiten toch weleens graffiti?* Dat was nou niet bepaald een doodzonde.

Wat had zij dan voor ergs gedaan, wilde Hugo weten.

Heel even overwoog ze het te vertellen: *ik heb iemand dood laten gaan*, maar toen herpakte ze zich en zei dat ze nog nooit iets illegaals had gedaan.

Dat lieg je, zei Hugo. *Iedereen heeft weleens iets gedaan wat niet mag.* Hij ging schrijlings op haar zitten en hield met één hand haar beide polsen vast.

Vertel op.

Het is niet verboden, maar ik heb behoorlijk wat mannen gehad, had ze gezegd.

Hoeveel? Hij had zijn greep om haar polsen verstevigd, en ze had de lust in zijn ogen gezien.

Een paar honderd.

Hugo moest gelachen. Daarom vond hij het zo leuk om bij te haar zijn. Hij hield van vrouwen die hem aan het lachen maakten.

Ze herinnerde zich nog dat ze had geconstateerd dat Hugo de plank missloeg wat zichzelf betrof: dat hij mensen meteen doorzag. Nu de hartstocht was geluwd, was het haar ineens helder dat hij eigenlijk iemand was met wie ze moeite had – hij was onoprecht en beschikte over weinig zelfkennis en intuïtie. Dus waarom kon ze niet gewoon verdergaan met haar leven?

Toen ze twintig minuten onderweg waren, bedacht Charlie dat ze haar sertraline thuis had laten liggen. Had ze het die ochtend wel geslikt? Als Anders even niet in de buurt was moest ze meteen een dokter bellen en een recept regelen. Ze had weleens eerder de fout gemaakt om abrupt te stoppen en te denken dat de ontwenningsverschijnselen wel mee zouden vallen, maar toen was het koude zweet haar uitgebroken, ze was misselijk geworden en had angstaanvallen gekregen. Dat wilde ze niet nog eens meemaken, al helemaal niet nu ze naar deze plek ging. Misschien moest ze de dosering zelfs wel verhogen.

'Wat zijn jouw ideeën over dat meisje?' vroeg Anders.

'Het is nog te vroeg om daar iets over te zeggen.'

'Dat weet ik ook wel. Maar ze lijkt me wel iemand die een tijdje vrijwillig kan verdwijnen.'

Toen begon Anders te vertellen over wat hij over Annabelle had gehoord. Ze was al eens eerder vermist geweest. Misschien was ze het type meisje waarnaar je pas na een tijdje gaat zoeken.

'Ze is niet eerder vermist geweest,' zei Charlie.

'Maar Challe zei toch...'

'Ik heb het materiaal doorgelezen. Er is alleen een keer aangifte gedaan omdat ze niet op tijd thuis was. Ze logeerde bij een vriendin, en haar moeder heeft haar de ochtend erna zelf gevonden. Niks bijzonders.'

'Wanneer heb je dat gelezen?'

'Ik ben erdoorheen gescrold toen jij op de wc zat.'

'Ik ben hooguit vijf minuten weg geweest.'

'Ik lees snel.'

'Je bent sowieso snel,' zei Anders. 'Je doet alles ontzettend snel.'

Charlie bedacht dat ze vaak opmerkingen kreeg over haar snelheid. Zelf stond ze er nooit echt bij stil. Alleen als ze samen met iemand iets doorlas, naast iemand liep of als mensen zeiden dat ze te snel praatte, merkte ze dat ze uit de pas liep met haar omgeving, maar dan vond zij die anderen altijd langzaam.

'Heb je nog meer interessante dingen ontdekt?' vroeg Anders.

'Het was geen leegstaand huis. Daar waar het feest was. Het was een leegstaande plattelandswinkel.'

Deed dat ertoe, vroeg Anders zich af. Deed het ertoe wat voor gebouw het was?

Niet voor een buitenstaander, dacht Charlie, niet voor iemand die er niet zijn eerste drankje had gedronken, die er niet had gevreeën, die er niet van de trap was gevallen en de vloer had ondergekotst. Voor iemand die ergens anders op de wereld was opgegroeid, deed het er niet toe. Maar voor haar... voor haar had elk detail betekenis.

'Kun je proberen om niet zo afschuwelijk onregelmatig te rijden?' zei ze.

'Hoezo?' Anders keek haar niet-begrijpend aan.

'Je remt de hele tijd en dan geef je weer gas, maar je moet een gelijkmatig tempo aanhouden.'

'Ik pas me gewoon aan het verkeer aan.'

'Dat doe je helemaal niet. Je rijdt schokkerig, ook als er geen ander verkeer is. Daarom rij ik ook liever zelf.'

'Als dat zo is,' zei Anders, 'kun je voortaan misschien beter nuchter blijven.'

'Hou op.'

'Ik meen het.'

Een paar kilometer lang werd er niets gezegd. Charlie was moe en bedacht dat ze eigenlijk thuis in bed had moeten liggen met sertraline, twee pijnstillers en oxazepam in haar lijf. In plaats daarvan zat ze nu hier – misselijk en verward – en was ze onderweg naar de plek waar ze zichzelf beloofd had nooit meer naartoe te gaan.

6

Ze stopten bij een wegrestaurant. De donkere stoelen en de tafels met de rood-wit geruite plastic tafelkleden hadden iets gezelligs en vertrouwds. Een oudere vrouw nam hun bestelling op. Anders twijfelde even en besloot uiteindelijk hetzelfde als Charlie te nemen: een broodje garnalen.

'Heb je geen trek?' vroeg hij toen Charlie in gedachten verzonken naar haar bord staarde.

'En nou hou je op. Ik heb geen vader nodig.'

'Wie heeft gezegd dat je die nodig hebt?'

'Ik snap niet waarom iedereen zich met me bemoeit. Ik ben vijfendertig, waarom is het zo erg dat ik af en toe een glaasje neem?'

'Drieëndertig.'

'Hè?'

'Je bent drieëndertig.'

'Nou en?'

Ze sloeg Anders gade terwijl hij alle ingrediënten van zijn broodje haalde en het broodje zelf weglegde.

'Waarom eet je dat niet op?' vroeg ze.

'Ik probeer koolhydraten te mijden.'

'Wat stom om dan een broodje te nemen. Als je geen brood eet, bedoel ik.'

'Er waren geen goede alternatieven,' zei Anders, die een blaadje sla in zijn mond stopte.

Er was niks mis mee om een beetje bewust te leven, zei hij. Je had immers maar één leven, één lichaam. Dat kon Charlie beamen. Daarom verspilden alleen idioten hun tijd aan calorieën tellen, trainen en wonderdiëten.

'Je hersenen hebben koolhydraten nodig,' voegde ze eraan toe.

'Het werkt allemaal prima daarboven.' Anders tikte met zijn vinger tegen zijn slaap. 'Ik heb in elk geval geen achteruitgang opgemerkt.'

'Het ontbreekt je misschien alleen aan wat zelfkennis. Je weet toch dat mannen hun talenten overschatten, over het algemeen in elk geval?'

'Over het algemeen in elk geval,' praatte Anders haar na. 'Jij hebt er toch zo'n hekel aan als mensen generaliseren?'

'Alleen als anderen het doen, niet als ik het zelf doe. Ik kan mijn beweringen namelijk staven.'

'Dat denkt iedereen die generaliseert. Dat is toch juist het probleem?'

'Misschien wel,' zei Charlie. Ze legde haar vork neer en stond op.

'Waar ga je heen?' vroeg Anders.

'Roken.'

'Ik dacht dat je gestopt was.'

'Ik ben weer begonnen.'

Ze liep naar het benzinestation, dat pal naast het restaurant lag, en kocht een pakje Blend menthol, de sigaretten die Betty altijd rookte. Ze ging onder de overkapping staan, omdat ze zou flauwvallen als ze nu in de zon ging staan.

De mentholsmaak bracht haar terug in de tijd. Ze zag Betty voor zich aan de keukentafel met een sigaret in haar mondhoek en uit de oude pick-up in de woonkamer kwam de raspende stem van Janis Joplin. Bij hen thuis had altijd muziek geklonken. *Ik kan niet tegen stilte om me heen, Charline. Zonder muziek word ik gek.*

En Charlies verboden gedachte: *je bent al gek, mama.*

Een herinnering: Betty en zij dansen in de tuin. De kersenboom staat in bloei, de katten lopen om hun voeten. Betty heeft de ramen opengezet, zodat de muziek buiten te horen is.

Als de zon weer schijnt
ben je als jonge meid
bij lange na niet voorbereid
En alle meisjes klein
moeten binnen zijn
in de voorjaarstijd.

Betty is de man en zij is de vrouw.

Vergeet niet dat de man moet leiden, zegt Betty gespeeld streng.

En als Charlie vraagt waarom, haalt Betty haar schouders op en zegt dat ze niet weet waarom, dat het gewoon een stomme regel is. Maar wat maakt het uit, regels zijn er om gebroken te worden, dus natuurlijk mag zij leiden.

Betty lacht om haar voeten, zegt dat ze op raketten lijken met tenen eraan. *Ontspan je, je moet je ontspannen.*

Maar Charlie kan zich niet ontspannen. Ze is op de verkeerde plaatsen gespannen en ontspannen.

Je zult nooit een danseres worden, Charline.

Je zegt toch altijd dat ik alles kan worden wat ik wil?

Alles wat je wilt, behalve danseres, schat.

Charlie inhaleerde diep. Ze was niet die spichtige tiener meer die bijna twee decennia geleden het dorp had verlaten. Ze was haar accent zelfs kwijt. En toch, bedacht ze, toch is er nog zoveel. Ze dacht aan de mensen die destijds dicht bij haar stonden, degenen die waren gebleven en degenen die waren vertrokken. Ze had niet erg veel vrienden gehad, en iedereen met wie ze omging vond dat ze Gullspång moesten verlaten zodra de kans kreeg. Vanwege de saaiheid, omdat er niets was, omdat dromen in steden woonden. En toen dacht ze aan Susanne, haar beste vriendin. Met zijn tweeën zaten ze in de raamopening van Betty's kamer in Lyckebo, hun benen bungelden tegen de betimmering, hun ouders lachten, schreeuwden en dartelden onder hen in de tuin.

Wij zijn de enige volwassenen hier, Charlie.

En toen het beeld van hen beiden op de brede richel onder de waterval, hun naakte, zongebruinde lichamen, Susanne turend in de zon met haar schetsblok in haar hand. *Ik vind het irritant dat ik je nooit precies kan tekenen zoals je eruitziet. Nee, je mag niet kijken, ik ben nog niet klaar, niet doen!*

Charlie grist het schetsblok uit haar handen.

Je hebt me veel mooier gemaakt dan ik ben!

Ik was nog niet klaar!

Maak het dan af.

Charlie hangt over Susannes schouder terwijl ze voorzichtig het litteken naast haar oog tekent. Ze zet er een punt onder, zodat het op een vraagteken lijkt.

Je bent een mysterie, Charline Lager.

Susanne... Charlie had haar achtergelaten zonder afscheid te nemen.

Waarom? Omdat ze een hekel had aan afscheid nemen.

Charlie sloot haar ogen, leunde met haar hoofd tegen de gevel achter haar en zag zichzelf in het bos die nacht, op blote voeten – schreeuwend en struikelend.

'Hoeveel sigaretten ga je roken?' Plotseling stond Anders voor haar. 'Wat bezielt je trouwens om zo dicht bij de pompen te gaan staan roken?'

'Zo dichtbij sta ik niet.'

'Ik ga koffie halen.'

'Ik kom zo,' zei Charlie. 'Even deze oproken.'

Voordat ze het tankstation in ging, pakte ze haar telefoon en belde haar huisarts. Geïrriteerd toetste ze alle opties in en hoopte dat ze teruggebeld zou worden. Ze had dat recept echt nodig.

'Wat ben je stil,' zei Anders. Ze hadden hun koffie meegenomen naar de auto.

'Ik denk na,' zei Charlie.

'Waarover?'

'Over van alles.' Lieve hemel, waarom mocht ze niet even rustig nadenken? Haar telefoon ging. Charlie keek naar het scherm, waarop een H verscheen. Het stoorde haar dat het haar nog steeds hoop gaf. Liefde of passie, of wat het ook was, kon mensen echt dom maken.

'Als je toch niet opneemt, zet hem dan in elk geval op stil,' zei Anders.

Charlie zette het geluid uit. Een paar tellen later zag ze dat ze een voicemail had gekregen. Ze kon het niet laten het bericht af te luisteren.

'Hoi, met mij. Ik denk dat we even moeten praten. Het gaat over Anna. Ze heeft in mijn mobieltje gekeken, en nu is het huis te klein en ik... Ik heb gezegd dat het een onschuldige flirt was en dat we elkaar niet meer zien, maar ze gelooft me niet en nu zegt ze dat ze je gaat bellen en ik... Laat alsjeblieft zo snel mogelijk iets van je horen.'

Bekijk het maar, dacht Charlie en ze stopte haar mobieltje weer in haar tas.

'Wie was dat?' vroeg Anders.

'Moet je dat echt weten?'

'Misschien ging het over werk.'

'Dan zou ik dat wel gezegd hebben.'

'Wat doe je geheimzinnig,' zei Anders. 'Meer dan normaal, bedoel ik.'

'Daar is het,' zei Charlie. 'Gullspång. Daar heb ik gewoond.'

'Hoe bedoel je?'

'Wat ik zeg, dat ik daar ooit gewoond heb.'

'En daar kom je nu pas mee?' Anders keek haar aan alsof ze gek geworden was.

'Het is ontzettend lang geleden.'

'Wat maakt dat nou uit? Dus daar ben je opgegroeid?'

'Ja.'

'Hoe was dat?'

'Zoals in alle andere gehuchten in Zweden,' zei Charlie. Jonge moeders, slechte mondhygiëne, werkloosheid. Ik ben er al bijna twintig jaar niet meer geweest.'

'Waarom niet?'

'Omdat ik daar geen zin in had.' Het was een vergissing om het hem te vertellen, merkte ze, maar mocht ze tegen alle verwachtingen in herkend worden, dan kon ze het maar beter verteld hebben.

'Ken je het meisje?' zei Anders.

Ze schudt haar hoofd. Hoe zou ze haar moeten kennen? Annabelle was nog niet eens geboren toen Charlie was vertrokken.

'Wanneer ben je weggegaan?'

'Lang geleden,' zei Charlie. 'Ik was nog maar veertien.'

'Zijn jullie toen naar Stockholm gegaan?'

'Ik,' zei Charlie.

'In je eentje?' Anders keek haar aan.

'Ja, ik had problemen thuis. Ik ben naar een pleeggezin gegaan. Zou je alsjeblieft je ogen op de weg willen houden.'

'Waarom heb je me dat nooit verteld?'

'Omdat ik er niet zo mee bezig ben. Het spijt me, maar ik heb niet zo veel zin om erover te praten.'

Dat leek Anders niet te begrijpen, want hij wilde weten hoe het bij haar pleeggezin was geweest. Er bestonden immers zo veel horrorverhalen over jongeren in pleeggezinnen.

'Ik heb me wel gered,' zei Charlie.

'Dus dit is de eerste keer dat je hier weer bent?'

'Ja.'

'En je ouders dan?'

'Ik had alleen mijn moeder, en zij woont er niet meer.'

Charlie nam een grote slok koffie en dacht aan hun huis in Lyckebo. Een paar maanden geleden had iemand van de gemeente gebeld om te zeggen dat het misschien tijd werd om het te verkopen, om het op te knappen en er een koper voor te vinden. Maar het was haar huis, ze deed ermee wat ze zelf wilde. En ook al begon het te vervallen, de buren hadden toch niet geklaagd? Het was toch alleen háár probleem?

Anders ging verder met zijn verhoor.

'Hebben jullie goed contact, jij en je moeder?'

'Niet echt,' zei Charlie. 'We hebben elkaar al heel lang niet meer gezien.' Dat is waar, dacht ze. Dat is echt zo. Ze had geen zin om Anders over Betty te vertellen. Die fout had ze lang geleden bij een paar ex-vriendjes gemaakt, en dat was er altijd op uitgedraaid dat ze medelijden met haar kregen.

Anders stelde nog een paar vragen, en ze reageerde steeds bitser.

'De vrouw zonder verleden,' zei Anders uiteindelijk.

'Noemen jullie me zo?'

'Vind je het gek? Je vertelt nooit iets over jezelf.'

Charlie zuchtte. Ze had nooit begrepen waarom ze haar hele hebben en houden met iedereen moest delen. Een vriend (die meer wilde zijn dan een vriend) had een keer gezegd dat ze daarom nooit dicht bij iemand kwam. Geen wonder dat ze alleen was, zei hij, want ze ging helemaal op slot als iemand haar wilde leren kennen.

Dat ligt eraan wie het is, had Charlie geantwoord, waarna hun relatie voorbij was.

'Dus er wordt over me gekletst?' Charlie draaide zich naar Anders. 'Ik dacht dat mannen niet roddelden. Dat zeggen ze toch altijd, dat het zo fijn is om op een plek te werken waar mannen in de meerderheid zijn, omdat daar niet wordt geroddeld?'

'Dat is niet waar. Mannen kletsen net zo veel als vrouwen. Dat is mijn ervaring in elk geval.'

'Ik heb gewoon geen zin om heel close met mijn collega's te zijn,' zei Charlie. Ze realiseerde zich te laat welke reactie ze daarmee had uitgelokt.

'Maar met sommigen ben je toch heel close geweest,' zei Anders grijnzend.

Charlie kon een glimlach niet onderdrukken. Maar toen legde ze uit hoe het zat, dat er een verschil was tussen het lichamelijke en het geestelijke. Dat je lichaamssappen met iemand uitwisselde, betekende niet dat je je voor diegene openstelde.

Anders begon weer te grijnzen, maar werd toen serieus. Niemand verlangde van haar dat ze alles vertelde, maar het was best raar, vond hij, om helemaal niets over je verleden los te laten. Ze werkten nu bijna twee jaar samen, en het enige wat hij van haar wist, was wat hij zag.

'En wat zie je?' vroeg Charlie.

'Ik zie een vrouw van drieëndertig die zich niet durft te binden.'

Charlie schoot in de lach. Ze moest altijd lachen om clichés.

'Wat is er zo grappig?' vroeg Anders.

'Niks. Ga verder. Wat zie je nog meer?'

'Ik zie een vrouw van drieëndertig die graag een feestje viert, niet van smalltalk houdt, maar oog heeft voor details in het grote geheel en oog heeft voor het grote geheel in details.'

'Dank je,' zei Charlie.

'Geen dank,' zei Anders, die zijn blik weer op de weg richtte.

De bewuste dag

Annabelle werd al om vier uur wakker. Ze pakte haar telefoon en las het berichtje opnieuw.

Dit kan zo niet langer. Begrijp dan dat het niet kan.

Ze had het die nacht gekregen, en haar eerste neiging was naar zijn huis gaan om een scène te trappen. Maar ze was toch gekalmeerd en met bonkend hart in bed blijven liggen.

Begrijp dan dat het niet kan.

Hij had de dag ervoor precies hetzelfde gezegd, maar toen ze de woorden las, voelde het definitiever op de een of andere manier. Ze moest het begrijpen, maar hoe dan? Twee dagen geleden had hij haar nog langzaam uitgekleed op een manier die...

Ze was net weer in slaap gevallen, toen de wekker ging. Eigenlijk wilde ze in bed blijven liggen, maar ze dacht aan het feest van die avond. Als ze ziek was, mocht ze nergens heen, en het hele weekend thuisblijven was het laatste wat ze wilde. Ze was al depressief genoeg.

Langzaam kwam ze uit bed; ze trok een korte broek aan. Ze liep naar haar kledingkast en staarde een tijdje naar de plank met topjes. Toen keek ze naar het T-shirt waarin ze geslapen had en besloot dat dat goed genoeg was. Elke beslissing, groot of klein, kostte haar onwaarschijnlijk veel energie. Ze had de borstel twee keer door haar haar gehaald toen haar moeder van beneden riep dat ze gingen ontbijten. Vervolgens borstelde ze de rest van haar haar extra langzaam om duidelijk te maken dat ze zeventien was en niet zeven. Ze had er genoeg van om als klein kind behandeld te worden.

7

'Anders,' zei Charlie. 'Zet de auto stil.'

'We zitten op de snelweg. Je moet wachten tot we bij een afrit komen.'

'Zet hem dan aan de kant van de weg, ik moet...'

Bij de eerste afrit sloeg Anders af. Daar was een rustplaats met vaste picknicktafels en rode wc-huisjes. Omdat ze allemaal bezet waren, rende Charlie naar de achterkant van één ervan, en met haar hand tegen het huisje geleund gaf ze over in het hoge gras. Ik eindig hetzelfde als Betty, dacht ze. Als het leven niet makkelijker wordt, word ik net als zij.

Toen ze weer bij de auto kwam, was Anders aan het bellen. Ze hoorde aan zijn toon dat het zijn vrouw was. Maria belde minstens vijf keer per dag, en Anders nam altijd op.

'Ik weet niet hoelang het gaat duren,' zei hij. 'Je weet toch dat we dat nooit weten. Er wordt een meisje vermist.'

Toen Charlie in de auto ging zitten, stapte Anders uit om het gesprek voort te zetten.

'Problemen?' vroeg ze toen hij terugkwam.

'Ze vindt het vervelend als ik weg ben. Het is ook niet makkelijk om er alleen voor te staan met een baby.'

'Daarvóór wilde ze ook nooit dat je wegging.'

Anders reageerde niet. Hij, die zichzelf zo openhartig vond, sprak niet graag over de jaloezie van zijn vrouw.

'Voel je je nu beter?' vroeg hij.

Charlie knikte. 'Ga je nog rijden of niet?'

'Ik vroeg me eigenlijk af hoe het zat. Ging jij het niet wat... kalmer aan doen?'

Charlie deed haar mond open om te zeggen dat hij daar niets mee te maken had, maar ineens leek ze elk moment in huilen uit te kunnen barsten, dus wendde ze haar gezicht af en keek naar buiten. Gele velden zoefden voorbij. Raapzaad of koolzaad? Vroeger wist ze dat soort dingen.

'Je weet dat je bij me terecht kunt als er iets is,' zei Anders.

'Wat zou er moeten zijn?'

'Weet ik niet, maar het gaat duidelijk niet goed met je.'

'Het gaat prima,' zei Charlie. Ze zweeg en dacht terug aan het vreselijke personeelsfeest, waardoor iedereen zich nu zorgen maakte over haar drankgebruik en waarmee een nieuwe ongezonde periode was ingezet.

Toen Hugo met zijn vrouw arriveerde (zijn kleine vrouw, die ongelooflijk mooi, vrolijk en mild was), waren er allemaal gevoelens bij haar naar boven gekomen waarop ze niet voorbereid was. En ze deed wat ze altijd deed als het moeilijk werd: ze was te snel en te veel gaan drinken. Om elf uur was Challe het beu en had haar in een taxi naar huis gezet. Ze kon zich niet veel van de avond herinneren, maar het gesprek met Challe de dag erna zou ze nooit meer vergeten. Waarom, wilde hij weten, had ze zich laveloos gedronken op een personeelsfeest?

Charlie had ter verdediging gezegd dat ze niet de enige was, en dat het niet de eerste keer in de wereldgeschiedenis was dat iemand op zo'n soort feest een slok te veel op had.

Maar Challe had schijt aan de wereldgeschiedenis; hij wilde weten wat er achter dit specifieke voorval zat.

Charlie zei dat ze het niet wist, ze had te weinig gegeten en te snel gedronken. Ze was het gewoon… ontwend.

Dat ze het ontwend was, was niet helemaal gelogen. In de maanden dat ze iets met Hugo had, had ze andere dingen te doen gehad dan zuipen in de kroeg. Ze hadden lange wandelingen gemaakt op het eiland waar zijn buitenhuis stond, ze hadden gevreeën, gepraat en gelachen. Ze dacht dat het misschien wel serieus kon worden, maar later werd het duidelijk dat het hierbij zou blijven, het enige wat ze voor Hugo was… Ze wist niet wat ze voor hem was, ze wist alleen dat hij niet van plan was om te gaan scheiden. Dat had hij na een paar maanden tegen haar gezegd alsof het volkomen vanzelfsprekend was.

Ik zal nooit bij haar weggaan.

Daarna had ze hem zo veel mogelijk geprobeerd te ontlopen. Ze keek de andere kant op als ze elkaar op het werk tegenkwamen en nam niet op als hij belde. Eigenlijk had ze tegen hem willen zeggen dat hij een walgelijk mannetje was, maar ze wist dat ze daarmee moest oppassen. Als ze gekwetst was, kon ze er van alles uitgooien. Anders wilde daar nog weleens een grapje over maken, dat Charlie niet voor niets zo veel begrip had voor mensen die onder emotionele druk vreselijke misdrijven begingen. Als Hugo zo verstandig was geweest om bij haar uit de buurt te blijven, had het allemaal met een sisser kunnen aflopen. Maar zo verstandig was hij niet. Een week na het personeelsfeest was hij naar haar kamer gegaan om verhaal te halen. Er was geschreeuw en geduw, en midden in het tumult was Challe binnengelopen om te vragen wat er in godsnaam aan de hand was. Het was belangrijk, zei hij toen ze allebei een beetje gekalmeerd waren, dat je je privéproblemen buiten werktijd oploste.

'Hier is het,' zei Charlie. 'Hier moet je afslaan.'

'Ik heb geen bord gezien.'

'Hier is het in elk geval.'

'Wat is daar gebeurd?' Anders wees naar een half afgebrand, zwartgeblakerd gebouw.

'Geen idee, daar stond altijd een pizzeria.'

'Oké. Maar er is er in elk geval nog één,' zei Anders terwijl hij naar de overkant van de straat wees. 'Pizzeria De Blije Zalm.'

Toen ze het centrum naderden, keek Charlie geconcentreerd naar buiten. Links van hen zag ze de zwarte rivier, die het landschap in tweeën deelde.

'Als je naar de overkant zwemt, ben je in Värmland,' zei ze met een knikje richting het water. 'Ik had de pech om aan de verkeerde kant te wonen.'

'Is er een verkeerde kant dan?'

'Er is altijd een verkeerde kant.'

'Dus de iets rijkeren wonen in Värmland?' Anders keek uit over de rivier.

'Nee, het had niks met geld te maken,' zei Charlie, maar bedacht meteen dat het daar juist alles mee te maken had. Ze vertelde dat haar schoolgenootjes uit Värmland elk jaar geld uit een fonds kregen. Een oud echtpaar had een groot bedrag aan de kinderen uit Värmland geschonken, omdat... Ze wist niet precies waarom. Misschien omdat de school in Västergötland stond. Charlie vertelde hoe boos ze elk jaar was als de kinderen uit Värmland op school hun envelop kregen.

Waarom was ze daar zo boos over, wilde Anders weten.

'Waarom? Omdat het oneerlijk was, dat snap je toch wel. Je kunt er toch niks aan doen waar je woont?'

'Was het veel geld?'

'Een tientje of zo,' zei Charlie. 'Wat zit je te grinniken?' zei ze toen Anders in de lach schoot. 'Wat is daar in hemelsnaam zo grappig aan?'

'Niks. Een tientje. Ik bedoel, dat is toch niks om je over op te winden.'

'Het gaat niet om het bedrag, maar om... het principe.'

'Sorry dat ik moest lachen, maar ik dacht dat het om veel meer geld ging.'

Anders liet zijn blik weer over de rivier dwalen. 'Zwom je daar echt in?'

'Ja.'

Charlie dacht terug aan hoe ze hele zomers in dat water had gezwommen – naar Värmland, Västergötland, weer naar Värmland en vervolgens verder weg, waar de rivier in het meer Skagern uitmondde, vlak bij het huis waar ze woonde.

Als ik doodga, zei Betty altijd, *wil ik dat je me uitstrooit over Skagern. Ik wil dat mijn as boven zee wordt uitgestrooid. Stel je voor, dat je met het water mee kunt drijven, eindeloos ver.*

Maar dan herinnerde Charlie Betty er altijd aan dat Skagern een binnenmeer was, dat bij de sluisdeuren of de zuiveringsinstallatie ophield, en dat het water haar nergens mee naartoe zou nemen.

Maar ooit, zei Betty, *kom je in zee uit. Vroeg of laat gebeurt dat.*

'Ik zou daar nooit gaan zwemmen,' zei Anders.

'Waarom niet?'

'Zulk zwart water, ja, en binnenmeren, die geven me zo'n onbehaaglijk gevoel.'

'Het water is niet zwart,' zei Charlie. 'Dat lijkt zo omdat het zo diep is.'

'Dan moet het wel heel diep zijn.'

'Ze zeiden dat het bodemloos was.'

Anders moest lachen en vond het typisch voor dit soort godvergeten plaatsen dat mensen van alles geloofden. Alsof je terugging in de tijd.

Waarop Charlie zei dat ze het vreemd vond dat hij, die in Zweden nooit verder was geweest dan de scherenkust van Stockholm, zo veel van godvergeten plaatsen wist.

'Maar je zei toch zelf dat ze geloofden dat het water bodemloos was.'

'Laat maar zitten,' zei Charlie. Ze had dat bodemloze zelf nooit geloofd, Susanne en zij allebei niet.

Alles heeft ergens een bodem.

Ze zwommen zelfs naar de plek die de 'afgrond' werd genoemd en waar de onderstromen zo sterk waren dat je naar beneden getrokken kon worden – ook als de sluisdeuren dichtzaten. Pas na het ongeluk was ze bang voor het meer geworden. Daarna had ze nooit meer in het Skagern gezwommen.

'Is er een waterkrachtcentrale?' vroeg Anders. 'Zijn er stromingen en zo?'

'Ja, er is een waterkrachtcentrale.'

Charlie dacht aan het gevaarlijke zonnebaden onder de waterval. Het was verboden om daar te komen, want de sluisdeuren konden elk moment opengaan en dan zou het water alles wat los- en vastzat over de scherpe keien meesleuren. Soms, als ze daar lag, hoopte ze bijna dat dat zou gebeuren.

8

Het centrum van Gullspång lag erbij als een spookstad. Gesloten winkels en kapotte ruiten. Het krantenaffiche met de foto van Annabelle wapperde aan de lantaarnpalen. Zonder de mensen in gele hesjes voor de supermarkt zou je bijna kunnen denken dat het dorp verlaten was. Het oude leugenbankje stond nog steeds voor de winkel; er zaten drie verlopen mannen met blikjes bier op. Misschien waren het wel dezelfde mannen als toen, die Betty elke keer als ze voorbijkwamen nariepen.

Geef me eens een kusje, mooie Betty!

Hou je mond, zei Betty dan altijd. *Zit niet zo naar me te staren als ik mijn dochter bij me heb.*

Je dochter, zei een van hen op een dag, *je dochter begint steeds meer op haar moeder te lijken.*

Die keer liet Betty Charlies hand los en liep naar het bankje. Ze ging vlak voor de man staan die de opmerking over de gelijkenis had gemaakt en siste hem toe dat hij bij haar dochter uit de buurt moest blijven. *Je blijft verdomme bij mijn dochter uit de buurt.*

Hoezo, Betty? Ik zei alleen maar...

Blijf bij haar uit haar buurt.

Charlie wou dat ze alleen in de auto zat. In de dromen waarin ze was teruggekeerd, was ze altijd alleen geweest. Het was zo onwerkelijk om alles weer te zien: de afgebladderde gevels, de supermarkt, de kiosk, het dichtgetimmerde gebouw waar de konditorei had gezeten. Voor een buitenstaander was het vast een doorsnee treurig centrumpje, maar voor haar... Haar ogen begonnen te prikken. Ze sloot haar ogen en haalde diep adem. Ze kon doen alsof dit een willekeurig dorpje was, alsof de gebouwen, het water en de wegen nieuw voor haar waren. Maar kon dat eigenlijk wel? Een hardnekkige, sleetse zin maalde door haar hoofd: je kunt het meisje uit het dorp halen, maar het dorp niet uit het meisje.

'Ze zijn er snel bij.' Anders knikte naar de mensen in de gele hesjes.

'Heel fijn,' zei Charlie. 'We kunnen alle hulp gebruiken. Een mooi Zweeds meisje van zeventien… Er zullen genoeg mensen zijn die willen helpen.'

Ze keek naar het pleintje, waar een paar journalisten met huilende 'vrienden' stonden te praten. Ze wist wat voor beschrijvingen dit soort interviews opleverden. Vermiste mensen waren altijd fantastisch, makkelijk in de omgang en geweldig. En nee, ze hadden geen vijanden en de hele wereld hield van ze.

'Wat is dat?' zei Anders toen ze langs de grote oude smelterij reden, die zich tot midden in het dorp uitstrekte.

'GEA,' zei Charlie.

'GEA?'

'Een smelterij.'

'Is hij nog in bedrijf?'

'Wat denk je zelf?' Charlie keek naar de roestkleurige, metalen gevel en de hoge schoorstenen.

'Wat een ontiegelijk lelijk gebouw. Hoe kun je zoiets laten staan, en dan ook nog midden in een dorp? Ik bedoel, als hij toch niet meer in bedrijf is?'

Charlie keek naar het gebouw en zag nu pas dat het inderdaad erg lelijk was. Het was haar nooit opgevallen toen ze hier opgroeide. Het was er altijd geweest. 'Hij heeft een andere bestemming gekregen,' zei ze. Op een bordje stond: SCHIETCLUB, en op een groter bord stond: BIBLIOTHEEK.

De smelterij. Ooit had Betty er gewerkt. Ze had het afschuwelijk gevonden.

Waarom?

Omdat het er snikheet was, vanwege het eentonige werk, dat zelfs de sterkste mensen mentaal kon breken. Er was geen plek op aarde die ze meer haatte dan de smelterij.

Toen Charlie haar had gevraagd waarom ze er dan heen ging, had Betty gelachen en gezegd dat ze geen keus had. Later, toen GEA dichtging, kreeg Betty een baan in de multiplexfabriek. Ze was er blij mee – dat ze iets nieuws kon proberen, niet meer in die hitte hoefde te werken en dat ze haar wimpers terug zou krijgen. Ze had echt verwacht dat ze het er naar haar zin zou hebben, maar al na de eerste dag was ze klagend thuisgekomen. Het was de warmte, zei ze, in die stomme houtfabriek was het even warm als in de smelterij. En ze had haar armen opengehaald. De smelterij had haar verstand aangetast en nu zou die rotfabriek haar lichaam aantasten. Hield het dan nooit op?

'Aangezien je hier vandaan komt,' zei Anders, 'weet je vast wel waar het hotel zit.'

'Er is hier geen hotel,' zei Charlie. 'In elk geval niet toen ik hier woonde.'

'Maar Challe zei toch...'

'Er is wel een motel.' Charlie wees naar een geel gebouw verderop in de straat.

'Wat is het verschil tussen een hotel en een motel?'

'Dat zullen we zo te weten komen. Hier afslaan.'

Ze keek naar het grote, gele gebouw met de bruine hoeken. Aan de westgevel van het gebouw prijkte een houten trap. Hij begon voor het raam op de bovenverdieping en liep helemaal naar beneden.

'Mooie brandtrap,' zei Anders, 'Althans, ik neem aan dat het een brandtrap is. Hij past perfect bij de rest.'

'Hij dient zijn doel,' zei Charlie. 'Functionaliteit is in dit geval misschien belangrijker dan esthetiek.'

'Ja, maar waarom zouden die twee dingen niet samen kunnen gaan?'

'Door geldgebrek misschien. Weet ik veel.'

'Goh, je laat je wel altijd van je beste kant zien als je een kater hebt.' Anders parkeerde de auto voor het motel en zette de motor af. 'Wat ruik ik?' zei hij toen ze de auto uitstapten.

Charlie haalde diep adem en snoof de geur op van...

'Stront,' zei Anders. 'Komt dat van de akkers?'

'Nee, van de papierfabriek.'

'Is hier ook nog een papierfabriek?'

'Nee,' zei Charlie. 'Die staat twintig kilometer verderop, maar als de wind uit die hoek komt, ruik je het hier.'

Ze was de aparte geur bijna vergeten, maar nu herinnerde ze zich weer dat ze de was niet buiten konden hangen als er een harde noordenwind stond en dat Betty dat altijd vergat, waardoor ze onder lakens moesten slapen die vaag naar riool roken.

'Wat afschuwelijk,' zei Anders, 'dat dit je tegemoetkomt als je naar buiten gaat.'

'Ik vind het een lekkere geur,' zei Charlie. 'Ik hou van deze geur. Het ruikt naar... mijn jeugd.'

'Fijne jeugd heb je dan gehad.'

'Wil je trouwens tegen niemand zeggen dat ik hier gewoond heb?' zei Charlie.

'Waarom niet?'

'Omdat het belangrijk voor me is. Ik denk dat het de boel alleen maar ingewikkelder maakt.'

'Maar herkennen de mensen je dan niet?'

Charlie schudde haar hoofd. Ze dacht van niet. Het was lang geleden. Ze was veranderd.

Daar en toen

Er wordt op het raam geklopt. Alice trekt het gordijn opzij. Rosa staat buiten in haar nachthemd. Ze ziet er spookachtig uit in het maanlicht.

'Hé, maak open,' zegt Rosa door het glas. 'Maak eens even open.'

Alice haalt het haakje van het raam. Zonder iets te zeggen klimt Rosa naar binnen; ze sluipt door de kamer en kruipt bij Alice in bed.

'Je bent ijskoud,' fluistert Alice als Rosa's voetzolen tegen haar scheenbenen aan komen. 'Je lijkt wel een ijsklomp.'

Rosa reageert niet. Zonder te zeggen waarom ze is gekomen, gaat ze met haar gezicht naar de muur liggen en valt in slaap.

Alice blijft nog lang wakker en luistert naar haar regelmatige ademhaling. Ze kan het nog steeds niet geloven dat ze vriendinnen zijn, dat zij, Alice Lo, bevriend is met Rosa Manner. Ze wonen maar een paar huizen bij elkaar vandaan, maar voor die dag op de akker hadden ze nog nooit een woord met elkaar gewisseld. Het was allemaal op de akker begonnen. Alice was erheen gerend om aan de brommerjongens te ontkomen. Het had dagenlang geregend en de grond was één grote modderpoel. Ineens was ze blijven steken en stond tot aan haar knieën in de modder. Rosa had haar vanaf de weg gezien. *Ik dacht eerst dat het een vogelverschrikker was*, had Rosa lachend gezegd toen ze haar hielp los te komen. *Ik dacht dat de Larssons een springlevende vogelverschrikker hadden gekocht.*

En toen: *Vergeet niet dat ik je leven heb gered. Als ik er niet was geweest, was je weggezakt. Je kunt niet zeggen dat ik je niet gered heb, Alice.*

Alice schuift dichter naar Rosa toe en bedenkt dat ze veel geluk heeft gehad en dat haar leven vanaf nu beter wordt.

9

De man die hen verwelkomde in het restaurant van het motel kwam haar bekend voor. Maar pas toen hij zich had voorgesteld als Erik From wist Charlie dat hij de zoon van de man was die de zaak runde toen zij nog in het dorp woonde. Indertijd was hij onhandig en nerveus geweest, maar nu had hij een vaste blik en een stevige handdruk.

'Jullie zijn dus de dienders uit Stockholm,' zei hij.

Charlie moest glimlachen om zijn woordkeus. Ze wist niet of hij het sarcastisch bedoelde of niet. Ja, zij waren de dienders uit Stockholm.

'Olof van de politie heeft hier net gegeten en zei dat er vandaag specialisten uit Stockholm zouden komen. Ik hoop dat jullie de schoft vinden die haar heeft meegenomen.'

'Ken je de familie?' vroeg Charlie.

'In dit dorp kent iedereen elkaar, min of meer – we zijn hier niet in Stockholm. En als er zoiets gebeurt… wil je natuurlijk alles doen om te helpen. Helaas kunnen mijn vrouw en ik niet meedoen aan de zoekactie, want het motel zit helemaal vol journalisten en mensen die zijn gekomen om te helpen zoeken.'

Een jongeman in een geel hesje en met een headset op kwam de ruimte binnen. Hij besprak met iemand op luide toon waar al was gezocht en waar nog gezocht moest worden.

'Missing People.' Erik knikte naar de man. 'Hij leidt de zoekactie. Ze zijn gisteren gekomen. Eerder dan jullie.' Hij pauzeerde even, alsof hij een reactie van ze verwachtte. 'Ik kan alleen maar hopen dat jullie haar vinden,' voegde hij eraan toe.

'Dat gaan we doen,' zei Charlie.

'Hoe kun je dat zo zeker weten?' zei een vrouwenstem vanuit de keuken.

'Mijn moeder,' zei Erik. Hij wees naar de vrouw met een roodachtig gezicht die door de klapdeuren achter de bar naar binnen kwam.

‘Dit is mijn moeder, Margareta. Ze hoort en ziet alles.’

‘Ik kon het niet helpen dat ik jullie hoorde, want ik stond vlak achter de deur,’ zei Margareta. Ze liep naar hen toe en gaf ze een hand. Eerst Anders en toen Charlie.

Verbeeldde Charlie het zich of bleef haar blik extra lang op haar rusten? Dus Margareta zag en hoorde alles, maar onthield ze ook alles?

‘We zijn blij dat jullie er zijn,’ zei Margareta. ‘Het hele dorp is in shock. Arme Nora en Fredrik. We hebben er bloemen en eten naartoe gebracht en… als iemand haar iets heeft misdaan… als iemand het meisje iets heeft misdaan… Ik hoop dat jullie die persoon vinden.’

Charlie knikte. ‘We gaan ons uiterste best doen.’

‘Eén ding is in elk geval zeker,’ zei Margareta. ‘Er is niemand, absoluut níémand in het dorp die Annabelle kwaad wil doen. Dit moet een idioot van buitenaf zijn.’ Ze keek ze strak aan. Toen gooide ze haar theedoek over haar schouder en verdween de keuken weer in.

‘Jonas,’ zei ze tegen iemand in de keuken. ‘Je hoeft niet meteen met je mobieltje te gaan spelen als ik even weg ben. Je bent hier om te werken.’

‘Ik zal Jonas vragen om zich over jullie koffers te ontfermen,’ zei Erik.

‘Jonas,’ riep hij naar de keuken, ‘breng jij zo hun koffers naar hun kamer?’

‘Kamer?’ vroeg Anders. ‘Ik mag hopen dat we er twee krijgen.’

‘Twee?’ Erik liep naar de balie, keek in een notitieblok en kreunde luid.

‘Jonas,’ riep hij weer, ‘hier komen.’

De jongen die Jonas heette, kwam de keuken uit en keek verward om zich heen.

‘Deze mensen,’ zei Erik terwijl hij naar Charlie en Anders wees, ‘zijn van de Stockholmse politie. Ze zijn hier om Annabelle te vinden en niet om te trouwen, als je dat soms dacht.’

‘Dat dacht ik helemaal niet,’ zei Jonas.

‘Waarom heb je ze dan in hemelsnaam de bruidssuite gegeven?’

‘Heb ik dat gedaan?’ zei Jonas.

‘Ja, je hebt kamer 3 geboekt.’ Erik richtte zich tot Charlie en Anders:

'Hij werkt hier nu al een jaar, dan zou hij het toch wel een beetje moeten snappen.'

'Ik moet het verkeerd begrepen hebben,' zei Jonas. 'Er zijn niet zo veel kamers meer vrij. We worden de hele dag gebeld, door journalisten en...'

'Geeft niks,' zei Charlie omdat Jonas lijkbleek was geworden en elk moment van zijn stokje leek te kunnen gaan. 'Er is gewoon iets misgegaan bij het reserveren.'

Maar ze zag aan Anders dat hij er niet zo licht over dacht.

'Neem het hem maar niet kwalijk,' zei Erik alsof Jonas niet meer naast hen stond. 'We zijn allemaal van slag door de... vermissing. We regelen er zo snel mogelijk een kamer bij.'

'Vanavond?' zei Anders.

'Zo snel mogelijk.'

'Hoe moeilijk kan zoiets zijn?' zei Anders toen ze naar de auto liepen om naar het eerste overleg op het politiebureau te gaan.

'Je hebt het toch gehoord? Het dorp is klein en iedereen is gespannen. Bovendien zijn ze niet gewend aan zo veel mensen.'

'Maar dan nog.'

'Ik ga je heus niet bespringen, hoor, als je dat soms dacht.'

'Dat dacht ik helemaal niet.'

'Wat is dan het probleem?' vroeg Charlie, terwijl ze heel goed wist wat het probleem was. Het ging om Maria. Anders' vrouw was als geen ander in staat om dingen te achterhalen. Charlie zei vaak gekscherend dat ze een geweldige rechercheur zou zijn en dat ze haar meteen aan moesten nemen als ze een carrièreswitch wilde maken.

'Is ze...' Charlie wist niet hoe ze haar zin moest afmaken. Erger? Baziger geworden?

'Het is erger geworden sinds Sam er is. En ik begrijp haar wel. Het is zwaar om veel alleen te zijn met een baby. Ze kunnen zo... veeleisend zijn.'

'Wat zou ze doen als ze het wist?'

'Als ze wat wist?'

'Dat we een kamer delen.'

'Dan hebben we allebei niet lang meer te leven.'

'Klinkt gevaarlijk, getrouwd zijn.'

'Is single zijn dan zonder gevaren?' Anders wees op de snee in haar voorhoofd.

'Afgaand op de statistieken van vrouwen die vermoord worden,' zei Charlie, 'kun je beter vrijgezel zijn.'

Anders moest lachen. Oké, oké. Hij gaf zich gewonnen.

10

Er waren vier dagen verstreken sinds Annabelle verdwenen was, maar voor Fredrik voelde het als een eeuwigheid. Hij had echt geprobeerd de moed erin te houden, tegen zichzelf gezegd dat ze vrijwillig wegbleef. Dat was weleens eerder gebeurd. Een paar maanden geleden was Annabelle niet thuisgekomen van een feest. Ook die keer had Nora de politie gebeld; ze had door de telefoon staan brullen en was ziedend geworden toen de politie had gezegd dat ze geen massale zoekactie op touw gingen zetten als iemand van zeventien een paar uur te laat was. Vervolgens was Nora zelf bij iedereen langsgegaan waar Annabelle zou kunnen zijn, en uiteindelijk had ze haar de volgende ochtend bij een klasgenootje gevonden.

Fredrik stak een pijp op. Hij rookte normaal nooit binnen. Eigenlijk rookte hij helemaal niet meer, maar nu nam hij niet eens de moeite om de afzuigkap aan te zetten. Hij keek naar de oprit en hoopte nog steeds dat Annabelle over het grindpad aan zou komen lopen – verfomfaaid en moe, maar in leven. Ze zou huilen, haar excuses aanbieden, beloven dat ze het nooit meer zou doen, en hij zou haar alleen maar omhelzen, niet tegen haar uitvaren, haar niet terechtwijzen, haar over haar haar strelen en zeggen dat ze nu thuis was en dat al het andere er niet toe deed. Tot nu toe had hij geprobeerd zichzelf ervan te overtuigen dat deze hele geschiedenis zo zou aflopen, en niet met krantenkoppen, niet met kaarten met plaatsen waar Annabelle het laatst was gesignaleerd, maar toen… Hij dacht aan al die gele hesjes in het dorp, al die mensen die waren gekomen om haar te zoeken. Eerst had hij zelf ook meegeholpen, maar hij was bijna gek geworden bij die zoekactie in de hitte. Hij dacht Annabelle overal te zien, hij zag haar in Nora's jurk op het mos liggen, zag haar rode haar onder de sparrennaalden. Uiteindelijk had een jonge agent tegen hem gezegd dat hij misschien beter thuis kon blijven bij zijn vrouw.

Nora sliep niet en at niet. Ze doolde alleen maar huilend door het huis. *Zorg dat jullie mijn dochter vinden!* zei ze tegen de politieagenten die langskwamen met vragen. *Breng mijn dochter naar huis!*

En Fredrik zei dat Annabelle terug zou komen. Keer op keer. Maar eerlijk gezegd geloofde hij er zelf niet meer in. Hij kreeg steeds meer het gevoel dat niemand meer naar een levend meisje zocht.

11

Het politiebureau in Gullspång zat onder in een appartementencomplex aan de hoofdstraat. Grote ramen keken uit op het kleine plein. Charlie was er één keer eerder geweest, toen Betty was opgepakt wegens aanstootgevend gedrag.

Wat is er zo aanstootgevend aan me, verdomme? had Betty gekrijst. *Wat bedoelen jullie met aanstootgevend?* Ze had tegen een stoel aan getrapt. Een politieagent had haar vastgepakt en gezegd dat als ze niet kalmeerde ze haar dochter niet mee naar huis mocht nemen. Het was in Betty's toestand niet wenselijk om voor een kind te zorgen, vond hij. Ze hadden er uren moeten blijven, want de politieman had geen haast om naar huis te gaan en had gewacht tot Betty weer nuchter was. Hij was niet van plan een klein meisje met zo'n dronken en driftige moeder naar huis te sturen.

De man die hen bij de entree verwelkomde, droeg een uniform. Hij keek ernstig toen hij ze een hand gaf en stelde zich voor als Olof Jansson. Hij werkte al zestien jaar op het politiebureau hier, maar ze hadden nog nooit een zaak met een vermist kind gehad. In deze streek weet iedereen alles van elkaar, legde hij uit.

In een vergaderkamer zaten twee geüniformeerde agenten te roken.

Anders wierp Charlie een blik toe die zei: *over teruggaan in de tijd gesproken.*

'Ik zal even voorstellen,' zei een van de mannen. Hij stond op en gaf Charlie een hand. 'Adnan Noor. Ik dacht dat er twee mannen zouden komen,' vervolgde hij. 'Dat kwam door je naam, ik dacht...'

'Ik hoop niet dat je teleurgesteld bent,' zei Charlie.

Nee, dat was hij niet, verzekerde Adnan haar. Waarom zou hij?

Zijn collega onderbrak hen en stelde zich ook voor. Hij heette Micke Andersson en werkte al in Gullspång sinds... Charlie kon het niet opbrengen om naar zijn verhaal te luisteren. Ze was alleen maar opgelucht dat ze ze niet herkende en dat ze niet op haar achternaam hadden gereageerd: *Lager... Er woonde hier ooit een Lager*. Ze wilde alleen maar aan de slag. Olof vertelde dat hij in de jaren negentig in Göteborg bij Moordzaken had gewerkt en het prima vond om onderzoeksleider in deze zaak te blijven. Hij kende de omgeving goed, dus dat was misschien ook het meest logisch.

'Ik neem aan dat een van jullie de taak van verhoorleider op zich neemt?' Hij keek Charlie aan.

Ze knikte. Dat was goed.

'Ik kan Charlie daar wel bij assisteren,' zei Anders.

Op een whiteboard was een tijdlijn getekend. Erboven hing een foto van Annabelle en eronder foto's en namen van de plaatsen waar ze in de uren voor haar vermissing was gesignaleerd: eerst bij haar beste vriendin, Rebecka Gahm, toen op het feest en daarna... spoorloos verdwenen.

Ze kregen zwarte koffie. Ze hadden geen melk, zei Olof. Ook geen sojamelk. Maar ze hadden wel suiker, zowel klontjes als dat spul voor diabetici.

'Nee, dank je,' zei Anders. 'Geen suiker.'

'Ik merk dat jullie uit Stockholm komen,' zei Micke.

Toen Anders vroeg wat hij daarmee bedoelde, zei Micke glimlachend dat Stockholmers altijd moeite hadden om zich aan te passen.

'Niet alle Stockholmers zijn toch hetzelfde?' zei Anders.

Micke lachte weer en zei dat dat wel zo was, in elk geval degenen die hij had ontmoet.

'Misschien heb je er niet zo veel ontmoet.'

'Meer dan genoeg,' zei Micke, waarna hij drie suikerklontjes in zijn koffie deed.

Toen iedereen koffie had, nam Olof de toedracht van de zaak door. Annabelle Roos was dus op een feest in Valls, de plattelandswinkel, geweest.

'Is dat een georganiseerde bedrijfsactiviteit?' vroeg Anders.

Micke schoot in de lach.

'Wat is er?' Anders richtte zich tot hem. 'Heb ik iets grappigs gezegd?'

Micke schudde zijn hoofd. Het kwam door zijn woordkeus, zei hij, doordat hij 'georganiseerde bedrijfsactiviteit' in dezelfde zin had gebruikt als Valls plattelandswinkel.

'Ik probeer gewoon een duidelijk beeld te krijgen, daar heb je hopelijk niks op tegen?'

Olof zette de briefing voort zonder aandacht aan de woordenwisseling te schenken. Daar waren in totaal vijftien jongeren geweest, die allemaal ongeveer hetzelfde hadden verklaard: Annabelle was stomdronken geworden en had met meerdere mensen wat gedoe gehad. Ze was luidruchtiger geweest dan anders en had meer gedronken dan normaal. Toen haar vader zijn dochter kwam zoeken, waren er nog zes in het pand. Olof wees de foto's van deze mensen aan, die op het whiteboard hingen: Svante Linder, Jonas Landell, Noel Karlsson, William Stark, Rebecka Gahm en Sara Larsson. Niemand wist precies hoe laat Annabelle het feest had verlaten, maar waarschijnlijk ergens tussen twaalf en één uur. Noel Karlsson was, naar eigen zeggen en dat van anderen, al gevloerd vlak nadat Annabelle en Rebecka op het feest waren gekomen, dus hem kon je wel schrappen, als dader zowel als getuige.

'Jonas Landell,' zei Charlie. 'Hij werkt in het motel.'

'Ja,' zei Micke. 'Wat wil je daarmee zeggen?'

'Niks. Ik herkende hem gewoon.'

Olof trok zo hard aan zijn vingers dat je het hoorde knakken. Toen nam hij de sporen door die de forensische dienst ter plekke had gevonden. Op de tafel in de keuken was bloed gevonden. Geen grote hoeveelheden, maar het was wel opgestuurd voor analyse. En nee, de uitslag was uiteraard nog niet binnen. Verder hadden ze in een afgesloten kamer op de bovenste verdieping de restanten van een hennepplantage aangetroffen. Dus er was reden, dacht Olof, om aan te nemen dat de feestende jongeren iets te verbergen hadden, maar dat hoefde niet te betekenen dat ze achter de verdwijning van Annabelle zaten.

'Hebben jullie haar gespreksgeschiedenis opgevraagd?' vroeg Charlie.

Olof knikte. Er zat een nummer bij van een prepaidkaart waarmee Annabelle meermaals contact heeft gehad. Ze had het nummer vrijdagochtend nog gebeld. Ze hadden de aanwezigen op het feest en een groot aantal van Annabelles intimi gecheckt, maar die hadden allemaal een abonnement en niemand had gezegd het nummer te herkennen.

En ja, natuurlijk hadden ze het nummer geprobeerd te bellen, maar de telefoon had uit gestaan.

'En berichtjes? Sms'jes?' vroeg Charlie toen niemand iets zei.

'We hebben een fout gemaakt,' zei Olof. 'We hebben te laat contact opgenomen met de provider, we...'

'De berichtjes konden dus niet meer teruggehaald worden?'

'Nee, haar telefoon had te lang uit gestaan. We dachten immers... We waren alleen maar bezig om haar te vinden, en we dachten dat dat vrij snel zou gebeuren.'

'Het is wat het is,' zei Anders.

'Dat die vrienden allemaal een abonnement hebben, zegt natuurlijk niks,' zei Charlie. 'Sommige mensen hebben twee telefoons, juist degenen die... die iets te verbergen hebben. En met het oog op die hennepplantage in de plattelandswinkel...'

'Die gedachte is bij ons natuurlijk ook opgekomen,' zei Olof. 'Maar daar kunnen we nu niet veel mee. Het interessante is in elk geval dat Annabelle de afgelopen maanden meerdere keren contact heeft gehad met dat prepaidnummer. En de laatste keer was dus een uitgaand gesprek om halfelf op de dag van haar vermissing.'

'We moeten die persoon vinden,' zei Charlie.

'Ja, dat snappen wij ook wel,' zei Micke. 'De vraag is alleen hoe.'

'Door nog een keer met haar vrienden te gaan praten,' zei Charlie. 'Vraag of ze iemand kennen die twee telefoons heeft in plaats van één.'

'Dat hebben we al gedaan,' zei Micke.

Charlie reageerde niet. Ze bekeek de foto's van de jongeren die die avond op het feest in de plattelandswinkel waren. Wat zagen ze er jong uit allemaal. 'Dat gedoe.' Ze wendde zich tot Olof. 'Waar ging dat over?'

'Jaloezie, zeiden ze. William Stark, haar ex-vriendje,' zei Olof terwijl hij naar een foto van een donkerharige jongen met een scheef lachje wees, 'is een paar maanden geleden door Annabelle gedumpt, en nu heeft hij kennelijk iets met Rebecka Gahm, Annabelles beste vriendin.' Olof bracht zijn hand naar een foto van een blond meisje. 'Daar hadden de twee vriendinnen vrijdagmiddag op school en voor ze naar het feest gingen woorden over gehad. Annabelle was een beetje overstuur, maar volgens Rebecka viel het wel mee, ze had gewoon een slechte dronk. De ruzie lijkt dus niets met haar verdwijning te maken te hebben.'

'Hoe weten jullie dat?' vroeg Charlie.

'Ik zei: "lijkt". We hebben niet het gevoel dat haar vermissing te maken heeft met die ruzie of het beëindigen van haar relatie met William.'

Charlie weerstond de neiging om uit te weiden over statistieken van vermoorde vrouwen en ex-vriendjes.

'Vertel eens wat meer,' zei Anders. 'Hoelang hebben ze iets gehad?'

'Een paar maanden, volgens William Stark,' zei Olof, 'maar haar ouders, Annabelles ouders, wisten niet eens dat ze iets gehad hadden.'

'Waarom niet?' vroeg Charlie.

'Dat weten we niet. Annabelle heeft nooit vriendjes aan hen voorgesteld. Haar moeder is een beetje...' Olof krabde zich op zijn voorhoofd. 'Ja, ze is een beetje apart, als je dat zo mag zeggen. Ze heeft ons weleens eerder gebeld omdat haar dochter verdwenen zou zijn, maar toen sliep ze gewoon bij een vriendinnetje. Dat was waarschijnlijk de reden waarom ik het eerst niet echt serieus nam.'

'Wat doet ze voor werk?' vroeg Charlie. 'Haar moeder?'

'Vroeger werkte ze in het verzorgingstehuis,' zei Olof. 'Ouderenzorg,' verduidelijkte hij. 'Maar nu doet ze niets meer, geloof ik. Zij en Fredrik zijn import. Ze hebben geen familie hier en ze zijn nogal op zichzelf, dus ik weet niet zoveel over hen. Fredrik werkt in elk geval in de papierfabriek in Bäckhammar.'

'Wat heeft hun werk er nou mee te maken?' vroeg Micke.

Charlie wierp hem een vluchtige blik toe. Hij zat met een uitdagende blik op een tandenstoker te kauwen.

'Ik probeer een beeld van het gezin te krijgen,' zei Charlie.

'Heeft William Stark een alibi?' vroeg Anders.

'Ja,' zei Olof. 'Hij was met Rebecka Gahm toen Annabelle wegging. Ze zijn tot zonsopgang in Valls gebleven. Fredrik Roos, Annabelles vader, heeft bovendien bevestigd dat hij ze gesproken heeft toen hij daar was om zijn dochter te zoeken.'

'Hoe komt het dat jullie niet meer uit Rebecka Gahm hebben gekregen?' wilde Charlie weten.

Olof vroeg wat ze daarmee bedoelde.

'Ze is Annabelles beste vriendin, ze moet toch meer weten dan wat er tot nu toe boven water is gekomen?'

'Bedoel je dat we niet de juiste vragen hebben gesteld?' zei Micke. 'Ze zegt zelf,' ging hij verder, 'dat ze stomdronken was en gaten in haar geheugen heeft.'

'Misschien dat ze zich nu meer herinnert,' zei Charlie. 'Nu ze weet dat de situatie ernstig is.'

Olof knikte. Dat was waar. Ze konden weinig anders doen dan op zoek gaan naar de eigenaar van de prepaidtelefoon en nog een keer met haar vrienden gaan praten. Want het was heel goed mogelijk, vervolgde hij, dat veel van hen zich meer zouden herinneren nu ze wisten dat het ernst was.

'Ik wil ook meer over Annabelle te weten komen,' zei Charlie.

'Wat weet je dan nog niet?' vroeg Micke. 'Je hebt al het materiaal toch al door kunnen lezen? Dat hebben we jullie toegestuurd, en de rest hebben we nu besproken.'

'Ik ben geïnteresseerd in haar als persoon,' zei Charlie, 'en niet alleen in de feiten over de laatste uren dat ze is gesignaleerd. Ik wil weten wie ze is, wat ze graag doet, wat haar dromen, wensen en angsten zijn. Wat?' zei ze toen ze zag dat Micke met zijn ogen rolde richting Adnan.

'Niks,' zei Micke. 'Het lijkt me gewoon een beetje lastig, om dat allemaal te weten te komen, bedoel ik.'

'Volgens haar ouders is ze een normale puber die van lezen houdt en het goed doet op school,' zei Adnan.

'Dat klinkt niet als een normale puber,' zei Charlie.

'Al haar contacten op de sociale media bevestigen dit beeld,' zei Olof. 'Haar Facebookpagina staat vol leestips en boekrecensies.'

'Misschien heeft ze meerdere accounts,' zei Charlie. 'Veel jongeren hebben een account waarop ze hun ouders, familieleden en werkgevers toelaten, en daarnaast nog een, waarop ze iets… openhartiger zijn.'

'Ik wist niet dat je ook nog een jongerenexpert was,' zei Micke.

'Dat ben ik ook niet,' zei Charlie. 'Ik zeg alleen maar dat dat mogelijk is, dat ik dat eerder heb gezien. Ze kan een andere kant hebben, die ze alleen aan een select groepje mensen laat zien.'

'Dat weten we al. Ik bedoel, er wordt in het dorp niet over haar schoolresultaten gepraat.'

Charlie keek hem aan en wachtte op een vervolg.

'Ze heeft een slechte reputatie,' ging Micke verder. 'Het gerucht gaat dat ze een tikje… flirterig is.'

'Wie zegt dat?' vroeg Charlie.

'Het is maar een gerucht, maar…'

'Maar wat?'

'Ze zou nogal gek zijn op jongens.' Micke keek Olof aan. 'Dat heb ik alleen maar van horen zeggen,' zei hij alsof iemand bezwaar had gemaakt. 'Ik vertel alleen maar wat ik gehoord heb.'

'Hebben we namen van die jongens waar ze zo gek op is? Of heb jij namen van mensen die dat zeggen?' vroeg Charlie.

Micke zei dat hij die niet had en dat het, nogmaals, geruchten waren. Hij wilde alleen maar dat ze het wisten.

'Verder nog iets?' vroeg Charlie. 'Een dagboek of zo?'

Olof schudde zijn hoofd. Zoiets hadden ze niet gevonden toen ze haar kamer hadden doorzocht.

'En wat denken jullie?' vroeg Anders. 'Wat is er gebeurd?'

'Geen idee,' zei Olof. 'Hoe moeten wij dat nou weten?'

'Afgaand op wat jullie wel weten, wat is dan jullie eerste gevoel?'

'Ik kan niets anders bedenken…' zei Olof terwijl hij wat papieren bijeenraapte. 'Ik kan niets anders bedenken dan dat ze een gek is tegengekomen.'

'Hoe vaak gebeurt dat?' vroeg Anders.

'Niet zo vaak, maar het komt voor. Lijn 26 rijdt langs het dorp. Veel mensen blijven hier even, drinken een biertje in het motel en...'

'En weten midden in de nacht de plattelandswinkel te vinden, waar ze een zeventienjarig meisje ontvoeren?'

'Je vroeg wat mijn eerste gevoel was,' zei Olof. 'Ik geef alleen maar antwoord.'

Charlie kreeg een droge keel. Ze verontschuldigde zich en liep naar het keukentje. Ze voelde zich merkwaardig opgelucht door rommel die er lag. Geen strenge briefjes over dat alles schoon achtergelaten moest worden, maar afwas, lunchtrommeltjes en glazen met vuil bestek erin. Op het enige schone kopje prijkte het groen-witte logo van de plaatselijke voetbalvereniging. Charlie deed er water in, nam een paar grote slokken en proefde de welbekende nasmaak van het Gullspångse kraanwater. Mensen die van buiten kwamen klaagden vaak over de kwaliteit ervan. Er was iets met de smaak: ijzer, kalk, riool? Nu pas begreep ze wat ze bedoelden.

12

Toen de eerste briefing achter de rug was liet Olof Anders en Charlie zien waar ze hun spullen konden neerzetten.

'Deze kamer is lang niet meer gebruikt,' zei Olof terwijl hij het slot opendraaide van de deur naar een kamer met muren die volhingen met planken met zwarte ordners. 'Die staan er al sinds de jaren tachtig. We hebben de ruimte niet echt nodig gehad, zeg maar. Ik zal iemand vragen de boel een beetje aan kant te maken, zodat jullie wat meer ruimte krijgen.'

'We hebben alleen de bureaus nodig,' zei Charlie. Ze knikte naar de twee teakhouten bureaus met groene lampen erop die tegenover elkaar voor het raam stonden.

Olof werd gebeld en hij ging weg. Anders liep naar het raam bij de bureaus om de jaloezieën omhoog te doen.

'Wat doe je?' vroeg Charlie.

'Wat licht binnenlaten.'

'Ik heb het liever een beetje donker.'

'Waarom ben je altijd zo tegendraads?'

'Die vraag speel ik graag terug naar jou.'

'De meeste mensen houden van licht,' zei Anders. 'En nu hebben we eindelijk een beetje zon.'

'Niets is zo dreigend als een helderblauwe hemel,' zei Charlie.

Anders begon te lachen. Wat bedoelde ze daarmee?

'Dat heeft Ingmar Bergman eens gezegd. Dus ik bevind me in goed gezelschap.'

Charlie haalde haar laptop uit haar tas en hing haar telefoon aan de oplader.

'Ik verga van de honger,' zei Anders. 'Heb jij geen trek?'

Charlie schudde haar hoofd. Ze had geen trek. Ze nam nu liever de verhoorverslagen door die Olof hun had gegeven dan dat ze ging eten.

Ze bladerde het materiaal door, las over ex-vriendjes, driehoeksdrama's en flirtgeruchten en dacht aan Margareta's woorden – dat niemand hier Annabelle kwaad wilde doen. Misschien werd het tijd om die uitspraak opnieuw te onderzoeken.

Adnan kwam hun werkkamer in om te vragen hoe het ging.

'Ik zou haar ouders wel willen spreken,' zei Charlie. 'Het liefst vandaag nog.'

'Dan ga je er toch heen,' zei Adnan. Hij gaf haar een briefje met hun adres. 'Het huisnummer is niet zo goed te zien, maar het is een wit huis met een groene deur.'

Charlie liet Anders rijden. Ze kwamen weer door het centrum van Gullspång. Voor de kleine kiosk had zich een groepje jongeren met brommers verzameld.

'Hing jij daar ook altijd?' vroeg Anders.

'Soms,' zei Charlie. Ze keek naar een blond meisje van een jaar of dertien dat stond te roken. Naast haar stond een even jong meisje met hetzelfde soort haar. Om hen heen hing een groep jongens met brommers. Ze dacht aan alle avonden dat ze daar met Susanne had gehangen. Dat ze soms naar de grote weg waren gelopen en erover hadden gefantaseerd om ergens heen te liften. Maar door alle verhalen over mannen in witte auto's... mannen die meisjes meenamen, vermoordden en in stukken hakten, hielden ze hun handen diep in hun zakken.

Maar binnenkort, had Susanne op een avond gezegd toen ze te veel lightbier hadden gedronken, *maar binnenkort neem ik het risico en ga ik met de eerste de beste auto mee die stopt.*

En als er nou niemand stopt?

Er zijn toch vrachtwagens.

En als er nou ook geen vrachtwagen stopt?

Ik bedoelde misschien niet dat ze zouden stoppen.

'Ik heb nooit begrepen,' zei Anders, 'wat mensen in dit soort gehuchten doen. Er is hier helemaal niks.'

Charlie dacht aan de zomerdagen in Gullspång, aan het zonnebaden onder de waterval, aan de feesten.

'Er is meer,' zei ze. 'Er is veel meer dan je ziet.'

De bewuste dag

Nooit meer. Annabelle had zichzelf beloofd hem nooit meer te bellen. Toch stond ze nu achter de gymzaal van de school te roken en toetste met haar vrije hand zijn telefoonnummer in. Hij nam meteen op.

'Belle,' fluisterde hij. 'Ik kan nu niet praten. Kan ik je later terugbellen?'

'Wat maakt het uit,' zei ze. 'Je hebt het toch al zo mooi samengevat in je berichtje?'

'Ik bel je later.'

'Doe maar niet.' Het huilen stond haar nader dan het lachen. 'Al die dingen die je hebt gezegd… Was dat alleen maar…?'

'Nee,' zei hij. 'Nee, zo zat het niet. Maar verplaats je eens in mijn situatie. Je wist vanaf het begin dat…'

'Hou je kop,' zei ze. En toen kwamen de tranen. 'Zak toch in de stront. Je bent net zo'n slapjanus als alle anderen.'

En voor hij met nog meer smoesjes en leugens kon komen, drukte ze hem weg.

Met trillende handen stak ze nog een sigaret op en dacht aan de stommiteit die ze een paar weken geleden had begaan. Misschien was hij zich daardoor gaan realiseren wat er voor hem op het spel stond. Hij had verteld dat zijn vrouw op reis was, wat Annabelle had opgevat als een uitnodiging. Ze kon zich niet herinneren dat hij had gezegd dat zijn kinderen wel thuis waren. Als ze dat had geweten, was ze natuurlijk niet naar hem toe gegaan om hem te verrassen.

De Zweedse les was al begonnen, maar hoe kon ze zich in godsnaam concentreren op tekstanalyses terwijl haar hele leven instortte?

Haar mobieltje maakte een geluidje. Het was Rebecka.

Waar ben je?

Loop wat rond, het is een zootje, antwoordde ze.

Als je moeder erachter komt dat je spijbelt, mag je vanavond niet naar het feest.

Ik mag sowieso niet naar het feest.

Maar dan mag je niet eens naar mij toe. Kom hier!!!

Oké.

Annabelle doofde haar sigaret en liep de school in. Boven in de gang kwam ze William tegen. Ze knikte hem kort toe en hij knikte terug. Wat raar, dacht ze, dat twee mensen die ooit zo close waren ineens vreemden voor elkaar konden zijn. Heel even wilde ze zich omdraaien en hem naroepen dat ze er spijt van had, dat ze er een puinhoop van had gemaakt, dat ze hem nodig had en dat ze van hem hield. Maar dat deed ze niet. Het zou de situatie alleen maar nog erger maken; bovendien geloofde ze niet dat het echt zo was.

13

Gewoon recht voor je uit kijken, zei Charlie tegen zichzelf toen ze het centrum van Gullspång achter zich lieten. Niet naar de kerk kijken, niet naar die afrit. Gewoon recht voor je uit kijken.

De auto schudde heen en weer door de kuilen in het asfalt.

'Wat een rotweg,' zei Anders.

'Dit is toch een doodgewone weg.'

'Maar hij moet nodig opnieuw geasfalteerd worden. Je kunt nog beter op een grindweg rijden.'

'Het dringt maar niet tot je door, hè.'

'Wat niet?'

'Dat Gullspång een van de armste gemeentes van Zweden is.'

Anders zei dat hij dat wel wist, maar het was gewoon… De schade die de auto's door de kuilen opliepen, kostte meer dan alles opnieuw asfalteren.

'De auto's zijn niet van de gemeente,' zei Charlie.

Een eindje verderop doemde de kerk op. Charlie dacht bij zichzelf dat ze haar ogen dicht kon doen, maar ze kon het niet laten toch te kijken.

Het doet te veel pijn, dacht ze. Ik had hier nooit naartoe moeten gaan.

Fredrik en Nora Roos woonden in een eenvoudig wit houten huis op de plek waar het dorp overging in akkers en weilanden. De helft van hun gazon was gemaaid. De grasmaaier stond nog in de tuin. Het zou nog wel even duren voor iemand die daar weg zou halen, dacht Charlie.

Omdat de deurbel kapot was, klopte Charlie aan. Het duurde een hele tijd voor ze in huis voetstappen hoorden. Fredrik Roos deed open – hij was ongeschoren en had roodomrande ogen – en vroeg hun binnen te komen. Ja, hij had gehoord dat de politie versterking uit Stockholm zou krijgen. Dat was goed, zei hij, en hij nam ze mee naar de keuken. Met trillende handen mat hij koffie af. Het was goed dat er experts van buiten kwamen.

'We hebben helaas geen melk,' zei hij toen hij twee gebarsten kopjes voor hen op tafel zette. Ze waren in een kamer gaan zitten die hij de 'zondagse kamer' noemde.

'We drinken hem het liefst zwart,' zei Charlie terwijl ze om zich heen keek. Aan de muren hingen schilderijen met huilende kinderen, die in Stockholm op een ironische manier hip waren geworden. Ze vroeg zich af of het erfstukken van overleden ouders waren. Boven de open haard stonden dikke, witte houten letters, die de woorden CARPE DIEM vormden. Charlie had die woorden altijd als een soort hoon ervaren, en nu voelden ze schrijnender dan ooit.

Ze wilde net naar Annabelles moeder vragen, toen er een magere, blonde vrouw in een spijkerbroek en een T-shirt in de deuropening verscheen. De vrouw zei niets en staarde Charlie en Anders met een lege blik aan.

'Ik wilde je niet wakker maken,' zei Fredrik. 'Ik dacht dat je wel wat slaap kon gebruiken… Ik bedoel, toen je eenmaal sliep.'

'Ik sliep niet.'

Charlie ontmoette haar gekwelde blik en zag dat dat moest kloppen.

'Dit zijn politieagenten uit Stockholm,' zei Fredrik. 'Ze zijn hier om wat vragen te stellen.'

'Ga je gang.' Nora spreidde haar armen, wankelde even en ging op een voetenbankje zitten. 'Vraag maar.'

Nora kwam Charlie bekend voor. Ze wist zeker dat ze haar eerder had gezien, maar niet op een feest in Lyckebo, want ze kende de namen van het handjevol vrouwen dat bij Betty kwam.

'Koffie?' vroeg Fredrik.

'Wie denkt er nu aan koffie?' zei Nora met stemverheffing. 'Hoe kan ik nou aan koffie denken terwijl mijn dochter vermist is?'

'Je hoeft niet zo te schreeuwen,' zei Fredrik.

'Annabelle is verdwenen, dus ik schreeuw zoveel als ik wil.' Ze wendde zich tot Charlie en vroeg: 'Heb jij kinderen?'

Charlie schudde haar hoofd.

'En jij?' Nora keek naar Anders.

Anders knikte.

'Ik denk dat je het voelt...' zei Nora terwijl ze door het raam naar buiten keek. 'Ik denk dat je het als moeder voelt als je kind niet meer leeft.'

'We gaan ons uiterste best doen om haar te vinden,' zei Anders.

'Het is al te laat. En kijk niet zo naar me, Fredrik. Jij vond dat we haar moesten laten gaan.' Nora stond op van het voetenbankje en liep de kamer uit.

'Ze is boos omdat ik minder streng ben dan zij,' zei Fredrik toen Nora weg was.

'We hebben altijd al verschillende opvattingen over Annabelles opvoeding gehad. Nora wil de controle houden, terwijl ik... Ik wil de teugels een beetje laten vieren.'

'En kijk wat dat heeft opgeleverd!' riep Nora. Ze moest achter de deur hebben staan luisteren. 'En nu vraag je je vast af of het het waard was. En was het het waard?'

Fredrik schudde zijn hoofd. Het huilen stond hem nader dan het lachen. Het was vreselijk om te zien, vond Charlie, dat sommige mannen het zichzelf niet toestonden om te huilen, zich zelfs in dit soort situaties niet konden laten gaan. Maar toen dacht ze aan de labiele vrouw achter de deur. Een van beiden moest sterk zijn.

'Ze heeft gelijk,' zei Fredrik. 'Als ik net zo streng was geweest als zij, was dit nooit gebeurd. Maar je kunt... je kunt een bijna volwassen vrouw toch niet opsluiten?' Hij keek Anders aan.

'Nee,' zei Anders, 'dat kan niet.'

Charlie besefte dat ze dit gesprek een andere kant op moest sturen voordat Fredrik in zelfverwijt zou blijven hangen. Ze had vaker ouders van vermiste kinderen ontmoet, maar nog nooit zoveel berouw en schuldgevoel gezien als ze bij Fredrik zag. Dat zou misschien minder vreemd zijn als het een jonger kind was geweest, dat hij door onachtzaamheid of onoplettendheid in gevaar had gebracht. Maar dit was een meisje van zeventien, dat over een jaar meerderjarig was.

‘Vertel eens over de bewuste avond,’ zei Charlie. ‘Over de avond waarop ze verdween.’

Fredrik wreef in zijn gezicht. ‘Ze zou naar Rebecka gaan. Ze zouden samen een film gaan kijken, maar ze kwam niet thuis.’

‘En toen ben je dus op pad gegaan om haar te zoeken?’

Fredrik knikte. Hij was meteen naar de plattelandswinkel gegaan toen Nora ongerust werd.

‘Waarom niet naar Rebecka?’

‘Annabelle en Rebecka namen allebei hun telefoon niet op, dus we dachten dat ze misschien ergens anders waren. Ik moest meteen naar Valls van Nora.’

‘Hoe laat was dat?’

‘Bijna één uur.’

‘Wat gebeurde er toen je er kwam?’

‘Dat heb ik al verteld. Het feest was uit de hand gelopen, slapende en lallende jongeren, keiharde muziek, dronkenschap. Svante Linder zat met een vriend in de keuken. Ja, jullie weten vast al wie iedereen is. Ze kwamen heel onverschillig over.’

‘Hoe bedoel je, “onverschillig”?’

‘Ik bedoel… Als ze haar iets hadden misdaan, als ze mijn meisje iets hadden aangedaan… zouden ze er toch niet… Dan zouden ze er toch niet zo onverschillig bij hebben gezeten? Boven vond ik Rebecka met die jongen, William. Toen Rebecka zei dat Annabelle weg was gegaan, wist ik het. Ik wist dat er iets vreselijks was gebeurd. Ik voelde het.’

‘En daarna?’ vroeg Anders.

‘Ik ben gaan rondrijden om haar te zoeken. Ik heb Nora gebeld, die meteen de politie heeft ingelicht, maar die leken het niet echt serieus te nemen. Ze zeiden dat we af moesten wachten.’

‘Is jou of je vrouw de laatste tijd iets opgevallen aan Annabelle, voordat ze verdween?’ vroeg Charlie.

‘Ik kan niks bedenken.’

‘Hoe zat ze in haar vel?’

‘Weet ik niet. Ze was misschien een beetje… Ach, ik weet het niet.’

'Zeg het maar,' zei Charlie.

'Een beetje down misschien, of moe eerder.'

'Heb je gevraagd waardoor dat kwam?'

'Nee. Het is vooral iets wat ik nu bedenk, nu ik me alles probeer te herinneren. Het is meer een gevoel.'

'Is Annabelle weleens depressief geweest?'

'Waarom vraag je dat? Je denkt toch niet dat ze...'

'Ik wil alleen maar weten of ze weleens depressief is geweest.'

Fredrik schudde zuchtend zijn hoofd. Annabelle was nooit depressief geweest – niet voor zover hij wist in elk geval. Maar het is geen meisje dat altijd vrolijk is...'

'Ga verder,' zei Charlie toen hij stopte met praten.

Fredrik vroeg wat ze bedoelde, en Charlie zei dat hij meer over zijn dochter moest vertellen.

Hij zweeg even, slikte en stak van wal. Annabelle is bijzonder, ja, dat vinden vast alle ouders van hun kinderen, maar Annabelle... Dat hebben ze vaak te horen gekregen, dat ze een bijzonder meisje is. Dat gevoel had hij al bij de bevalling. Ze huilde al voordat ze helemaal uit haar moeders lichaam was. Hoeveel kinderen deden dat? Fredriks blik ging heen en weer tussen Charlie en Anders, alsof zij de statistieken kenden. 'Ze is gek op lezen,' vervolgde hij. 'Ze leest een paar boeken per week. Dat komt door haar nieuwsgierigheid, ze is altijd al nieuwsgierig geweest en... zoekende, op de een of andere manier. Naar van alles, van het boeddhisme tot...' Hij schraapte zijn keel, alsof hij probeerde te bedenken waarnaar ze nog meer op zoek was geweest. 'Nu is de kerk het helemaal.'

'Zijn Nora en jij ook actief in de kerk?' vroeg Charlie.

'Wij niet, we zijn allebei atheïst. Volgens Nora is dat gedoe met God voor Annabelle alleen maar een manier om zich af te zetten.'

'Tegen wie?'

'Tegen ons. Ze heeft zelfs confirmatie gedaan. Misschien ook wel omdat vrijwel al haar klasgenootjes dat deden. Maar catechisatie, wat andere kinderen van haar leeftijd niet kan boeien, vindt Annabelle leuk... Ze zei zelfs dat ze het interessant vond. Daarna begon ze naar de kerk te gaan en deed ze… kerkelijke dingen, ze ging bij een Bijbelkring. Maar dat vonden we ook wel fijn. Ze kan beter naar de kerk gaan dan naar Valls. Maar aan de andere kant, het maakte weinig uit, want daar ging ze ook nog steeds naartoe.'

Fredrik stond op en liep naar het raam, voorovergebogen. Als iemand die het opgegeven heeft en alle hoop heeft laten varen, dacht Charlie bij zichzelf.

'Als ze thuiskomt, zal ik niet tegen haar uitvaren,' zei hij. 'Dan zal ik alleen maar… We zullen haar in onze armen sluiten, haar vasthouden…'

Hij onderbrak zichzelf toen Anders hem een papieren zakdoekje aanreikte. Charlie raakte geïrriteerd, want ze had het gevoel dat Fredrik op het punt stond iets belangrijks te gaan zeggen.

Fredrik keek naar het zakdoekje in zijn hand alsof hij niet precies wist wat hij ermee moest, alsof hij zich niet realiseerde dat zijn tranen op zijn T-shirt vielen.

'Ze was ons enige kind,' zei hij.

Is, wilde Charlie zeggen. Ze ís jullie enige kind.

Fredrik ging weer zitten. Charlie zag dat zijn handen beefden toen hij het kopje naar zijn mond bracht. Wat hij had verteld, maakte het beeld van Annabelle niet samenhangender. Integendeel, ze was iemand van uitersten, dacht ze. Een complexe jonge vrouw.

'De bewuste dag,' zei Charlie. 'Is er de dag waarop Annabelle verdween iets bijzonders gebeurd?'

Fredrik schudde zijn hoofd. 'Hoe bedoel je?'

'Hebben jullie ruzie gehad, bijvoorbeeld?'

'Ik heb haar niet gezien,' zei Fredrik. 'Ik ben 's morgens om zes uur van huis gegaan en pas even voor zevenen 's avonds weer thuiskomen. Ik werk in Bäckhammar. In de papierfabriek,' voegde hij eraan toe. 'Er was een machine vastgelopen, waardoor ik moest overwerken. En toen ik thuiskwam, was Annabelle net weg.'

'En Nora?'

'Zij was wel thuis, dus zij hebben elkaar voor en na schooltijd gezien.'

'Weet je hoe de sfeer tussen hen was?'

'Nora zei dat ze gekibbeld hadden over hoe laat ze thuis moest komen, maar dat was niks bijzonders. Ze krijgen altijd ruzie als Annabelle ergens heen gaat.'

'En verder? Maken ze ook ruzie over andere dingen?'

'Meestal alleen over dingen die met regels en grenzen te maken hebben.'

Charlie slikte en besloot de vraag te stellen die ze liever niet stelde.

'Hebben jij of je vrouw weleens geweld gebruikt tegen Annabelle?'

'Wat is dat nou voor vraag?' Fredrik draaide zich naar haar toe.

'Het is een routinevraag,' zei Charlie. 'Je moet het niet persoonlijk opvatten.'

'Nee, dat is nooit voorgekomen. We zijn geen mensen die kinderen mishandelen. En natuurlijk vat ik het persoonlijk op dat ik als verdachte word gezien.'

'Je bent geen verdachte,' zei Anders. 'Dit zijn gewoon vragen die we moeten stellen.'

Charlie ontmoette zijn blik, die zei: wat wel en geen routinevragen zijn, daar hebben we het nog wel over.

'Kun je iets vertellen over de relatie tussen Annabelle en William Stark?' vroeg ze.

Fredrik schudde zijn hoofd. Hij wist niet eens dat ze iets met elkaar hadden gehad. De politie had het hem een paar dagen geleden verteld. Ja, hij wist natuurlijk wel dat ze met jongens omging – welk zeventienjarig meisje deed dat niet? Maar dat ze een relatie had... Ze had er niets over gezegd, tegen hen allebei niet.

'Annabelle heeft contact gehad met iemand die met een prepaidkaart belt.'

Charlie liet Fredrik het nummer zien. 'Ken je dit nummer?'

Fredrik schudde zijn hoofd.

'Ik dacht dat het misschien een familielid kon zijn, iemand die we kunnen schrappen.'

'Ik denk het niet,' zei Fredrik. 'Maar ik kan het bewaren en er nog een keer zorgvuldiger naar kijken.' Hij pakte het briefje aan.

Er werd een hele tijd niets gezegd. Uiteindelijk schraapte Charlie haar keel en vroeg of ze in de kamer van Annabelle mochten kijken.

Fredrik zei dat Olof daar al was geweest en dat hij niets van belang had gevonden.

'Ik zou toch graag even willen kijken.'

'Ik denk dat Nora in haar bed ligt,' zei Fredrik. 'Als ze slaapt... Ik wil graag dat ze wat slaap krijgt.'

'Dat doen we het een andere keer,' zei Anders. 'Bedankt dat je de tijd hebt genomen om met ons praten.' Hij stond op.

'Ik loop met jullie mee naar de auto,' zei Fredrik. 'Het spijt me, maar ik ben bekaf.'

Ze stapten de hal in, en toen ze langs de trap liepen, dacht Charlie dat ze Nora vanuit haar ooghoek boven bij de trapleuning zag staan.

'Zijn er nog andere dingen waar je mee zit?' vroeg Charlie aan Fredrik nadat ze de voordeur achter zich hadden dichtgetrokken.

'Ik maak me zorgen over Nora. Ik wil dat ze... hulp krijgt. Ze heeft amper geslapen sinds... en ze gaat heel raar doen als ze niet slaapt.'

'Heeft ze niets gekregen om te kunnen slapen?' vroeg Anders.

'Jawel, maar ze blijft toch wakker.'

'Heeft ze weleens eerder slaapproblemen gehad?' vroeg Charlie.

'Waarom vraag je dat?'

Ze merkte dat hij op zijn hoede was.

'Omdat je zei dat ze raar gaat doen als ze geen slaap krijgt, alsof het vaker voorkomt.'

'Het is weleens vaker slecht met haar gegaan. Ze is ziek geweest.'

'Wat had ze dan?' vroeg Anders.

'Haar zenuwen.' Fredrik sloeg zijn ogen neer. Hij keek achterom naar het huis alsof hij wilde controleren dat alle ramen dichtzaten. 'Ze heeft periodes gehad dat ze zenuwziek was.'

'Een depressie?' vroeg Charlie.

'Nee, erger. Dan wordt ze bijna... Je kunt bijna zeggen dat ze gek wordt.'

'Psychotisch?'

'Ja.'

'Dus ze is weleens opgenomen geweest?'

Fredrik knikte. Dat is een paar keer voorgekomen, en nu, met deze stress, was hij bang dat dat weer zou gebeuren.

'Ik weet wat het is,' zei Charlie. 'Ik weet echt wat het is.'

'Ik zou graag hulp willen krijgen.'

'We zorgen ervoor dat er iemand langskomt,' zei Anders.

'Wie?'

'Een psycholoog of een maatschappelijk werker, iemand met wie jullie kunnen praten.'

'Is er wel zo iemand hier?'

Anders beloofde dat ze snel hulp zouden krijgen.

Charlie hoopte dat hij niet te veel had beloofd.

14

Fredrik ruimde de kopjes in de woonkamer op. Hij hoorde geluiden boven. Nora was dus wakker. Hij dacht aan Solhem, aan die mensen met die lege ogen, de onaangeroerde gezelschapsspelletjes in het dagverblijf. Daar zou Nora binnenkort weer belanden. Ze zou met een glanzende blik in haar ogen in een witte kamer liggen en nergens op reageren.

Hij dacht aan de eerste keer dat ze opgenomen werd. Annabelle was toen amper een jaar oud. Als ze 's nachts huilde tilde hij haar uit haar ledikantje en legde haar warme, zachte babylijfje naast zich. Zo hadden ze iedere nacht geslapen, tot Nora thuiskwam, die vond dat Annabelle weer in haar eigen bedje moest liggen. Vanwege het verstikkingsgevaar. Wist hij dan niet dat hij haar per ongeluk kon laten stikken als ze bij hen lag? Hij had zich gewonnen gegeven en Annabelle weer in haar ledikantje gelegd. De eerste nachten had ze zo hartverscheurend gehuild dat het hem door de ziel sneed. Waarom was hij niet tegen Nora in gegaan? Waarom liet hij zijn dochter zich in slaap huilen terwijl hij haar ook had kunnen oppakken en bij zich neer had kunnen leggen? Maar wat had het eigenlijk voor zin, dacht hij, terwijl hij de kopjes in de vaatwasser zette, om nu aan dit soort dingen te denken?

15

Charlie ademde zwaar toen ze in de auto ging zitten. Er was iets met mensen die in een crisis zaten, dan kromp haar luchtpijp. Ze dacht aan de moeder, Nora, haar rusteloze handen, de paniek in haar ogen, de woede.

'Zenuwziek?' zei Anders toen ze van de oprit waren gereden. 'Bestaan er nog mensen die het woord "zenuwziek" gebruiken?'

'Blijkbaar,' zei Charlie, die het belachelijk vond dat je je in zo'n situatie aan iemands woordkeus ergerde. Er was iets mis met je zenuwen – daar ging het toch om?

'Wat denk je?'

'Waarvan?'

'Van de moeder. Ze lijkt me nogal... labiel.'

Charlie draaide zich naar hem toe. 'Wie zou dat niet zijn als je kind wordt vermist?'

'Ik heb het over haar psychische problemen, je weet waar psychotische mensen toe in staat zijn.'

'De meeste psychotische mensen zijn volstrekt ongevaarlijk.'

'Ja, maar sommigen zijn dat niet.'

'Precies,' zei Charlie. 'Je hebt ook mensen die als psychisch gezond worden beschouwd, maar in- en inslecht zijn.'

'Oké. Je hoeft niet boos te worden.'

'Ik ben niet boos, ik heb gewoon genoeg van mensen die denken dat iedereen met psychische problemen een gevaar voor de samenleving vormt.'

'Dat denk ik helemaal niet.'

Charlie zuchtte en bedacht hoe weinig men over de menselijke geest wist. Het onderwerp had altijd haar belangstelling gehad. Dat was rond haar tiende al begonnen, omdat ze wilde begrijpen waarom Betty niet zoals andere moeders was – waarom ze dagenlang zonder iets te zeggen op bed kon liggen. Waarom ze geen moeder was die sporttassen inpakte, brood bakte en cadeautjes voor verjaardagsfeestjes kocht.

'Die vraag of ze weleens geweld hadden gebruikt,' zei Anders, 'vond je dat wel gepast?'

'Hij moest gesteld worden,' zei Charlie. Ze pakte haar telefoon erbij en googelde 'psycholoog gemeente Gullspång', maar het enige wat ze vond, was een website met toeristische informatie en activiteiten voor gezinnen. Ze zuchtte en dacht aan al die dingen die in het dorp ontbraken: psychologen, crisishulp, specialisten. Toen googelde ze in plaats daarvan 'predikant Gullspång' en hoopte dat die oude, schijnheilige dominee die Betty's begrafenis had geleid met pensioen was. Er verscheen een naam en een telefoonnummer. Charlie belde het nummer en kreeg meteen de voicemail, waarop een jonge mannenstem zich voorstelde als Hannes Palmgren. Het speet hem dat hij nu niet kon opnemen, maar als je een bericht achterliet, zou hij je zo snel mogelijk terugbellen. Ze liet een bericht achter, googelde opnieuw omdat ze dacht dat er misschien meerdere predikanten waren. Maar het enige wat ze vond, was een lijst van dienstdoende predikanten in Västra Götaland.

'Bel een van hen dan,' zei Anders toen ze daar vloekend op reageerde.

'Ik zoek iemand die bij ze langs kan gaan, snap dat dan. In zo'n situatie als deze helpt één rottelefoontje toch niet.' Ze zweeg en stelde vast dat in zo'n situatie niets hielp, niets behalve Annabelle vinden, haar snel en levend terugvinden.

'Ze zijn niet christelijk,' zei Anders. 'Misschien is het dan niet zo'n heel goed idee om er een predikant heen te sturen.'

'Het is crisis,' zei Charlie. 'Iedereen wordt gelovig in een crisissituatie. We hebben trouwens geen keus, want er is verder niemand.'

'Maar die predikant lijkt ook niet bereikbaar te zijn,' zei Anders.

'Als hij niet snel reageert, moeten we een nieuwe poging wagen.'

Ze bespraken wat ze over Annabelle te weten waren gekomen: de catechisatie, haar voorliefde voor lezen, haar hoge cijfers.

'Het klinkt allemaal zo tegenstrijdig,' zei Anders.

'Wat?'

'Vind je niet? Een meisje dat van feesten en flirten houdt, maar tegelijkertijd veel leest, actief is in de kerk en het goed doet op school.'

'Het ene hoeft het andere toch niet uit te sluiten,' zei Charlie. 'En dat geflirt moet je niet zo serieus nemen. Het is maar een gerucht. In dit soort dorpen is er weinig nodig om een gerucht te doen ontstaan.'

'Het klinkt alsof je er zelf ervaring mee hebt,' zei Anders.

Charlie reageerde niet. Ze had geen tijd en zin om over zichzelf en haar ervaringen te praten.

'Ik ken haar ergens van,' zei ze om het gesprek op een ander onderwerp te brengen. 'Ik heb Nora eerder gezien, maar ik weet niet waar.'

'Er moeten heel veel mensen in dit dorp zijn die je eerder hebt gezien.'

'Ja, dat moet wel,' zei Charlie.

'Toch vreemd,' Anders sloeg af naar de grotere weg, 'om geen familie in de buurt te hebben.'

'Ze hebben nu wel wat anders aan hun hoofd dan gasten ontvangen.'

'Ik bedoel intimi.'

'Niet iedereen heeft intimi,' zei Charlie terwijl ze door het raam naar buiten keek.

16

Olof nam meteen op toen Charlie belde. 'Hoe ging het?' vroeg hij zonder haar eerst te begroeten. 'Je hebt er vast niet veel uit weten te krijgen, hè?'

'Wisten jullie dat Nora depressies heeft gehad en een paar keer opgenomen is geweest?'

'Dat heeft niemand ons verteld. Maar dat verbaast me niks. Die vrouw is altijd zo... angstig op de een of andere manier.'

'Fredrik is bang dat ze helemaal in zal storten. Is hier een psycholoog die we kunnen bellen?'

'Nee, geen psycholoog. We hebben alleen Hannes, de dominee. Ik zal hem wel even bellen.'

'Dat heb ik al gedaan. Hij neemt niet op. Maar we kunnen er wel even heen rijden om te kijken of hij thuis is. Dan kunnen we het meteen met hem over de Bijbelkring hebben waar Annabelle in zit. Of hebben jullie dat al gecheckt?'

'Nee. We hadden onze handen vol aan de feestgangers.'

Charlie beëindigde het gesprek.

'Zullen we nu naar die predikant gaan?' vroeg Anders.

'Ja, en laten we hem meteen maar ondervragen, als we het toch met hem over Nora hebben. Is daar iets mis mee?' vroeg Charlie toen ze Anders' sceptische blik zag. 'Niemand heeft hem nog gesproken.'

'Denk je nou echt dat je iets uit een predikant zult krijgen?'

'Hij kan toch wat algemene vragen beantwoorden. Niet alles valt onder het absolute beroepsgeheim.'

Anders zei dat dat juist wél zo was, omdat het... absoluut was.

'Maar we moeten in elk geval achterhalen wie er lid zijn van die Bijbelkring.'

'Zoek zijn adres dan op,' zei Anders.

Charlie zei dat dat niet nodig was, want hij woonde vast in de pastorie, en zij wist waar die stond.

Laat ik maar gewoon gaan, dacht ze. Ze hoefde niet naar het kerkhof te gaan, ze hoefde het graf niet te zoeken en ze hoefde niet aan het vergane lichaam te denken. Ze was hier om een vermissing te onderzoeken. Meer niet.

Ze dacht aan de fietstochtjes die ze als meisje naar de kerk maakte. Dan liep ze over de paden tussen de graven en las de opschriften, namen en de jaartallen. Op de een of andere vreemde manier maakte de gedachte aan alle doden onder haar haar rustig. Een keer, na de schoolafsluiting, waar Betty voor de verandering bij was geweest, had Charlie haar de mooiste stenen laten zien. Maar het had geen indruk op Betty gemaakt.

Ik wil niet zo'n stomme pikkende duif op mijn grafsteen. Ik heb een hekel aan vogels, dat weet je. En je moet me trouwens toch uitstrooien over Skagern. Ja, ik weet dat dat niet mag, maar wie houdt je tegen? Je neemt gewoon op een avond de urn mee en dan roei je het meer op.

Betty vond het waanzin dat Charlie zo veel tijd op het kerkhof doorbracht, maar ze ging haar niet verbieden om hele dagen tussen de dooien rond te hangen als ze daar gelukkig van werd. Zij verbood anderen geen dingen die ze graag deden.

Soms wilde Charlie dat Betty strenger was, dat ze net als andere ouders regels had en dat ze wilde weten waar Charlie uitging en wanneer ze plan was thuis te komen. Maar Betty was niet zo bangelijk aangelegd, en toen Mattias later bij hen introk, kreeg ze meer vrijheid dan ooit.

Hij is mijn vader niet, protesteerde Charlie altijd als Betty haar verweet dat ze te kortaf was tegen Mattias. Maar Charlie kon het toch ook niet helpen dat ze het vreselijk vond om naar Mattias' verhalen te luisteren over de zoon die hij was kwijtgeraakt. Hij leek niet te begrijpen waarom zijn moeder de voogdij had gekregen. Betty en Mattias praatten vaak over hem, ze wilden ervoor zorgen dat hij bij hen thuis kwam wonen en met zijn vieren een gezin vormen. Als Charlie hen zulke dingen hoorde zeggen, ging ze altijd naar haar kamer, waar ze tot de God waarin ze niet geloofde bad dat dat nooit zou gebeuren. Ze bad dat de relatie met Mattias zou eindigen en dat het iets zou worden waar ze later om zouden kunnen lachen, zij en Betty. Maar als het over Mattias ging, lachte Betty nooit. Want hij was de uitzondering die de regel bevestigde.

Welke regel?

Dat alle mannen klootzakken waren. Mattias was goed en vergevensgezind, de enige man die haar door en door kende en toch om haar gaf. Misschien was dat de reden waarom Charlie echt een hekel aan hem kreeg. Ze wilde die man niet in huis hebben, de man die Betty door en door kende. Ze wilde niet dat Mattias' zoon bij hen kwam wonen. Ze zouden nooit een gewoon gezin worden, wat Betty ook hoopte. Want Mattias dronk, droeg rare kleren en Betty... Betty was precies hetzelfde. Alles zou dan alleen maar dubbel zo raar worden.

Een kuil in de weg bracht haar terug in het heden.

'Je bent te ver doorgereden,' zei ze. 'Je had bij het vorige kruispunt links af moeten slaan.'

'Waarom zei je dan niks?' zei Anders.

'Omdat ik ergens anders aan zat te denken. Je had het zelf ook wel kunnen zien, trouwens. De kerk is niet bepaald onzichtbaar. Nu moet je een U-bocht maken.'

'Daar is de weg niet breed genoeg voor.'

'Wel waar. Je kunt gewoon geen afstanden inschatten.'

'Wil je vanaf nu alsjeblieft opletten hoe we moeten rijden.'

Ze zetten de auto op het keurig aangeharkte grindpad neer voor de rode pastorie en liepen de trap op naar de voordeur. Toen ze aanklopten, hoorde ze in het huis een hond blaffen.

Een vrouw met een jongetje op haar heupen deed open.

'Niet doen, Kafka,' zei ze tegen de labrador die tegen Charlie opsprong. 'Hij denkt nog steeds dat hij een pup is,' verontschuldigde ze zich. 'Hij heeft niet in de gaten hoe groot hij is. Gaat het?'

'Niks aan de hand,' zei Charlie. 'Ik hou van honden.' Ze boog zich voorover en aaide de hond met beide handen achter zijn oren. Toen vertelde ze de vrouw de reden van hun komst.

De predikant, die Hannes heette, dook op achter zijn vrouw. Hij had zijn toga aan.

'Ze zijn hier om over Annabelle te praten,' zei zijn vrouw.

'We hebben gebeld,' zei Charlie.

'Ik check mijn mobieltje helaas niet zo vaak,' zei Hannes. 'Maar kom binnen. Ik heb net koffiegezet.'

Charlie keek om zich heen in de ruime, landelijke keuken. Onder het raam stond een grote, oude eikenhouten tafel met een bijbehorende keukenbank met rood geruite bekleding, en aan de muren hingen wandkleden met ZOALS HET KLOKJE THUIS TIKT en ERE ZIJ GOD IN DE HOOGSTE HEMELEN erop.

'Die zijn nog van de vorige predikant,' zei Hannes. 'Zijn vrouw hield kennelijk van borduren.'

Een meisje van een jaar of vier kwam de kamer binnen, met in beide handen een autootje.

'Neem jij de kinderen even mee naar boven, Louise?' zei Hannes.

Zijn vrouw knikte, riep haar dochter bij zich en verdween.

'Ik wilde me net gaan omkleden,' vervolgde hij. 'Ik ben nogal warm gekleed. Ik was net met een groep jongeren in de kerk om voor Annabelle te bidden. We zijn allemaal vreselijk aangeslagen.' Hij veegde een zweetdruppel van zijn voorhoofd. 'In dit soort situaties, voel je je... voel je je machteloos.'

'Heeft u contact met haar ouders gehad?' vroeg Charlie.

'Ik heb ze gebeld, maar ze namen niet op.'

'U kunt er misschien maar het beste gewoon heen gaan. Haar moeder is er slecht aan toe.'

Hij knikte. Dat zou hij zeker gaan doen.

'Hoelang heeft u deze gemeente al?' vroeg Anders terwijl Hannes de blauw-witte koffiekopjes met bijbehorende schoteltjes op tafel zette.

'Drie jaar nog maar.'

'Bent u import?'

'Ja, we komen uit Stockholm. We waren de grote stad beu. Mijn vrouw wilde een tuin en een veilige plek voor de kinderen om op te groeien. Maar je weet dat zulke plekken niet bestaan.'

'Hoe goed kent u Annabelle?' vroeg Charlie.

'Ze heeft confirmatie gedaan en daarna is ze in mijn Bijbelkring gekomen. Het is een klein groepje waarin iedereen elkaar kent.'

'Waarom denkt u dat ze naar de kerk gaat?'

'Daar kan ik alleen maar over speculeren. Maar het is niet ongebruikelijk dat jonge mensen met een moeilijke thuissituatie naar de kerk gaan.'

'Wilt u daarmee zeggen dat Annabelle het thuis moeilijk heeft?'

'Ik bedoel in het algemeen. Maar ze vond de gesprekken die we ter voorbereiding op de confirmatie hadden erg prettig. Ik heb geprobeerd een jongerengroep op te zetten, maar behalve Annabelle haakte iedereen na een paar bijeenkomsten af. Toen heb ik haar een plek in de Bijbelkring voor volwassenen aangeboden. Eerst dacht ik dat ze maar één keer zou komen, want de rest is immers een stuk ouder. Maar Annabelle leek het te waarderen. Ze is… ze is anders dan andere kinderen van haar leeftijd.'

Charlie vroeg hem dat uit te leggen.

'Ze is volwassener en bedachtzamer. Als ze praat, luister je. Je zou kunnen zeggen dat ze simpelweg… intelligent is.'

Charlie vroeg naar de andere deelnemers in de groep.

Hannes zei dat het er in totaal zes waren, en toen Charlie naar hun namen vroeg, voegde hij eraan toe dat hij zeker wist dat niemand in de kring iets met de vermissing van Annabelle te maken had.

Hoe kon hij daar zo zeker van zijn, wilde Anders weten.

'Het zijn allemaal vrouwen van over de zeventig.'

'Ook als het geen verdachten zijn,' zei Charlie, 'kunnen ze informatie hebben die ons verder kan helpen.'

Ze pakte een notitieblok en een pen uit haar tas en vroeg Hannes de namen van alle leden van de groep te noteren.

'Spraken jullie elkaar weleens een-op-een, u en Annabelle?' vroeg ze toen Hannes het blok terugschoof.

'Weleens.'

'Is er tijdens die gesprekken iets bijzonders naar boven gekomen?'

'Daar kan ik niets over zeggen.'

'U begrijpt vast hoe belangrijk het is dat we alle informatie krijgen waarmee we haar kunnen vinden.'

'En jullie begrijpen vast ook wat een absoluut beroepsgeheim inhoudt? Het spijt me,' Hannes wierp een vluchtige blik op klok, 'maar ik heb morgen een begrafenis die ik moet voorbereiden.'

'Nog één ding,' zei Charlie. 'Waar was u in de nacht van vrijdag op zaterdag?'

'Wat wilt u daarmee zeggen?' zei Hannes. 'Wilt u daarmee zeggen dat ik...'

'Die vraag stellen we aan iedereen die we spreken,' zei Charlie, 'dus u hoeft het niet verkeerd op te vatten.'

'Dat doe ik ook niet,' zei Hannes. 'Ik ben alleen een beetje verbaasd. Ik was die hele avond en nacht in elk geval thuis.'

'De rest van uw gezin ook?' vroeg Charlie.

'Nee, de anderen waren op familiebezoek in Stockholm. Ik moest zondagochtend preken, dus ik kon niet weg.'

'Zei ik het niet?' zei Anders toen ze weer in de auto zaten. 'Dacht je nou echt dat je iets van een predikant te weten zou komen?'

'Dat is toch gelukt?' zei Charlie.

'O ja?'

'Ja, dat over die thuissituatie.'

'Dat bedoelde hij toch in het algemeen.'

'Niet te geloven, natuurlijk bedoelde hij dat niet.'

'Maar het was niks nieuws in elk geval,' zei Anders. 'We wisten toch al dat die moeder overdreven beschermend was en...'

'Hij drinkt,' zei Charlie. 'Volgens mij drinkt de dominee.'

'Waarom denk je dat?' Anders draaide zich naar haar toe.

Charlie wist niet precies wat ze moest antwoorden. Het kwam door zijn adem natuurlijk, die onmiskenbare geur van ethanol toen ze hem een hand gaf, maar dat hoefde niet te betekenen dat hij een drankprobleem had. Was het iets in zijn blik? Zijn roodachtige neus met de gesprongen bloedvaatjes?

‘Het was maar een gevoel,’ zei ze. ‘Ik had gewoon zo’n gevoel.’

‘Maakt hem dat op de een of andere manier verdacht?’

‘Nee, maar je weet net zo goed als ik wat alcohol met iemands beoordelingsvermogen doet.’

‘Niet zo goed als jij,’ zei Anders glimlachend.

‘Ik vind het in elk geval maar niks dat niemand zijn alibi kan bevestigen.’ Charlie pakte haar notitieblok en las de namen die Hannes had genoteerd: Inez Gustavsson, Gunlis Andersson, Anna-Britt Estberger, Marit Höglund en Rita Oksanen. ‘Misschien heeft Annabel wel iets tegen de anderen in de groep gezegd,’ zei ze. ‘Iemand van ons moet in elk geval met deze vrouwen gaan praten.’

‘Is dat nu echt onze hoogste prioriteit? Het lijkt me een beetje vergezocht. Kunnen we niet beter de feestgangers nader onderzoeken?’

‘Het kan geen kwaad om ook met hen te gaan praten.’ Charlie belde Micke en gaf hem de namen van de vrouwen van de Bijbelkring. Kon hij hun telefoonnummers opzoeken en een paar korte gesprekken met hen regelen?

‘Een van hen heb ik gisteren nog gesproken,’ zei Micke. ‘Gunlis Andersson. Dat is mijn oma. En ik kan je meteen al zeggen dat als ze iets belangrijks had geweten ze me dat allang verteld zou hebben.’

‘Neem dan contact op met de rest,’ zei Charlie.

Daar en toen

Rosa zegt dat als er iets is wat ze zich altijd had gewenst, het wel een zusje was. Ze had God er zelfs om gebeden.

'En kijk eens aan,' zegt ze terwijl ze Alice over haar wang streelt, 'je gaat bijna geloven dat Hij bestaat.'

'Hij bestaat niet,' zegt Alice.

'Dat weten we niet.' Rosa slaat haar zachtjes op haar bovenarm.

Alice slaat terug.

Rosa slaat opnieuw, harder dit keer. En al snel rollen ze door het gras.

'Geef je je over?' zegt Rosa. Ze zit op Alice' middel en drukt met haar knieën haar armen en handen op de grond.

'Ik geef me over,' zegt Alice lachend.

'Zie je nou wel dat ik de sterkste van ons tweeën ben?'

'Ja, jij bent de sterkste.'

'Eén ding is zeker,' Rosa buigt voorover, waardoor haar haar in Alice' gezicht kriebelt, 'als iemand jou iets aandoet, wordt diegene gestraft. Dat meen ik, Alice, diegene wordt gestraft.'

Rosa is nergens bang voor, zelfs niet voor de brommerjongens die, veel te dichtbij, met hen meerijden. Ze spuugt en wijst naar ze. Alice snapt niet dat ze dat durft. Eén keer stopt een van hen, doet de zwarte klep van zijn helm omhoog en roept naar Rosa dat ze voor straf met een slappe lul geneukt moet worden.

'Ze moeten jou en die hoer van een moeder van je voor straf met een slappe lul neuken,' roept hij.

Alice kijkt naar Rosa en wacht op de klap.

Maar in plaats van hem aan te vliegen of tegen de brommer aan te trappen, begint Rosa te lachen.

Wat is dat nou voor dreigement? Moet ze nu bang worden?

'Zo belachelijk,' zegt Rosa als ze weglopen. 'Alsof ze me daar bang mee maken.'

Alice knikt, hoewel ze amper begrijpt wat er was gezegd.

'Je kunt toch helemaal niet neuken met een slappe lul.' Rosa port haar in haar zij. 'Dat snapt een kleuter zelfs.'

17

‘Ik ga even met de auto naar de kiosk,’ zei Charlie toen ze bij het motel waren. ‘Ik moet peuken halen.’

‘Waarom heb je niet gezegd dat ik er even langs moest rijden?’ zei Anders.

‘Omdat ik er niet aan heb gedacht.’

Voor de kiosk hing een groepje jongeren. Was het dezelfde groep als de vorige keer? Charlie parkeerde de auto. Toen ze uitstapte, zag ze een van de jongens een meisje duwen. Ze liep naar hen toe.

‘Alles oké hier?’ vroeg ze.

De jongeren keken haar aan zonder antwoord te geven.

‘Ik vroeg of alles oké was,’ zei ze opnieuw terwijl ze de jongen aankeek die het meisje had geduwd.

‘Waar bemoei je je mee?’ zei een andere, grotere jongen.

Charlie liet haar legitimatie zien.

‘We zaten gewoon een beetje te dollen,’ zei de jongen die het meisje had geduwd. ‘Heeft de politie niks beters te doen dan zich met een geintje bemoeien?’

‘Vond jij het ook grappig?’ Charlie richtte zich tot het meisje. Pas nu zag ze dat het Sara was, een van de meisjes die de nacht van Annabelles verdwijning tot in de kleine uurtjes in Valls was geweest.

Sara haalde haar schouders op. Ze was dronken, nu zag Charlie het. Dertien jaar en dronken aan het begin van de avond op een doordeweekse dag.

‘Kom, dan breng ik je naar huis.’

‘Laat haar met rust,’ zei de jongen die haar had geduwd. ‘Het is beter als wij voor haar zorgen.’

‘Ze moet naar huis,’ zei Charlie.

Sara haalde haar schouders op en ging zonder morren met haar mee.

'Jij heet Sara, hè?' zei Charlie toen ze in de auto zaten.

'Hoe weet jij dat?'

'Je was op het feest, die avond dat Annabelle vermist is geraakt.'

'Ja, maar daar heb ik de politie al over gesproken. Ik heb niks gezien. Ik heb niks raars gezien.'

'Niemand heeft iets raars gezien, maar er is wel iets raars gebeurd.'

Sara's telefoon ging. Ze zocht in haar tas, maar toen ze hem niet vond, gaf ze het op.

'Waar woon je?' vroeg Charlie.

Sara noemde een adres dat Charlie kende.

'Zijn je ouders straks niet boos?'

'Ouder,' zei Sara. Ze hikte. 'En nee, hij wordt niet boos. Ik denk niet eens dat hij gemerkt heeft dat ik weg ben. Alcoholist,' verduidelijkte ze. 'Het enige wat hij zegt, is dat ik niet bij vreemden in de auto mag stappen.' Ze moest lachen. 'Ik hoop dat hij alleen vreemde mannen bedoelde.'

Sara woonde in een bruin bakstenen huis. Achter een raam brandde een adventskandelaar. Charlie moest denken aan de kerstgordijnen die het laatste jaar in Lyckebo voor de ramen hadden gehangen.

'Zal ik met je mee naar binnen gaan?' vroeg ze.

'Nee, dat hoeft niet,' zei Sara. 'Ik ga wel alleen.'

Toch bleef ze zitten zonder haar gordel los te maken.

'Mooi liedje.' Ze knikte naar de radio, waarop Forever Young van Alphaville te horen was. 'Maar de tekst is ongelooflijk triest.'

Charlie was het met haar eens. De tekst was triest.

Of ronduit vreselijk, vond Sara. Want wie wil er nou voor altijd jong blijven? Volwassenen die zeiden dat ze terugverlangden naar hun jeugd, moesten óf alles vergeten zijn óf ze waren niet goed bij hun hoofd. Ze moest weer lachen. Charlie ook, en ze zei dat ze er net zo over dacht, dat zij niet alles vergeten was. Ze kon niets ergers bedenken dan voor altijd jong te moeten blijven.

'Soms zou ik bijna willen dat ik haar was,' zei Sara terwijl ze haar hand op de portiergreep legde.

‘Wie?’

‘Annabelle.’

‘Hoezo?’ Charlie keek haar gespannen aan.

‘Omdat ze weg is gekomen. Waar ze ook is, ze is ergens heen gegaan.’

‘Ken je haar goed?’

Sara schudde haar hoofd. Annabelle was niet het type dat met jongere meisjes omging.

‘Zal ik echt niet met je mee naar binnen gaan?’

‘Nee, dat hoeft echt niet,’ zei Sara.

‘Wil je mijn kaartje misschien?’ Charlie zocht in haar tas, en ze viste er een visitekaartje uit.

‘Wat moet ik daarmee?’

‘Misschien heb je het een keer nodig. Mocht je nog iets te binnen schieten over die avond, wat dan ook, of... als er iets anders is.’

‘Oké.’ Sara nam het kaartje aan, bekeek het van alle kanten, stapte de auto uit en liep naar haar huis.

Charlie volgde haar wankele stappen in de achteruitkijkspiegel, haar dunne benen in de korte broek. Een paar tellen lang was het alsof ze daar zelf liep, op weg naar een chaos. Ze wilde het portier openmaken en roepen dat het allemaal goed kwam, dat alles uiteindelijk op zijn pootjes terecht zou komen, maar hoe kon ze zoiets beloven? Het maatschappelijk werk, dacht ze, toen ze terugreed naar het motel. Ik ga het maatschappelijk werk hierover bellen. Maar dat zou waarschijnlijk niets uithalen. In elk geval niet als ze nog steeds zo werkten als toen zij hen nodig had. Want alles is hier nog steeds hetzelfde, dacht Charlie. In wezen is er niets veranderd.

18

Fredrik nam een grote slok whisky. Hij dacht aan de ongemakkelijke vraag die de politie had gesteld. Hadden ze weleens geweld gebruikt tegen Annabelle? Hij had er niet volledig naar waarheid op geantwoord. De ruzies tussen Nora en Annabelle liepen weleens uit de hand. Dan moest hij tussenbeide komen en ze uit elkaar halen om te voorkomen dat ze elkaar iets aan zouden doen. Had hij er verkeerd aan gedaan om de politie dat niet te vertellen? Nee, besloot hij. Dat zou hen alleen maar op het verkeerde spoor hebben gezet. Maar ze hadden ruziegemaakt op de dag waarop ze verdwenen was. Dat had hij de politie wel verteld. In gedachten nam hij die vrijdag door. Nora had het eten klaar gehad toen hij thuiskwam uit zijn werk. Ze was overstuur geweest, dat herinnerde hij zich nog, overstuur en afwezig. Annabelle was voor het eten weggegaan. Op zijn vraag of ze ruzie met Annabelle had gehad, had Nora geantwoord dat ze het oneens waren geweest over het tijdstip waarop ze thuis moest komen. Vervolgens had ze ontdekt dat haar jurk weg was, maar dat was niet zo erg.

Fredrik nam nog een slok. Hoe goed kende hij zijn vrouw eigenlijk?

Ze had geen familie, vertelde ze toen hij haar jaren geleden eindelijk had overgehaald om een kopje koffie met hem te gaan drinken. Alleen een pleeggezin in Mariestad, waar ze geen contact mee wilde hebben.

Waarom niet?

Daar had ze niet dieper op in willen gaan.

En hoe was ze in Gullspång terechtgekomen?

Vanwege de huren, de lage huurprijzen van de huizen. Hij had moeten lachen en gezegd dat voor hem hetzelfde gold. Hij had geprobeerd meer van haar te weten te komen, maar ze had verder geen vragen willen beantwoorden. Ze was iemand die vooruitkeek en niet achteruit, zei ze.

Toen Fredrik haar een jaar later al ten huwelijk vroeg, wist hij nog steeds niet veel meer over Nora's verleden dan wat ze hem tijdens hun eerste afspraakje had verteld. Toen had het hem niet zo dwarsgezeten. Maar later begreep hij dat je zo'n groot deel van je leven niet zomaar kon vergeten, wat Nora ook dacht. Hij werd 's nachts wakker van haar dromen. Haar zwaaiende armen in zijn gezicht, het geschreeuw. Als hij later aan haar vroeg wat ze had gedroomd, zei ze dat ze het zich niet kon herinneren. Als Fredrik haar over het schreeuwen en slaan vertelde, haalde ze haar schouders op en zei ze dat ze dat van jongs af aan al deed. Ze was altijd al een meisje met erg levendige dromen geweest.

Fredrik dacht aan Nora's blijdschap toen ze dit huis hadden betrokken. Alles was schots en scheef en versleten, maar het was alsof ze het niet zag.

Hier, Fredrik, hier denk ik dat ik gelukkig kan worden.

Maar was ze ooit gelukkig?

19

‘Heb je honger?’ vroeg Erik toen Charlie terugkwam in het motel. ‘Je collega zit daar.’ Hij wees naar Anders, die achter in de ruimte aan een tafeltje bij het raam zat. ‘Ga zitten, dan kom ik jullie eten brengen.’

Pas toen Anders opmerkte dat ze lang weg was geweest, realiseerde Charlie zich dat ze vergeten was sigaretten te kopen.

‘Ik heb een dronken meisje naar huis gebracht,’ zei ze. ‘Sara Larsson, dat meisje van dertien dat ook op het feest was. Wat is er?’ vroeg ze toen ze Anders’ blik zag.

‘Een dronken meisje van dertien,’ zei Anders. ‘Dat is nog een kind. Wat tragisch.’

Charlie gaf hem gelijk. Het was treurig.

‘Ben je nog iets nieuws te weten gekomen?’ vroeg Anders.

‘Zoals ik zei, ze was flink aangeschoten. We zullen een andere keer met haar moeten praten.’

‘We moeten iedereen nog een keer spreken,’ zei Anders. Hij deed zijn mond open om nog iets te zeggen, maar zag ervan af toen twee mensen aan de tafel vlak naast hen plaatsnamen. Hij keek naar de keuken en vroeg aan Charlie waarom ze geen menukaart hadden gekregen. Hoe kon Erik nou weten wat ze wilden eten?

‘Ze hebben hier maar één gerecht,’ zei Charlie. ‘Althans, toen ik hier woonde.’

Het liefst had ze het eten mee naar boven genomen, zodat ze de informatie die ze nu hadden nog een keer grondig konden doornemen. Bovendien had ze vluchtneigingen. Ze raakte gestrest van de mensen in de eetzaal. Ze had niet het idee dat ze iemand herkende, maar tegelijkertijd meende ze op elk gezicht waar haar blik op bleef hangen bekende trekken te zien.

Anders begon over de zomer, over zijn vakantieweken, waar zijn vrouw niet tevreden over was. Ze wilde in juli naar haar ouders in Torekov en daarna door naar haar zus, maar nu, nu het opgesplitst was, werd het zo lastig en…

Wat maakt het nou uit, dacht Charlie, wanneer je weggaat als je toch ouderschapsverlof hebt?

Anders hield een lange uiteenzetting over hun vakantie, die niet samenviel met die van zijn schoonouders en dat Maria had gehoopt dat ze een beetje ontlast zouden worden en wat tijd voor zichzelf zouden hebben en…

Ze werden onderbroken door een vrouw met een blocnote in de hand, die gehurkt bij hun tafel kwam zitten. Ze verontschuldigde zich en zei dat ze alleen een paar vragen over het onderzoek wilde stellen.

'Geen commentaar,' zei Anders.

'Maar ik…'

'Ik zei toch "geen commentaar". Ga maar naar de persconferentie, net als de rest.'

'Ik heb niets gehoord over een persconferentie.'

'Dat komt wel als het zover is,' zei Anders.

De journalist wendde zich hoopvol tot Charlie, maar toen ze merkte dat ze daar ook nul op het rekest kreeg, stond ze abrupt op en liep weg.

'Eén ding is zeker,' zei Anders. 'Als we dit niet oplossen, krijgen we nog meer last van die aasgieren.'

'In dat geval hebben ze ook het recht om lastig te zijn.'

Anders keek op zijn horloge. 'We zijn hier nog maar zeven uur.'

'Ik bedoel alleen maar dat we het beter niet kunnen verkloten.'

'Je praat als een puber.'

'Ik praat zoals ik wil,' zei Charlie. 'En jij,' voegde ze eraan toe toen Erik twee grote borden patat en een gehaktschijf met bearnaisesaus kwam brengen, 'succes met de koolhydraten.'

'Toch is het vreemd,' zei Anders met een blik op zijn bord, 'dat er geen keuzemogelijkheid is. Ze zouden toch op zijn minst een salade moeten hebben als alternatief?'

'Je hebt helemaal gelijk,' zei Charlie, omdat ze geen puf had om uit te leggen dat als je in dit godvergeten gat een uitgebreide menukaart zou hebben, je vermoedelijk failliet zou gaan.

'Wat een shitzooi,' zei hij.

'Ik hoop dat je het over je dieet hebt,' zei Charlie.

De plaatselijke stamgasten hadden zich voorin aan de bar verzameld.

'Wat is er met hun armen gebeurd?' Anders knikte hun kant op. 'Zijn ze elkaar met messen te lijf gegaan of zo?'

Charlie keek naar de ontblote onderarmen, die onder de schrammen zaten.

'Die lopen ze op in de fabriek waar ze werken,' zei ze. 'De multiplexfabriek. De meeste mensen die hier wonen werken daar.'

'Dragen ze geen veiligheidskleding?'

'Ja, maar het is er snikheet in de zomer. Het komt door het hout, ze halen hun armen open als ze het hout aanpakken.'

'Zijn daar geen machines voor?'

'Ongetwijfeld, maar die zijn vast niet zo goedkoop als mensen.'

Anders keek weer naar de bar. 'Ik zou nooit... Ik bedoel, je armen open laten halen in een fabriek...'

'Niet iedereen heeft dezelfde mogelijkheden.'

'Je hebt altijd een keuze.'

'Dat zeggen alleen mensen die geluk hebben gehad in het leven.'

'Maar dan nog, je kunt toch altijd...'

'Nee,' zei Charlie, 'dat is gelul.'

Ze aten een tijdje in stilte. Charlie keek door de vieze ramen naar buiten. Het was al bijna tien uur, maar de zon scheen nog. De goudenregen stond nog steeds op het grasveld tussen het motel en de smelterij. Zijn gele bloemen waren uitgekomen. Als kind had ze er een keer een hele bloemtros afgerist en in haar mond gestopt. Betty had gillend haar kaken van elkaar getrokken en haar gedwongen hem uit te spugen. Spugen of sterven. En daarna, toen Charlie huilde van de pijn aan haar mond: *Maar ik moest toch alles eruit krijgen, anders was je doodgegaan. Maar misschien wil je dat wel? Wil je dat? Wil je dood?*

Het maakte niet uit dat Charlie later geprobeerd had uit te leggen dat ze niet dood wilde, en dat de bloemen op maïskolven leken. Betty had het hoe dan ook veranderd in een verhaal over 's werelds jongste zelfmoordkandidaat. *Wat zou er zijn gebeurd als ik er niet was geweest*, zei ze als ze de feestgangers over het voorval vertelde. *Wat zou er gebeurd zijn als het kind goudenregen had gegeten alsof het maïskolven waren?*

Het geroezemoes en rinkelende bestek in de eetzaal veranderde in een dof achtergrondgeluid. Ze dacht aan het huis in Lyckebo en aan de bloeiende kersenbomen. Aan Betty, die de ramen opengooide en de oude platenspeler aanzette, zodat ze mee konden zingen:

Ja, we plukken kersen in m'n tuintje
Jij en ik, ja, ja, ja
Pluk maar wat je wilt in mijn tuintje
Pak maar wat je wilt

Charlie zat zo in gedachten verzonken dat ze opschrok toen Jonas twee grote shotglaasjes op hun tafel zette. Voor ze kon tegensputteren was hij al naar de volgende tafel gelopen.

'Heb jij deze besteld?' vroeg Anders.

Charlie schudde haar hoofd, waarop Anders Jonas naar zich toe riep om te zeggen dat hij zich vergist had.

'Ze zijn van de zaak,' zei Jonas. 'Die krijg je van ons als je hier eet. En ik heb jullie extra grote gegeven omdat het mis is gegaan met jullie kamer.'

Charlie keek hem na terwijl hij door de klapdeuren achter de bar verdween. Hij leek gestrest, onhandig en nerveus.

'Wat denk jij?' zei ze, knikkend naar de deur.

'Daar hebben we het later nog wel over. Maar je hebt het zelf gehoord. Hij was op het feest toen Annabelle verdween.'

'We weten niet precies hoe laat ze het feest heeft verlaten, de informatie die we hebben is tegenstrijdig.'

'Nee, niemand van de jongeren weet precies wat er is gebeurd,' zei Anders. 'Het lijkt erop dat de meesten zo goed als bewusteloos waren. Ga je dat opdrinken?' vroeg hij toen Charlie het borrelglaasje naar haar mond bracht.

'Ik weet niet hoe het met jou zit,' zei ze, en ze sloeg de zwarte, stroperige vloeistof in een teug achterover, 'maar ik neem altijd de plaatselijke gebruiken over.'

Anders' telefoon ging. Hij keek op het schermpje, stond op en liep weg. Charlie wist dat hij nog wel even weg zou blijven. Zijn volle shotglas stond voor haar en vroeg erom om leeggedronken te worden. Voor ze kon bedenken dat ze dat beter niet kon doen, had ze het al opgedronken. Als op een teken kwam Jonas naar hun tafel om te vragen of hij haar glas moest bijvullen.

Charlie schudde haar hoofd. Ze was hier om te werken.

'Het spijt me dat het mis is gegaan met jullie reservering,' zei Jonas. 'Ik hoop niet dat ik het jullie al te moeilijk heb gemaakt.'

Charlie keek door het raam naar buiten, waar Anders met zijn telefoon stevig tegen zijn oor aan gedrukt heen en weer liep. Hij was geagiteerd.

'Geen probleem,' zei ze. 'Iedereen maakt fouten.'

Anders was duidelijk niet van plan het gesprek met zijn vrouw af te ronden. Charlie was uitgegeten en zat op haar mobieltje. De sites van beide avondkranten openden met het nieuws over Annabelle. In Aftonbladet stond een foto van de grindweg waar Annabelle die nacht zou hebben gelopen. Hij was bij zonsopgang gemaakt, de dauw glinsterde op de sparren. Veel mensen zouden niet midden in de nacht over een eenzame bosweg gaan wandelen, dacht Charlie. Annabelle was dus niet iemand die bang was in het donker. Ze nam een slok water, en ineens kwam haar misselijkheid weer opzetten. Ze stond op en liep zigzaggend naar de wc's. Bij de dames stond een rij, dus vloog ze de heren-wc in; daar was niemand. Ze sloot zich snel op in een wc-hokje, boog zich over de naar ammoniak stinkende toiletbril en gaf over. Normaal gesproken waren haar katers nooit zo erg. Ze dacht weer aan de sertraline. Waren dit misschien ontwenningsverschijnselen? Wanneer had ze voor het laatst eentje genomen? Natuurlijk had ze het telefoontje van de dokter gemist, en vervolgens was ze vergeten terug te bellen. Morgen, dacht ze. Morgen ga ik het regelen.

Toen ze uit het wc-hokje kwam, keken twee bruine ogen onder een bos krullen haar via de spiegel boven het urinoir glimlachend aan.

'Volgens mij zit je verkeerd.'

'Sorry,' mompelde ze terwijl ze naar de deur liep.

'Waar zat je?' vroeg Anders toen ze weer bij hun tafeltje kwam.

'Op de plee.'

'Alles goed?'

'Ja, en met jou?'

'Het is een beetje crisis thuis. Buikpijn. Maria denkt dat hij kolieken heeft. We hebben druppeltjes voor hem gekregen, maar die helpen niet, blijkbaar. Hij huilt alleen maar. Maria kan niet meer.'

'Ik zou gek worden,' zei Charlie.

'Dat is ze ook,' zei Anders. 'Sorry.' Hij veegde zijn mond af met zijn servet. 'Ik bedoel: wie zou er niet gek worden?'

Charlie keek langs Anders. De man van de heren-wc zat in de hoek naast het podium te praten met een man van zijn eigen leeftijd, maar af en toe wierp hij een blik naar Charlies tafel. Hij zag er goed uit zonder zich daarvan bewust te zijn. Daar hield ze van. Hij had licht krullend haar en een stoppelbaard van een paar dagen. Als ze hier niet voor haar werk was geweest, was ze waarschijnlijk op hem afgestapt. Maar als ze werkte, pikte ze geen mannen op. Dat was een regel die ze zichzelf had opgelegd (Hugo moest de enige uitzondering blijven). Maar anders was hij perfect geweest om haar stress mee te kalmeren. Ze keek tersluiks naar zijn profiel. Had hij iets bekends? Kwam hij uit Gullspång? Ze dacht het niet, maar ze wist het niet zeker. Hoe oud zou hij zijn? Vijfendertig? Jonger?

Hij merkte dat ze keek en wierp haar een blik toe waarin ze een belofte dacht te zien, dat ze een kans maakte als ze besloot haar grens te overschrijden.

'Ben je uitgegeten?' Anders knikte naar haar bord, waar nog patat op lag.

'Nee. Ik probeer geen koolhydraten meer te eten.'

'Je moet uitkijken met wat je tegen jou zegt,' zei Anders terwijl hij een paar patatjes van haar bord pakte, 'want je krijgt het allemaal even hard weer terug.'

Charlie schoof haar bord naar hem toe. Ja, hij mocht alles hebben, ze zat vol.

'Heb je nog bekenden gezien, trouwens?' vroeg hij nadat hij haar bord had leeggegeten.

'Het is honderd jaar geleden dat ik hier woonde.'

'En je moeder dan, waar woont zij nu?'

'Ze is dood.'

'Dood?'

'Ja, dood.'

'Waarom heb je dat niet verteld?'

'Omdat je het niet hebt gevraagd.'

'Wel waar. Ik heb gevraagd of je haar vaak zag.'

'En toen zei ik dat we elkaar al heel lang niet meer hadden gezien,' zei Charlie. 'En dat was niet gelogen.'

'Soms zou je bijna denken dat je Asperger hebt, zo letterlijk als je alles opvat.'

'Dat is helemaal niet waar. Dat doe ik alleen als ik daar zin in heb. Dat is een groot verschil. En als ik Asperger zou hebben, zou ik dit werk toch niet kunnen doen?'

'Waarom niet?' vroeg Anders.

Charlie zuchtte. 'Je hebt toch psychologie gestudeerd?'

'Eén semester.'

'Soms vraag ik me af of dat wel waar is.'

'Hoezo?'

'Omdat...' Omdat je het meest essentiële niet weet, wilde ze zeggen. 'Omdat je nogal wat dingen lijkt te zijn vergeten.'

'Ik was niet erg ambitieus. Ik had net Maria leren kennen, dus ik had andere dingen aan mijn hoofd.'

'De liefde,' zei Charlie, 'kan mensen echt dom maken.'

Ze keek weer naar buiten. Op de parkeerplaats had een groep jongeren zich om een EPA-tractor verzameld.

'Wat is er gebeurd?' vroeg Anders. 'Wat is er met je moeder gebeurd?'

'Gewoon. Ze werd ziek. En toen is ze overleden.'

Anders wilde weten waaraan en hoe ze was overleden en hoe oud Charlie toen was, waarop Charlie zei dat ze hier niet waren om in haar jeugd te gaan wroeten, maar om een vermist meisje te vinden.

'Het ene hoeft het andere toch niet uit te sluiten,' zei Anders.

Achter in de bar stapte een zanger het kleine podium op. Hij pakte de microfoon en begon over de zoekactie van die dag. Hij had er zelf aan deelgenomen en hoopte dat zich morgen weer veel mensen zouden aansluiten. Want één ding was zeker: ze zouden blijven zoeken tot ze haar gevonden hadden.

Er klonk geroezemoes in de ruimte. Natuurlijk gingen ze dat doen. Een man van middelbare leeftijd hief zijn glas, maar liet het weer zakken, alsof hij besefte dat het ongepast was om op zoiets te proosten.

De zanger begon te spelen. Anders rolde met zijn ogen.

Sally called when she got the word
And she said: 'I suppose you've heard –
About Alice'

'Ik ga naar bed,' zei Anders.

'Ik kom zo,' zei Charlie. 'Doe effe normaal,' zei ze toen Anders naar haar keek alsof hij vond dat ze mee moest. 'Mag ik dit liedje even afluisteren?'

We grew up together
Two kids in the park
We carved our initials
Deep in the bark...

Een groepje aangeschoten vrouwen was inmiddels voor het podium gaan dansen, en toen de zanger bij het refrein kwam, zong het publiek in koor: 'Alice, Alice. Who the fuck is Alice?'

Er kwamen twee jongens de ruimte in. Alle hoofden draaiden hun kant op toen ze naar de bar liepen.

Charlie herkende ze van het whiteboard op het politiebureau. De blonde, breedgeschouderde jongen was niemand minder dan de zoon van de fabriekseigenaar, Svante Linder. Naast hem stond het ex-vriendje van Annabelle, William Stark. Jonas, die achter de bar stond, rondde snel een bestelling af en gaf zijn vrienden een biertje zonder er geld voor te vragen.

Charlie nam Jonas op. Hij oogde nerveus en gespannen. Was hij bang dat ze zouden merken dat hij drank weggaf, of hadden ze daar met Erik een afspraak over?

Ineens stond er een vrouw van een jaar of veertig voor Charlie. Ze zei dat ze de tafels gingen weghalen, omdat de mensen wilden dansen. Bij wijze van uitzondering hadden ze vanavond de tafels niet opzijgeschoven toen iedereen uitgegeten was, want gezien de situatie dachten ze dat de mensen niet in de stemming zouden zijn om te dansen. Maar kennelijk hadden ze het mis.

'Is er zo niet genoeg plek?' vroeg Charlie.

De vrouw antwoordde dat ze het vooral voor haar deed, omdat ze anders tegen haar en haar tafeltje aan zouden dansen.

'Het komt door die vervloekte dropshots. Ik heb tegen mijn man gezegd dat we daarmee op moeten houden, maar hij vertikt het.'

'Dus jij bent de vrouw van Erik?'

Ze knikte. 'Linda,' zei ze terwijl ze haar hand uitstak.

'Leuk, zo'n familiebedrijf,' zei Charlie.

'Helemaal niet. Ik zou het liefst teruggaan naar de stad. Ik kom oorspronkelijk uit Skövde, maar Erik weigert hier weg te gaan. Volgens hem is dit een veilige plek voor onze kinderen om op te groeien, en ik dacht altijd dat hij gelijk had, maar nu... met wat er met Annabelle is gebeurd, weet ik het niet meer. Zijn jullie al iets meer te weten gekomen? Hebben jullie al theorieën?'

'Daar kan ik niets over zeggen.'

'Natuurlijk niet.' Linda begon te lachen. 'Wat dacht ik wel niet? Maar je gaat je zorgen maken. Je krijgt een onbehaaglijk gevoel. Alles wijst er immers op dat iemand… iets met haar gedaan heeft. Niemand denkt nog dat ze vrijwillig is vertrokken.' Ze boog zich naar haar toe en zei op gedempte toon: 'Ik vind het een afschuwelijk idee dat de dader zich misschien onder ons bevindt, dat ik bier voor hem tap en met hem achter de bar sta te kletsen.'

'Heb je iemand in het bijzonder in gedachten?' vroeg Charlie.

'Nee, dan zou ik dat wel tegen de politie hebben gezegd. Het enige wat ik kan bedenken, is dat het altijd zo onrustig is rond dat meisje.'

'Hoe bedoel je?'

'Wat ik zeg. Er is vaak heibel als ze hier is.' Linda knikte in de richting van Svante Linder en William Stark, die ineens aan een tafel zaten die daarvoor nog bezet was. 'Dat meisje kan overal zo'n drama van maken, als ik dat zo mag zeggen.'

'Hoe bedoel je?' vroeg Charlie.

'Ik bedoel… Ze is een echte flirt. Jongens en mannen komen als vliegen op stront op haar af en veranderen dan in haantjes die vechten om haar aandacht.'

'Als je een bepaald voorval in gedachten hebt, wil ik dat graag horen,' zei Charlie. Linda schudde haar hoofd en zei dat ze verder niets meer te zeggen had. 'Is het goed als we je tafel een klein stukje opzijschuiven? Dan kun je blijven zitten,' vervolgde ze.

'Ik ga zo,' zei Charlie. 'Ik ga wel even aan de bar zitten.'

Ze bestelde een glas bier, draaide zich om op de barkruk en liet haar blik door de ruimte glijden. Het leek wel alsof ze op een boot zat in een storm. De mensen stonden te wankelen op hun benen en zochten als ze liepen steun bij de muur. Er waren een paar jongens bij Svante Linder en William Stark aan tafel komen zitten. Hoe was de dynamiek in die groep eigenlijk? Waren het vrienden, concurrenten, vijanden? Had een van hen in een vlaag van jaloezie, waanzin of kwaadaardigheid Annabelle uit de weg geruimd?

Charlie keek hoe laat het was. Bijna elf uur. Het was tijd om naar haar kamer te gaan. Ze stond op, maar al na een paar meter liep ze de man met de krullen uit de wc tegen het lijf.

'Ga je nu al?' zei hij.

Charlie knikte. Ze moest gaan. Het was een lange dag geweest.

'Ben jij ook van Missing People?'

'Ja,' zei Charlie.

'Ik heet Johan, trouwens.' Hij stak zijn hand uit.

'Lisa.' Toen ze hem in de ogen keek, had ze toch het idee dat ze iets bekends zag, maar zijn onmiskenbare Stockholmse accent stelde haar gerust. Ze wilde net zeggen dat ze naar bed moest toen ze een pakje Marlboro in zijn borstzakje zag, en voor ze het wist hoorde ze zichzelf vragen of hij een sigaret voor haar had.

Johan gaf haar zijn pakje en een aansteker.

'Ga je binnen roken?' vroeg hij toen ze een sigaret opstak.

'Ik ben niet bepaald de enige.' Charlie gebaarde naar de ruimte, waar ze meerdere sigaretten zag brandden.

'Ik ga in elk geval naar buiten,' zei Johan. 'Ik word misselijk als ik binnen rook.'

Charlie liep met hem mee naar het stoepje voor de ingang. De wind moest zijn gedraaid, want de geur van papierfabriek had plaatsgemaakt voor een lieflijke geur van seringen.

'Kom je hier vandaan?' vroeg ze.

'Stockholm. En jij?'

'Ik ook.'

'Ik heb je niet gezien,' zei Johan, 'bij de zoekactie van vandaag.'

Charlie bedacht dat ze tegen deze man niet had moeten liegen. Dit was geen stapavondje, hij was geen flirt, dus ze had geen enkele reden om hem iets op de mouw te spelden. Waar was ze mee bezig?

'We zijn met een grote groep,' zei ze.

Johan knikte. Het was geweldig om te zien, vond hij, dat er zo veel mensen meehielpen. Er was iets met dit dorp wat hem raakte – de betrokkenheid en eensgezindheid tussen de mensen, de hoop dat ze het meisje levend zouden vinden. 'Het lijkt er niet op dat ze in de buurt is,' ging hij verder. 'Tenzij ze in het meer ligt.'

'Dat is bodemloos.'

'Wat zei je?'

'Ik zei dat het nog wel even gaat duren,' zei Charlie. 'Dat meer... schijnt enorm diep te zijn.'

'Wat denk jij?' Johan draaide zich naar haar toe. 'Waar zoeken we naar, denk je? Ik bedoel, een lichaam of...'

'Ik weet het niet, maar ik ben niet optimistisch.'

'Ik heb haar vader gisterochtend gezien. Hij heeft geprobeerd mee te zoeken, maar hij was er zo slecht aan toe. Ik snap wel dat hij wilde helpen. Ik zou gek worden als ik thuis moest zitten wachten.'

Johans telefoon ging. Hij verontschuldigde zich, zei dat hij moest opnemen en liep snel naar de parkeerplaats.

Charlie ging naar binnen omdat ze naar de wc moest. Die stond vol giechelende vrouwen van alle leeftijden. Er kwam alleen koud water uit de kraan. Ze hield haar polsen onder de straal en bekeek zichzelf in de spiegel. Een spook, dacht ze. Ik zie eruit als een vreselijk spook.

'Charline!' hoorde ze plotseling achter zich een welbekende stem roepen. 'Ik dacht eerst dat ik te veel shots op had, maar nu zie ik het, je bent het echt.'

Charlie draaide zich om.

'Susanne?'

'Twintig kilo later. Jeetjemina, je bent het echt, Charlie. Ik zag je aan de bar zitten en je kwam me al zo bekend voor. Ik durfde niet te denken... Maar nu ik je ogen en het litteken zie...' Ze wees naar Charlies slaap. 'Potverdorie, Charlie. Je bent teruggekomen, na al die jaren.'

20

‘Weet je hoe erg ik je gemist heb, Charline Lager?’ zei Susanne. Ze waren teruggelopen naar de bar en aan een van de tafeltjes gaan zitten die tegen de muur stonden.

‘Ik heb jou ook gemist,’ zei Charlie. Ze merkte dat het waar was, ze had Susanne gemist, iemand in de buurt gemist die haar achtergrond kende, ze had hun gesprekken gemist, de manier waarop ze lachten als het allemaal niet erger kon worden.

‘Als dat echt zo was, had je wel iets van je laten horen,’ zei Susanne met een glimlach. ‘Maar dat geeft niet,’ voegde ze eraan toe toen ze Charlies blik zag. ‘Ik begrijp dat je weg moest. Dat je opnieuw wilde beginnen.’

‘Ik had iets van me moeten laten horen,’ zei Charlie. ‘Ik weet niet waarom ik dat niet heb gedaan.’

Ze zwegen even, alsof ze de tijd die verstreken was moesten overdenken.

‘En?’ vroeg Susanne. ‘Waarom ben je nu hier? Zit je bij Missing People?’

Charlie vertelde waarom ze hier was.

‘Politie?’ Susanne glimlachte. Jawel, daar kon ze zich wel iets bij voorstellen, heel goed zelfs. Toen werd ze serieus. Vreselijk, zei ze, wat er met Annabelle was gebeurd. Ze begreep niet hoe iemand zomaar kon verdwijnen, zonder een spoor achter te laten.

‘Er zijn altijd sporen.’

‘Ik hoop echt dat jullie haar vinden. Hoe moeten die arme ouders zich wel niet voelen?’

‘Ken je ze?’

Susanne schudde haar hoofd. Ze wist wie het waren, maar ze waren wat ouder dan zij. ‘Zeg, zullen we een hot shot nemen?’ vroeg ze. ‘Op onze oude vriendschap?’

Charlie keek verwachtingsvol naar de bar en zei dat het gezellig klonk, maar dat ze hier voor haar werk was en…

'Eentje kan toch geen kwaad?' zei Susanne, en voor Charlie kon protesteren, baande Susanne zich al een weg naar de bar. Al snel kwam ze terug met twee overvolle glazen met slagroom erop.

'Ik snap dit niet,' zei ze. 'Ik snap niet hoe ze het voor elkaar krijgen om dit te laten schiften.' Ze hield het glas omhoog om te laten zien dat de koffie in de Galliano was gesijpeld. 'Ze kopen vast goedkope drank van vrachtwagenchauffeurs. Ik durf te wedden dat dit gekleurde wodka is, anders zou het er niet zo uitzien. Maar wat kan mij het ook bommen.' Ze schoof een van de glazen naar Charlie toe. 'Het komt in je buik toch allemaal weer bij elkaar.'

'Het is echt een eeuwigheid geleden dat ik een hot shot heb gedronken.'

'Dan werd het ook wel weer eens tijd. Proost!'

'Proost.'

Ze sloegen het drankje achterover.

'Hoe gaat het nu met je?' vroeg Charlie.

'Tja, waar zal ik beginnen?' Met de achterkant van haar hand veegde Susanne wat slagroom weg. 'Er is een hoop gebeurd in de tussentijd, kun je wel zeggen.'

'Hoe gaat het met je ouders?'

'Mijn vader is overleden.'

Charlie condoleerde haar, maar Susanne zei dat ze het wel had zien aankomen. Ze was verbaasd dat hij nog zo lang had geleefd. Zijn dood was niet alleen verdrietig geweest, want daarna was haar moeder gestopt met drinken, en toen was het niet alsof ze een ouder verloren had, maar er een bij had gekregen.

'Van die vriendengroep leeft volgens mij alleen mijn moeder nog,' zei Susanne, en ze begon alle namen van de feestgangers in Lyckebo op te noemen die nu dood waren.

Toen ze klaar was, constateerde Charlie dat Susanne de eerste dode vergeten was: Mattias.

'Ik leg soms ook een bloemetje op Betty's graf,' ging Susanne verder. 'Als ik toch naar mijn vader ga.'

'Dank je,' zei Charlie. Ze keek naar de bar en wilde dat ze geen rekening met haar werk hoefde te houden.

'Je moeder was een zuiplap, maar ze kon wel mensen aan het lachen krijgen. Iedereen had lol als Betty in de buurt was. Daar proost ik op. Ik proost op Betty.'

'Proost.' Charlie hief haar glas en zocht naar een ander gespreksonderwerp. 'Ben je getrouwd?' vroeg ze.

Susanne knikte. Ze was getrouwd.

'Met iemand die ik ken?'

Susanne schudde haar hoofd en zei hij van buiten kwam.

'Kinderen?'

'Vier,' zei Susanne terwijl ze vier vingers in de lucht stak. 'Allemaal jongens.' Ze haalde haar schouders op alsof hun geslacht een vergissing was.

'En jij, heb jij kinderen?'

'Nee.'

'Heel verstandig.'

'En ik ben ook niet getrouwd,' zei Charlie voordat de vervolgvraag zou komen.

'Nog verstandiger. Ik ken niemand die gelukkig getrouwd is. En kinderen… Ik weet dat het vreselijk klinkt, maar kinderen zijn echt overschat.'

Charlie lachte en zei dat ze dat al vermoedde, maar iemand zonder kinderen kon dat natuurlijk niet zeggen.

'Iemand met kinderen ook niet,' zei Susanne. 'Iemand met kinderen helemaal niet.' Ze begon over haar zoons te vertellen en hoe die haar tot waanzin dreven – ze vochten, ruzieden en schreeuwden. Alleen met wijn en oxazepam hield ze het vol. Ja, ze wist dat je dat niet hardop mocht zeggen, en dat over die kalmeringstabletten al helemaal niet, maar ze kon het niet mooier maken dan het was. Zo was ze nou eenmaal.

'Daarom trok ik ook naar jou toe,' zei Charlie. 'Er was hier verder niemand zoals jij.'

'Insgelijks,' zei Susanne glimlachend. 'Insgelijks, Charline Lager.'

Charlie dacht aan die keer dat Susanne en zij elkaar hadden beloofd nooit te gaan drinken. Ze hadden samen op de schommel die aan de eik in Lyckebo hing gezeten en elkaar gezworen nooit kinderen te krijgen, nooit te gaan drinken en nooit zoals hun ouders te worden. Ze waren ervan overtuigd dat het hun ging lukken, maar hun genen, omgeving of wat het ook was, hadden toch vat op hen gekregen. Het was begonnen met een paar bodempjes uit de glazen van de feesten in Lyckebo, maar al snel begonnen ze flessen sterkedrank en wijn te gappen. Na haar eerste dronkenschap begreep Charlie Betty's liefde voor drank. Want dat gevoel, dat heerlijke gevoel dat je helemaal rustig werd vanbinnen, dat was… Ze was meteen verkocht.

'Het leven is niet geworden wat ik ervan had verwacht,' zei Susanne.

'Gebeurt dat ooit wél?'

'Misschien niet.' Susanne nam een grote slok uit haar glas. 'Maar het was wel fijn toen je nog kon dromen.'

Charlie knikte en zei dat ze begreep wat ze bedoelde.

'Hou op,' zei Susanne ineens tegen een man die zijn hand op haar schouder legde. 'Schei uit, Svenka.'

'Waarom ben je altijd zo chagrijnig?' zei de man die Svenka heette.

'Misschien omdat je maar niet wilt snappen dat ik je handen niet overal wil voelen.'

'Maar we kunnen toch wel even praten?'

'Ik wilde net naar de bar lopen.'

'Wat wilde je gaan halen?'

'Hot shots,' zei Susanne. 'Nog een hot shot voor mij en mijn vriendin.'

'Arne!' riep Svenka naar de man achter de bar. 'Arne! Nog twee hot shots.'

Susanne keek Charlie aan en rolde met haar ogen.

'Kijk eens aan,' zei Svenka trots toen de hot shots werden gebracht. 'Mag ik er dan nu bij komen zitten?'

'Dit is een privégesprek,' zei Susanne.

'Wie is je vriendinnetje?' vroeg Svenka terwijl hij met een lodderige blik naar Charlie keek. 'Hoor jij bij die mensen die aan het zoeken zijn?'

'Dat kun je wel zeggen, ja,' zei Charlie.

'Ze is van de politie,' zei Susanne, 'dus dat kun je inderdaad wel zeggen.'

Svenka's roodomrande ogen werden groot en hij boog zich over de tafel naar haar toe. Het werd tijd dat er versterking kwam, vond hij. Waren ze al in de wijk Skärven geweest? Hadden ze die allochtonen daar al ondervraagd?

'Hoezo?' vroeg Charlie.

'Als ik van de politie was, zou ik daar beginnen.'

'Dan is het maar goed dat jij niet van de politie bent,' zei Susanne.

'Jullie snappen toch ook wel,' Svenka negeerde Susannes opmerking, 'dat het een van die zwarten moet zijn geweest. Als je bedenkt hoeveel fietsen er zijn verdwenen sinds zij hier wonen... Daar moet je niet om lachen, Susanne. Voor de jaren negentig werd hier goddomme geen enkele fiets gestolen, dat is een ding dat zeker is.'

'Wat een flauwekul,' zei Susanne. 'Er zijn hier altijd al fietsen gestolen.'

'En kijk eens wat er met die pizzeria is gebeurd,' ging Svenka onverstoord verder.

'We weten niet wie die in de hens heeft gestoken.'

'In elk geval niet iemand van hier, dat kan ik je wel vertellen.'

'Hij is niet alleen handtastelijk,' zei Susanne terwijl ze Svenka's hand, die op haar bovenbeen was beland, opnieuw wegsloeg, 'maar ook nog een racist.'

'Dat ben ik helemaal niet. Maar alles is er alleen maar op achteruit gegaan sinds die Joego's ons hele dorp hebben overgenomen. En met die lading Somaliërs die vorig jaar zijn gekomen... is het niet zo vreemd dat er dingen gebeuren. Eén ding is zeker,' vervolgde hij en hij gooide een portie mondtabak in een glas op tafel, 'als het mijn dochter was geweest... als zij vermist was, had ik heel Skärven opgeblazen.'

'Denk je dat je haar daarmee terug zou krijgen?' vroeg Susanne. 'Door de boel op te blazen?'

'Dat niet,' zei Svenka, 'maar oog om oog, tand om tand. Dat staat zelfs in de Bijbel.'

Susanne moest weer lachen en zei dat in de Bijbel ook stond dat je je andere wang moest toekeren en dat het compleet gestoord was om allemaal onschuldige mensen op te willen blazen. Maar Svenka luisterde niet en ging maar door over het tuig in Skärven, dat het zonneklaar was dat een van hen Annabelle iets had aangedaan en haar lichaam ergens had gedumpt.

'Nu is het genoeg,' zei Charlie uiteindelijk.

'O ja?' Svenka keek haar aan. 'Dat kun jij makkelijk zeggen. Jij woont zeker in een goede buurt in Stockholm en jij zit vast niet al twintig jaar tussen de Joego's, Somaliërs en ander schorem.'

'Ze komt hiervandaan,' zei Susanne. 'Ze is de dochter van Betty, Betty Lager.'

Svenka's strijdlustige blik veranderde en hij keek Charlie aan met een blik die ze verafschuwde. Na al die jaren in Stockholm was ze vergeten hoe akelig die blik was.

'Nu zie ik het,' zei Svenka, 'Nu zie ik dat je Betty's dochter bent... Je moeder... Wat een vrouw. Er wordt tot in de wijde omtrek nog steeds over haar feesten gepraat.'

'Dat kan ik me wel voorstellen,' zei Charlie. 'Dat kan ik me heel goed voorstellen.'

'Weet je nog wie ik ben?'

Charlie schudde haar hoofd. Ze wist niet meer wie hij was. Hoe zou ze zich al die maffe feestgangers in Lyckebo nou kunnen herinneren?

'Is het de eerste keer dat je hier weer bent sinds... Ik bedoel, hoelang geleden ben je weggegaan?'

'Twintig jaar, bijna.'

'Twintig jaar... Jezus, wat gaat de tijd toch snel. Het voelt als de dag van gisteren dat...'

'Zeg, Svenka,' zei Susanne, 'je vrienden wachten op je.' Ze wees naar de bar, waar een luidruchtige groep mannen stond.

'Ja, ja, ik heb het al in de gaten,' zei Svenka. 'Maar let op mijn woorden,' zei hij terwijl hij zijn vinger naar Charlie hief. 'Let op mijn woorden: de man die jullie zoeken ga je in Skärven vinden.'

'Op dit moment zijn we alleen nog maar op zoek naar een meisje,' zei Charlie.

Ze keken Svenka na terwijl hij slingerend terugliep naar zijn vrienden.

'Ik kan me niet herinneren dat hij ooit in Lyckebo is geweest,' zei Charlie. 'Daar weet ik niks meer van.'

'Alle mannen zijn weleens in Lyckebo geweest,' zei Susanne.

'Trouwens, dat ik hier gewoond heb...' zei Charlie. 'Ik heb liever niet dat je dat tegen iedereen zegt. Ik wil me... Ik wil me graag op de zaak kunnen concentreren, en ik heb het liever niet over Betty.'

'Snap ik,' zei Susanne. 'Maar ik denk eerlijk gezegd niet dat iemand je zal herkennen. Je was nog een kind toen je wegging.'

'Jij herkende me.'

'Dat is niet hetzelfde.'

'En Svenka?' Charlie knikte naar de bar. 'Hij lijkt me niet iemand die zijn mond kan houden.'

'Svenka is een zuiplap. Morgen weet hij niet eens meer dat hij hier geweest is.'

'Leuk vent, trouwens,' zei Charlie. 'Zo sympathiek en genuanceerd.'

Ze begonnen allebei te lachen.

'Hij lijkt erger dan hij is,' zei Susanne. 'Hij is gewoon een beetje verward en mislukt.' Zwijgend keek ze naar de dansvloer. 'Zoals de meeste mensen hier.'

De bewuste dag

'Vandaag is moeder gestorven. Of misschien gisteren, ik weet het niet.' Kalle stopte met voorlezen toen Annabelle naar haar plaats sloop.

'Je bent te laat,' zei hij.

Annabelle knikte.

'Gisteren was je ook al te laat, en de les daarvoor was je er helemaal niet.'

'Ik was ziek.' Niet normaal hoe strikt Kalle hun presentie bijhield, dacht ze bij zichzelf. Waarom kon hij niet gewoon genoegen nemen met haar cijfers, zoals vrijwel alle andere leraren?

'We hebben het er straks nog wel over. Ik ben net uit een roman aan het voorlezen,' zei Kalle tegen haar. Toen vroeg hij aan de rest van de klas: 'Kan iemand Annabelle vertellen uit welk boek ik voorlees?'

Niemand zei iets. Kalle zuchtte. Ongelooflijk dat ze het nu allemaal al vergeten waren. Hij had het een paar minuten geleden nog gezegd.

'De vreemdeling,' zei Annabelle. 'De vreemdeling van Albert Camus.'

Kalle knikte. Dat klopte. Het was een bekende eerste zin van een bekend boek. Het hoorde bij je algemene ontwikkeling om het gelezen te hebben. Daarom was het extra treurig, vond hij, dat niemand de titel onthouden had.

Annabelle ging zitten. Kalle schraapte zijn keel en begon opnieuw. 'Vandaag is moeder gestorven. Of misschien gisteren, ik weet het niet. Ik kreeg een telegram van het tehuis: MOEDER OVERLEDEN. MORGEN BEGRAFENIS.

Annabelle dacht aan haar moeder. Als zij zou overlijden, was het niet onmogelijk dat ze zich ook in het tijdstip zou vergissen. Ze had een heel slecht gevoel voor tijd. Zou ze verdriet hebben? Toen ze vaststelde dat ze dat niet wist, werd ze overspoeld door schuldgevoel. Stel dat ze zelfs opgelucht zou zijn? Misschien ben ik wel een psychopaat, dacht ze. Misschien ben ik wel net zo afgestompt als die Meursault. Ze probeerde zichzelf te troosten met de gedachte dat het niet zo verwonderlijk was, als je bedacht hoe haar moeder haar leven vergalde. De laatste tijd was het nog erger dan anders, omdat ze niet wilde zeggen waar ze precies uithing. Het laatste wat ze wilde als ze met Hem was, was dat haar moeder zou opduiken en zich volkomen gestoord zou gedragen.

Kalles monotone stem over de analyse die ze moesten schrijven veranderde in een dof achtergrondgeluid. Annabelle keek uit het raam en dacht aan de eerste keer met Hem. Het was tijdens het eerste dansfeest van het voorjaar in de bar. Ze had te veel gedronken en was bij het meer gaan zitten om te ontnuchteren. Hij was naar haar toe gekomen en had aangeboden om haar naar huis te brengen.

Eerst dacht ze dat hij alleen maar aardig wilde zijn en dat ze hem nooit zou kunnen verleiden. Het verbaasde haar dan ook dat hij haar hand, die ze op zijn been had gelegd, niet wegschoof. Ze had hem gevraagd de auto ergens neer te zetten, en dat had hij gedaan.

De les was afgelopen, maar dat had Annabelle pas in de gaten toen Rebecka met haar vingers voor haar gezicht knipte. Terwijl ze de gang in liep, belde haar moeder.

Annabelles eerste impuls was om niet op te nemen, maar toen realiseerde ze zich dat ze dat beter wel kon doen, anders zou ze haar de hele tijd blijven bellen. Ze had het zelfs een keer gepresteerd om naar de school te gaan en een scène te maken omdat ze niet snel genoeg gereageerd had.

'Ja,' zei ze.

'Ik hoorde dat je niet bij Zweeds was.'

Annabelle zuchtte. Dus Kalle had haar absentie al genoteerd.

'Ik was iets te laat.'

'Waarom?'

'Omdat... Ik was gewoon iets te laat. Maar ik kan nu niet praten, want ik zit midden in de les.' Ze zuchtte en drukte het gesprek weg zonder gedag te zeggen.

Rebecka kwam naar haar toe.

'Mammie?' zei ze terwijl ze haar hoofd schuin hield. 'Was mammie je weer aan het bellen?'

'Grappig, hoor.'

'Ik snap niet hoe ze het volhoudt. Hoe kun je het nou opbrengen om de hele tijd te bellen?'

'Weet ik veel,' zei Annabelle. 'Je weet hoe ze is, ze is...' Ze zweeg en dacht na over wat ze zou zeggen. Hoe was haar moeder eigenlijk? Nerveus? Gestoord?

'Je mag vanavond vast niet uit.'

'Schijt. Ik moet uit.'

'Ga je het me nu vertellen?' Rebecka maakte haar kluisje open en vloekte toen er een boek uit viel.

'Wat?'

'Wie het was. Nu het toch uit is.'

'Vanavond hoor je alles,' zei Annabelle. 'Vanavond vertel ik het, dat beloof ik je.'

'Oké. Maar ik wil jou ook iets vertellen. Beloof je me dat je niet boos wordt?'

Annabelle knikte, maar wist dat ze wel boos zou worden, want dat werd je altijd als je moest beloven het niet te worden.

'Het gaat over William,' zei Rebecka. 'William Stark,' voegde ze eraan toe toen Annabelle haar zwijgend aanstaarde.

'Ik weet wie hij is.'

'Ja, maar waarom zeg je niks?'

'Ga verder,' zei Annabelle.

'We hebben... Hij belde omdat hij verdrietig was omdat je... Toen hebben we afgesproken en... Niet weggelopen! Verdomme, Bella, niet zomaar weglopen!'

21

De zanger nam een korte pauze en liep naar de bar. De tafel van Svante en William was luidruchtig.

‘Je weet wie dat zijn, hè?’ Susanne knikte naar de tafel.

‘Ja,’ zei Charlie. ‘Hoe weet jij dat?’

‘Ik merk dat je al een hele tijd weg bent.’ Susanne glimlachte. ‘Er wordt een meisje vermist. Dan denk je toch niet dat je een hele groep jongeren kunt verhoren zonder dat iedereen dat weet? Ben je vergeten hoe snel geruchten zich hier verspreiden?’

Charlie schudde haar hoofd. Nee, ze was niet vergeten hoe snel geruchten of waarheden rondgingen in het dorp.

‘Wat weet je van ze?’ vroeg ze.

‘Het zijn niet bepaald ideale schoonzonen. Kijk maar,’ zei Susanne toen Svante opstond en zijn handpalmen op Williams borst plantte.

Erik was er snel bij. Hij en Svante staarden elkaar een tijdlang aan. Toen schudde Erik zijn hoofd en liep terug naar de bar.

‘Hij zou hier helemaal niet moeten zijn,’ zei Susanne. ‘Ik snap niet waarom Erik hem niet weigert, maar dat zal hij wel niet durven.’

‘Waarom niet?’

‘Svantes vader is de eigenaar van de multiplexfabriek.’

‘Ik snap het,’ zei Charlie.

‘Erik is geen licht, maar wel slim genoeg om te weten dat niemand hem zal helpen als hij het in zijn hoofd haalt om Svante eruit te gooien. Niemand wil zijn baan in de fabriek kwijtraken.’

Charlie keek weer naar de tafel waaraan Svante zat. Dat zijn Annabelles vrienden, dacht ze. Was het niet harteloos om in een bar te gaan zitten drinken terwijl een vriendin van je spoorloos verdwenen was? Of was dat nou juist wat je nodig had na een hele dag zoeken?

Susannes mobieltje ging. Ze verontschuldigde zich en nam op. ‘Ja, ik was onderweg, ja, maar ik kwam een oude vriendin tegen en... Ja, ik weet dat ik dat heb gezegd en nee, een paar glazen maar, nee, ik ga nu.' Ze keek Charlie aan en rolde met haar ogen. 'Ja, maar je snapt toch ook wel dat je de kinderen niet alleen thuis kunt laten?'

'Je man?' vroeg Charlie toen Susanne het gesprek had beëindigd.

Susanne knikte.

'Hij wilde me komen ophalen. Niet uit zorgzaamheid, hoor, maar puur uit gemakzucht. Hij wil niet dat ik zo laat thuiskom dat hij morgen alleen voor de kinderen moet zorgen. Shit, ik heb nog helemaal geen zin om te gaan.'

Blijf dan, wilde Charlie zeggen.

'Bel me.' Susanne hief haar hand.

'Ik heb je nummer niet.'

'Dat is waar.'

Susanne vroeg Charlies nummer, toetste het in en belde haar op.

Nadat Susanne was vertrokken, bleef Charlie nog even aan hun tafeltje zitten. Toen ze haar telefoon pakte om Susannes nummer op te slaan, zag ze dat ze twee oproepen van Hugo had gemist. Wat dacht hij wel niet? Dat ze hem in bescherming zou nemen als zijn vrouw zou bellen? Het werd steeds duidelijker wat een ongelooflijke sukkel hij was.

De zanger was na de pauze weer gaan spelen. Nu zong hij over de katoenvelden van Louisiana. Het liedje bracht Charlie in gedachten terug naar Lyckebo: Betty die de muziek harder zet en wil dat iedereen gaat dansen. Charlie dacht aan de namen die Susanne had opgesomd van de mensen die altijd op haar feesten kwamen. Ze herinnerde ze slechts als wazige, contourloze figuren. De enige die ze scherp voor zich zag, was Mattias. Ze had zijn gezicht nooit helemaal kunnen vergeten.

In de zomer dat Charlie twaalf werd, was Mattias in Lyckebo gekomen. Hij was een vriend, zei Betty. Een vriend die in de problemen was geraakt. Als je zo'n groot huis had, kon je een vriend die onderdak nodig had toch niet wegsturen? In het begin sliep hij in het schuurtje, maar toen de herfst kwam en het koud werd, verhuisde hij naar Betty's slaapkamer, en vlak voor kerst vertelde Betty dat Mattias zou blijven.

Charlie begreep eerst niet waarom. Betty zei toch altijd dat haar huis haar burcht was en dat ze het nooit, maar dan ook nooit met een man zou delen?

Maar volgens Betty was Mattias anders dan andere mannen, als Charline hem een kans gaf, zou ze het wel begrijpen als ze.

Ik weet zeker dat jij op een dag evenveel om hem zult geven als ik.

Anders was nog wakker toen Charlie hun kamer binnen stapte. Hij had de twee bedden uit elkaar getrokken en zo ver mogelijk bij elkaar vandaan gezet.

'Ik kreeg het idee dat je beneden het licht uit ging doen,' zei hij, waarna hij zich, heel correct, omdraaide zodat ze haar slipje en T-shirt kon uittrekken en in bed kon kruipen.

Charlie keek naar de kruissteekborduursels met de liefdesboodschappen aan de muur. Op één ervan stond: DE GROOTSTE IS LIEFDE, en daarboven: DE LIEFDE IS GEDULDIG EN VOL GOEDHEID.

'Wat zei je?' vroeg Anders.

'Ik zei dat die hele verdomde brief aan de Korintiërs hier aan de muur hangt.'

Anders las de borduursels en zei dat ze gelijk had. Maar dat was toch niet zo vreemd, het was per slot van rekening de bruidssuite.

'Als ik ooit ga trouwen, mag niemand iets uit de brief aan de Korintiers lezen,' zei Charlie. 'Dat is een ding dat zeker is.'

Wat was daar zo erg aan, wilde Anders weten. Hoe konden zulke mooie woorden over liefde haar zo provoceren? Maar het deed er niet toe, zei hij, want ze zou toch nooit trouwen.

'Heb ik dat gezegd?' zei Charlie.

'Je hebt weleens gezegd dat je niet in het huwelijk gelooft.'

'Dat is niet hetzelfde. Zijn er dan überhaupt nog mensen die wel in het huwelijk geloven?'

'Wat ben jij cynisch, zeg.'

'Wat ben jij naïef.'

Charlie installeerde zich in bed. De lakens roken vaag naar rook, ook al waren ze pas gewassen. Het kussen was te dun.

‘Wat doe je?’ vroeg Anders toen ze weer uit bed stapte.

‘Nog een kussen zoeken.’

Toen ze er geen vond, rolde ze een vest op, legde het op haar kussen en pakte een boek.

‘Wil je het licht uitdoen?’ Anders draaide zich om in zijn bed. ‘Het is één uur.’

‘Ik kan niet slapen als ik niet eerst gelezen heb.’

‘En ik kan niet slapen met het licht aan.’

‘Dan heb je een probleem.’

Anders zuchtte, sloeg het dekbed van zich af en stapte uit bed.

‘Wat ga je doen?’ vroeg Charlie.

‘Iets zoeken om mijn ogen mee te bedekken. Ik heb al drie maanden geen oog dichtgedaan en…’

‘Oké,’ zei Charlie. ‘Ik snap het.’ Ze legde haar boek weg en deed het licht uit.

Ze kon niet in slaap komen. In de loop van de dag was de druk op haar borst steeds groter geworden, en nu ze lag, was het nog veel erger. Zodra ze haar ogen dichtdeed, was ze weer in het huis in Lyckebo. Ze zag de dunne gordijnen in de woonkamer wapperen, ze zag Betty op de bank liggen met een natte handdoek op haar voorhoofd.

Het is het licht, Charline. Al dat licht doet zo'n pijn.

Anders was in slaap gevallen en werd niet wakker toen Charlie haar lampje aanknipte en haar boek weer pakte. Ze probeerde zich op haar lectuur te concentreren, maar dat mislukte.

Het komt door deze plek, dacht ze. Het komt door deze plek dat ik het niet uit mijn hoofd kan zetten. Ik kan het niet meer uit mijn hoofd zetten.

Ja, we plukken kersen in m'n tuintje
Ik voor jou en jij voor mij
Er is niets of niemand in m'n tuintje
Niemand, behalve wij

Haar droom nam haar mee naar Lyckebo. Ze was in de tuin. De kersenbomen bloeiden, de katten streken langs haar benen. Er zat iemand op de boomschommel. Betty? Mama?

Ze liep erheen, stak haar hand uit om Betty's rug aan te raken, maar toen draaide de schommel rond… Het was Betty niet. Het was Mattias.

Waarom kom je nu, Charline? Waarom kom je nu, nu het te laat is?

22

Bij het ontbijt was het vrijwel uitgestorven in de eetzaal. Erik liep naar ze toe en zei dat de mensen van Missing People al om halfzes gegeten hadden.

'Het wordt vandaag nog warmer.' Hij keek door de ramen naar buiten. 'De mensen zullen vanavond wel dorst hebben. Ik hoop,' voegde hij eraan toe, alsof hij zich ervoor schaamde dat hij onder deze omstandigheden aan zaken dacht, 'dat ze vandaag wordt gevonden, zodat we dit allemaal af kunnen sluiten.'

Charlie zei tegen Anders dat hij alvast naar het politiebureau kon gaan. Ze wilde er alleen heen lopen, nadenken, sigaretten halen. Hoewel ze het de avond ervoor redelijk rustig aan had gedaan met de drank, voelde ze zich klam en duizelig. Dat zijn ontwenningsverschijnselen, dacht ze. Ik heb sertraline nodig. Ze had de huisarts gesproken en te horen gekregen dat ze een recept voor drie maanden had; het enige wat ze hoefde te doen was vandaag naar de apotheek gaan.

Op het politiebureau was de sfeer bedrukt. Je voelde de spanning omdat ze niets waren opgeschoten met het onderzoek. Geen enkele tip of ondervraging had iets opgeleverd.

'Zo'n meisje kan toch niet zomaar verdwijnen,' zei Olof. Hij liep met zijn koffiekop rond zonder eruit te drinken. 'Als ze niet vrijwillig is verdwenen, en alles wijst daarop, dan... moet ze toch ergens zijn.' Hij bleef voor de grote kaart aan de muur staan en wees de gebieden aan die tot nu toe waren doorzocht. Het veen buiten het dorp, alle weilanden en verlaten vakantiehuisjes en schuren binnen een straal van zes kilometer. Het dreggen van de rivier en het meer had ook nog niets opgeleverd.

'De rivier is veel te diep,' zei Micke.

'Wat heeft de diepte van de rivier er nou mee te maken?' zei Olof.

'Daar kan ze toch in liggen? Ze hebben nooit de hele rivier al kunnen dreggen...'

Olof onderbrak hem en zei dat ze natuurlijk de hele rivier nog niet hadden kunnen dreggen, maar als ze daarin lag, had de stroming haar meegenomen naar de sluisdeuren.

'Dat hoeft niet per se,' zei Micke. 'Er zitten toch grote diepten in de rivier, diepten, wortels en stokken. Ze kan ergens achter zijn blijven haken.' Hij draaide zich om naar Charlie en Anders. 'Onder het oppervlak zit een heel onderwaterlandschap. Daar zijn weleens eerder mensen verdwenen.'

'Mensen?' Olof trok zijn wenkbrauwen op. 'Wie had je dan in gedachten?'

'Ja, verdorie, hoe heet hij ook alweer, die zuiplap die verdwenen is?'

Charlie merkte dat haar ademhaling bijna stokte, en er trok een merkwaardige opluchting door haar heen toen niemand zich zijn naam leek te herinneren.

'Dat is eeuwen geleden,' zei Olof. 'Was je al geboren toen dat gebeurde?'

Micke keek Olof aan alsof hij gekwetst was omdat hij aan zijn jonge leeftijd werd herinnerd. Ja, toen was hij al geboren. En hij was het niet vergeten, want zijn oudere broers hadden het er altijd over als ze daar zwommen.

'Als ze in de rivier ligt, vinden we haar,' zei Olof. 'Dan is het slechts een kwestie van tijd, en zolang gaan we door met de verhoren.'

Ze bespraken welke jongeren nader ondervraagd moesten worden. Haar ex-vriendje William Stark onder andere, zei Olof. Ja, iedereen snapte wel waarom. En Svante Linder, omdat hij tijdens het eerste gesprek niet echt coöperatief was geweest.

'Ze waren gisteren in het motel,' zei Charlie. 'William Stark, Svante Linder en nog een paar jongens.'

'Was er heibel?' vroeg Olof.

'Niet echt heibel, maar ze waren wel opgefokt. Svante gaf William een duw.'

'Svante maakt problemen,' zei Olof.

'Zoals ik al zei, ze moeten allemaal nog een keer verhoord worden,' zei Charlie. 'Maar ik wil eerst met haar beste vriendin praten, Rebecka Gahm.'

'We hebben haar al over die avond bevraagd, en ze weet niet meer dan de anderen,' zei Micke.

'Maar als iemand iets weet, is zij het. Heb je er bezwaar tegen als we weer met haar gaan praten?'

'Natuurlijk niet. Ik dacht alleen maar...'

'Fijn,' zei Charlie. 'Heb je je oma en haar vriendinnen van de Bijbelkring al gesproken, trouwens?'

'Ja, allemaal zowaar. De laatste vanmorgen. Bejaarden...' zei hij met een glimlach. 'Mogen ze eindelijk net zo lang uitslapen als ze willen, staan ze voor dag en dauw op.'

'En,' zei Charlie, 'ben je nog iets te weten gekomen?'

'Niks bijzonders, behalve dat Annabelle heel populair was bij de dames. Ze zeiden bijna allemaal hetzelfde over haar: ze was nieuwsgierig, slim en belezen. Een heel bijzondere jonge vrouw.'

Charlie wilde eigenlijk vragen wat er zo bijzonder was aan een slimme jonge vrouw, maar ze had geen tijd en zin om Micke uit de tent te lokken.

'Wanneer zijn ze voor het laatst bij elkaar gekomen?'

'Afgelopen zondag,' zei Micke.

'Hebben ze toen iets aan Annabelle gemerkt?'

'Niet dat ze mij hebben verteld in elk geval.'

Charlie zag Annabelle voor zich, op een stoel bij het altaar in de kerk, omringd door grijze dames en de predikant, verwikkeld in een diepgaande discussie, en ze zag de glimlachjes en waarderende blikken van de dames. Wie ben je, Annabelle, dacht ze. Wie ben je en waar zit je?

Daar en toen

Alice blijft het fascinerend vinden dat haar huis en Rosa's huis, die aan de buitenkant precies hetzelfde zijn, vanbinnen zo verschillend zijn. Bij Rosa thuis hangen er gordijnen waar bij hen deuren zitten. In de bomen achter het huis van Rosa hangen windgongen en in hun keuken staat geen tafel. Eten bestellen ze bij de pizzeria op de hoek.

Hoe kunnen ze dat betalen, vraagt Alice zich af. Rosa zegt dat ze korting krijgen. Bovendien werkt haar moeder en zij verdient dus geld. Ze voorspelt de toekomst met kaarten. Het is niet normaal, zegt Rosa, hoeveel geld mensen willen betalen om te weten wat hun toekomst brengt.

In de badkamer bij Rosa thuis staan bruine potjes met pillen. Rosa laat haar lievelingspillen zien: oranje, langwerpige tabletten, die moeilijk zijn door te slikken. Ze zijn magisch, zegt ze, want als je er een neemt, word je helemaal rustig vanbinnen. Ze geeft Alice een pil en neemt er zelf ook een. Rosa heeft gelijk, denkt Alice, want ze wordt rustig. Alsof er een zachte wattendeken in haar borst wordt uitgerold. Alice vergeet de versleten gewrichten van haar moeder, vergeet haar vader die nooit meer terugkomt, en alles wordt rustig, warm en stil. Wat zijn dat voor pillen?

Rosa haalt haar schouders op. Ze weet het niet. Het enige wat ze weet, is dat ze haar blij maken. Meer hoef je toch niet te weten?

Ze worden onderbroken door een kreet van Rosa's moeder.

'Wat is er, mama?' Rosa staat op, rent door het ritselende deurgordijn de gang in naar de slaapkamer van haar moeder.

'Het is die man. Wil je alsjeblieft tegen hem zeggen dat hij weg moet gaan.'

Vlak daarna hoort Alice iemand hartgrondig vloeken, en er verschijnt een grote, bezwete man met alleen een handdoek om zijn heupen in de gang.

'Je moet weg,' zegt Rosa. 'Wegwezen.' Ze heeft zijn kleren bij elkaar geraapt en gooit de stapel voor zijn voeten.

Maar de man wil niet weg. Hij heeft nog iets af te handelen met Rosa's moedertje. Bovendien wil hij zich in alle rust aankleden. Dan zegt Rosa dat ze de politie belt als hij niet onmiddellijk ophoepelt.

'Pak de telefoon, Alice!' brult ze naar de keuken. 'Bel de politie en zeg dat we een indringer in huis hebben.'

De man vloekt, pak de stapel kleren en vertrekt.

Als Rosa de deur op slot heeft gedaan en vergrendeld heeft, gaat ze naar de keuken, doet het raam open en schreeuwt de man na dat hij zijn vieze gore onderbroek vergeten is. Wil hij hem hebben of moet ze hem verbranden?

De man reageert niet, waarop Rosa de witgele onderbroek uit het raam laat vallen.

'Wat er ook gebeurt...' zegt Rosa als ze de man nakijken, die met zijn kleren in zijn armen wegrent, 'wat er ook gebeurt, ik neem nooit een man.'

'En kinderen?' wil Alice weten.

Dat weet Rosa niet.

'Maar hoe kun je nou kinderen krijgen zonder man?'

'Maar hoe kun je nou kinderen krijgen zonder man,' praat Rosa haar na. 'Ben je achterlijk? Om een kind te krijgen heb je een man maar een paar minuten nodig. Kijk maar naar onze eigen moeders. Die hebben allebei een kind zonder man. En nee,' gaat ze verder wanneer Alice haar mond opendoet, 'kom nou niet weer aanzetten met die vader van je op de zeven zeeën. Ik kan die sprookjes van je niet meer horen.'

Dan staat Rosa's moeder in de keuken. Ze draagt een rode, zijden ochtendjas en op haar wangen zitten zwarte strepen mascara. Ze reikt naar haar pakje sigaretten en vloekt als ze ontdekt dat er nog maar één in zit. Rosa pakt haar aansteker, haar moeder strijkt haar haar achter haar oren, houdt de sigaret in de vlam en inhaleert.

'Ik denk...' zegt haar moeder terwijl ze Rosa aankijkt, 'ik denk dat het tijd wordt dat je vriendinnetje naar huis gaat.'

'Ga naar huis, Alice,' zegt Rosa. 'Ja, ga dan naar huis, sta daar niet zo te koekeloeren.'

Als Alice die avond thuiskomt, zit haar moeder op de grond in de gang en probeert met haar pijnlijke vingers haar veters te strikken. Waarom blijft ze schoenen met veters kopen als ze die niet kan strikken?

Alice vraagt waar ze heen gaat. Ze bukt zich om haar moeder te helpen, maar die maakt een afwerend gebaar. Ze hoeft haar schoenen niet meer aan. Ze wilde ze aantrekken omdat ze buiten naar haar op zoek wilde gaan.

'Ik was gewoon bij Rosa,' zegt Alice.

Ja, dat had ze gezegd, maar het werd tijd dat ze thuiskwam. Ze hoefde toch niet ook nog 's avonds bij Rosa te zijn.

Alice vraagt haar moeder wat ze tegen Rosa heeft, en ze zegt dat ze haar niet vertrouwt. Het zou beter zijn als ze wat lievere vriendinnetjes kreeg.

Alice denkt bij zichzelf dat haar moeder alleen Rosa's slechte kanten kent: dat ze vloekt en ruziet en geen respect heeft voor volwassenen. Wat weet haar moeder nou van de momenten 's nachts dat Rosa en zij elkaar warm houden, van hun spelletjes in de boomhut en de grapjes die alleen zij tweeën begrijpen? Wat weet ze nou van Rosa's fluisterende woorden dat ze meer dan vriendinnen zijn, dat ze zusjes zijn en elkaar altijd zullen beschermen?

23

Een kwartier nadat ze haar hadden gebeld, was Rebecka op het politiebureau. Ze was niet op school. Ze hadden aangeboden om naar haar toe te gaan, maar ze was toch al buiten. Er is wel een probleempje, zei Adnan toen hij de kamer van Charlie en Anders binnenstapte om te laten weten dat ze er was.

'Wat voor probleem?' vroeg Charlie.

'Ze heeft haar zusje bij zich.'

'Waarom?'

'Dat heb ik niet gevraagd, maar ik neem aan dat haar moeder niet thuis is.'

'Is ze niet op de crèche?'

'Kennelijk niet,' zei Adnan.

'Hoe oud is ze?'

'Een jaar of drie.'

'Dan moet jij op haar passen,' zei Charlie.

'Maar ik wilde net weggaan om wat dingen met Missing People af te stemmen.'

'Dat moet iemand anders dan maar doen.'

Adnan draaide zich mopperend om. Ze liepen met hem mee naar de receptie; daar zat Rebecka op een bank met haar zusje op schoot.

'Ik wist niet waar ik haar moest laten,' zei ze toen Charlie naar haar toe liep en zich voorstelde. 'Het is planningsdag op de crèche, en mijn moeder is aan het werk. Ik had toch geen zin om naar school te gaan, dus...'

'Zullen we de politieauto gaan bekijken terwijl je zus met die mevrouw gaat praten?' vroeg Adnan aan het kleine meisje.

'Doe maar, Noomi,' zei Rebecka. 'Ga maar met die meneer naar de politieauto kijken. Ik ben zo weer terug.'

Onwillig liet haar zusje haar hand los.

Rebecka Gahm ging aan de andere kant van het bureau zitten. Ze was niet opgemaakt, waardoor ze er nog jonger uitzag dan zeventien.

'Wat fijn dat je zo snel kon komen,' zei Charlie.

'Natuurlijk, geen probleem. Niets is nu belangrijker dan Annabelle helpen vinden. Maar ik weet niet wat ik nog meer kan zeggen. Ik heb al over die avond verteld.'

'Ik wilde je graag zelf even spreken,' zei Charlie. 'Mijn collega en ik,' zei ze terwijl ze naar Anders knikte, 'komen uit Stockholm.'

'Dat weet ik. Of ik bedoel, dat kan ik horen, ik hoor het aan jullie accent.'

Charlie glimlachte en vertelde waarom ze hier waren. Rebecka luisterde aandachtig.

'Hoelang zijn jullie al vriendinnen, Annabelle en jij?' vroeg Charlie.

'Dat zijn we altijd al geweest, of in elk geval sinds de crèche.'

'Dus je kunt wel zeggen dat jij haar goed kent?'

'Zeker. Niemand kent Bella zo goed als ik.'

'Hoe was ze die avond?'

'Ze was dronken.'

'Maar daarvoor?'

'Ik was zelf al behoorlijk aangeschoten toen ze bij mij kwam, maar ze was nogal... overstuur.'

'Zei ze ook waarom?'

'Nee. Of misschien wel. Ik heb wat gaten in mijn geheugen.'

'Hadden jullie alleen alcohol op,' vroeg Charlie, 'of ook wat anders?'

'Alleen alcohol,' zei Rebecka. Ze keek Charlie strak aan zonder weg te kijken of met haar ogen te knipperen. Misschien had ze ergens gelezen dat mensen die de waarheid spraken dat deden, dacht Charlie.

'Weet je hoe laat Annabelle weg is gegaan?'

'Nee, niet precies. Maar ik heb haar wel weg zien lopen. Ik stond een sigaret voor het raam te roken, en toen zag ik haar over de weg slingeren. Ik riep haar, maar ze reageerde niet. Ik ben naar beneden gegaan, maar toen ik buiten kwam, was ze al uit het zicht. Ik zag haar ook niet een eind verderop op de weg, terwijl ik toch een stukje achter haar aan ben gerend.'

'Waarom ben je haar achternagegaan?'

'Waarom? Omdat ze dronken was natuurlijk. Ze was zo zat dat ze amper kon lopen. Ik was bang dat ze in een greppel in slaap zou vallen en niet meer thuis zou komen en... Ik had niet terug moeten gaan. Als ik haar had ingehaald en met haar mee naar huis was gelopen...'

'Zo moet je niet denken,' zei Anders.

'Zo denk ik wel,' zei Rebecka. 'Zo denk ik precies.'

'Welke kant liep ze op?'

'Over de grindweg achter de plattelandswinkel, alsof ze naar huis ging.'

'Ik heb gehoord dat jullie die avond ruzie hadden,' zei Charlie. 'Kun je daar iets over vertellen?'

Rebecka rolde met haar ogen. Ze had Olof en Adnan al over dat gedoe met William verteld.

'Vertel toch maar,' zei Charlie.

'Ik heb hem overgenomen,' zei Rebecka. 'William Stark. Ik heb hem van haar overgenomen, maar alleen maar omdat Bella hem niet meer wilde. Anders zou ik hem nooit genomen hebben.'

Rebecka praatte over William alsof hij een ding was, zonder eigen wil. Charlie vroeg zich af of Annabelle dat ook deed, of deze vriendinnen altijd zo over de jongens praatten die ze kenden.

'Vind je hem leuk?' vroeg ze. 'Vind je William Stark leuk?'

'Wat heeft dat er nou mee te maken?' zei Rebecka.

'Ik wil alleen maar weten of je hem leuk vindt.'

'Best wel, maar we hebben geen trouwplannen of zo.'

'Had je al een oogje op hem toen hij nog iets met Annabelle had?'

'Wat bedoel je daarmee? Je wilt toch niet zeggen dat...'

'Ik zeg helemaal niks,' zei Charlie. 'Ik vraag het alleen maar.' Ze zag dat Rebecka's gezicht van kleur verschoot. Nu moest ze doorgaan, nu ze haar van haar stuk had gebracht.

'Was je jaloers op Annabelle en William?'

Rebecka schudde haar hoofd. Waarom zou ze jaloers op hen zijn? En wat dan nog, voegde ze eraan toe, ze zou Annabelle nooit, maar dan ook nooit iets aandoen. 'En trouwens,' ging ze verder, 'je gaat toch niet iemand vermoorden omdat je jaloers bent?'

'Jawel,' zei Charlie, 'dat is zelfs een vrij veelvoorkomende reden om iemand te vermoorden.'

'Ik zou Bella nooit iets aandoen vanwege een jongen,' zei Rebecka. 'Ik zou haar sowieso nooit iets aandoen. Jullie weten niet dat ik van haar hou, ze is mijn beste vriendin.'

Ze legde haar onderarm op tafel en liet het hart op haar pols zien: BECKA AND BELLA FOREVER.

'Dat is niet wat jullie denken,' voegde ze eraan toe toen ze Anders naar de rode schrammen zag kijken die dwars over de tatoeage liepen. 'Die heb ik in de fabriek opgelopen. Iedereen die daar werkt heeft zulke armen. Maar bij mij is het iets erger dan bij de rest,' zei ze zuchtend, 'omdat ik er niet van af kan blijven.'

'Ik dacht dat je nog op school zat,' zei Charlie.

'Ja, dat is ook zo, maar soms werk ik in het weekend.' Rebecka gleed met haar vingers over de tekst. 'Bella heeft dezelfde. We hebben ze vorige zomer laten zetten. Deze ook.' Ze liet haar andere pols zien, waarop een donkerblauwe puntkomma stond. 'Het was een idee van Annabelle. Ze zei dat dit betekende dat ons verhaal niet hier zou eindigen, maar dat er een vervolg zou komen.'

Rebecka haalde een papieren zakdoekje uit haar tas en snoot luidruchtig haar neus. Alsof ze zich op iets anders probeerde te concentreren dan haar tranen, die eigenwijs op de tafel druppelden.

Charlie merkte dat ze elk moment in huilen uit kon barsten. Rebecka's koppige hoop maakte het moeilijk om je emoties in toom te houden. Laat dit verhaal een vervolg krijgen, dacht ze. Laat het niet hier eindigen.

'Waarom ging het uit tussen Annabelle en William?' vroeg Anders.

'Het werkte niet, geloof ik. Annabelle is geen type om verkering te hebben. Wij allebei eigenlijk niet.'

'Dus zij heeft het uitgemaakt?'

'Volgens William hebben ze het samen gedaan, maar het ging vooral van Annabelle uit.'

'Was ze verdrietig?' vroeg Charlie.

'Niet echt. Dat zei ze tenminste.'

Charlie keek naar Rebecka's vingers op het tafelblad. Een nagelbijter, constateerde ze toen Rebecka's hand naar haar ketting ging, waar een dun gouden kruisje aan hing.

'Ben je christelijk?' Charlie knikte naar de ketting.

'Niet echt. Ik heb hem bij mijn confirmatie gekregen.'

'Annabelle is wel christelijk.'

Rebecka glimlachte. 'Dat is vast een fase.'

Charlie vroeg wat ze daarmee bedoelde.

'Als ze iets in haar kop krijgt, gaat ze ervoor. Dat kan van alles zijn. Ze zegt dat ze allerlei dingen tot op de bodem wil uitzoeken om te kijken of het bij haar past. De volgende keer gaat ze bij een natuurwetenschappelijk clubje of zo.' Rebecka schraapte haar keel en zei op zachtere toon: 'Als er een volgende keer is.'

'Zou je kunnen zeggen dat ze beïnvloedbaar is?'

'Nee, niet,' zei Rebecka. 'Absoluut niet. Annabelle is… Ze is slim. Ze is niet iemand die zich laat sturen. Maar ze is wel nieuwsgierig. Ik ken niemand die zo nieuwsgierig is als zij.'

'Weet je of Annabelle socialmedia-accounts had?' vroeg Charlie. 'Die alleen voor een select clubje bestemd waren?'

'Zoals een tweede profiel op Facebook?' vroeg Rebecka. 'Ze had er ooit een waarop ze aanbood met dingen voor school te helpen. Maar ik geloof niet dat ze daar nog actief op is. Het kostte te veel tijd.'

'Wat bedoel je met "helpen"?' Charlie keek Anders vluchtig aan terwijl ze het zei.

'Ze maakte werkstukken en opdrachten voor andere leerlingen.'

'In ruil waarvoor?'

'Geld,' zei Rebecka. 'Geld, drank of sigaretten.'

'Weet je hoe ze zichzelf noemde?'

'"De redder in nood". Toepasselijk, hè?' Rebecka slikte een paar keer en keek uit het raam. Ze tikte met haar benen onder de tafel.

‘Ik wil even roken,’ zei Charlie zonder zich iets aan te trekken van Anders’ sceptische blik. ‘Ga je mee?’

Rebecka knikte en stond op.

Ze liepen naar de binnenplaats. Een eindje verderop zaten twee kinderen in een zandbak te spelen; ze waren te jong om alleen buiten te spelen. Charlie gaf Rebecka een sigaret en nam er zelf ook een.

‘Ik slaap ’s nachts niet meer,’ zei Rebecka. Ze inhaleerde diep. ‘Als ik niet buiten ben om haar te zoeken, kan ik niet slapen, en als ik eenmaal ingedommeld ben, droom ik over haar.’ Ze wreef met de rug van haar hand over haar gezicht.

‘Wat droom je dan?’

‘Allemaal rare dingen. Dat we weer op de opvang zijn en ons achter in de boot verstoppen die in de speelzaal stond. Dat deden we weleens, Bella en ik, daar verstopten we ons als we vies eten kregen of stout waren geweest. Achterin zat een kleine opening waar de leidsters niet doorheen konden. Ze probeerden ons te lokken of met dreigen of schelden eruit te krijgen, maar we deden niet wat ze zeiden. Het is er niet meer. Dat gat, bedoel ik. Toen ik mijn zusje een keer kwam ophalen zag ik dat ze het dichtgespijkerd hadden.’

Ze zeiden een tijdje niets.

‘Jezus, wat is het warm,’ zei Rebecka. ‘Als het nu een gewone dag was geweest, was ik met Bella naar Klein Rhodos gegaan. Dat is een strandje,’ verduidelijkte ze. ‘Niet het echte Rhodos, dus.’

Charlie glimlachte. ‘Als dit een gewone dag was geweest, waren jullie toch naar school gegaan?’

‘Natuurlijk.’ Rebecka gooide de peuk op de grond, bedacht zich, doofde de gloeiende as en raapte hem weer op. ‘Je weet niet wat ze allemaal in hun mond stoppen,’ zei ze terwijl ze naar de kinderen in de zandbak knikte.

‘Er staat hier een bak,’ zei Charlie. ‘Wil je er nog een?’

‘Ben jij wel echt?’ vroeg Rebecka serieus. ‘Ik bedoel, je bent zo aardig, of is het een tactiek om me te laten praten?’

‘Je wilt toch praten?’

Rebecka knikte en nam nog een sigaret uit het pakje dat Charlie voor haar hield.

'Je zei dat ze overstuur was,' zei Charlie. 'Waardoor, denk je? Waardoor kon Annabelle overstuur zijn geweest?'

'Bella is snel overstuur,' zei Rebecka glimlachend. 'Ze is nogal temperamentvol. Meestal komt dat door haar moeder.' Rebecka boog zich naar voren, zodat Charlie haar een vuurtje kon geven. 'Ze hebben vaak ruzie. Bella zegt dat Nora haar verstikt.'

'Wat bedoelt ze daarmee, denk je?'

'Dat is wel duidelijk. Haar moeder is een controlfreak, dat is verstikkend.'

'Wat is jouw beeld van Nora?'

'Mijn beeld van haar?'

'Ja.'

'Er is iets niet goed in haar hoofd. Er is iets goed mis met die vrouw.'

'Hoe is ze tegen jou?' vroeg Charlie.

'Ze heeft me niet hoog zitten. Ze vindt dat ik haar meisje op het slechte pad breng.'

'Is dat ook zo?'

'In dat geval doen we het samen,' zei Rebecka. Ze nam een trekje van haar sigaret. 'Je moet een ding weten over Annabelle: ze doet niets waar ze geen zin heeft. Annabelle is stoer.'

'Heeft ze vijanden?'

'Geen echte vijanden, maar er zijn zeker mensen die zich aan haar ergeren. Omdat ze slim is, denk ik, omdat ze zich laat gelden. Om zulke dingen kun je gehaat worden.'

'Heb je iemand in het bijzonder in gedachten?'

'Nee, ik bedoel in het algemeen. Maar ze heeft wel vrij vaak mot met Svante Linder. Al lijkt zij hem meer te haten dan hij haar.'

'Hadden ze ruzie die avond?'

'Niet meer dan anders, volgens mij. Maar ik was niet de hele tijd bij haar. Ik was boven… met William.'

De deur achter hen ging open. Het was Adnan, die Rebecka's zusje kwam brengen. Het meisje was snotterig en had rode ogen van het huilen.

'Ze wil naar huis,' zei Adnan.

Rebecka tilde haar op en zette haar routineus op haar heup. De peuter boorde haar gezicht in Rebecka's hals. Ze wreef over haar rug en zei dat ze naar huis gingen en pannenkoeken met jam en slagroom gingen eten.

Als een moeder, dacht Charlie, als een moeder die haar kind troost.

Adnan ging weer naar binnen.

'Bel maar als je nog iets wilt weten,' zei Rebecka.

'Rebecka,' zei Charlie toen ze zich al had omgedraaid. 'Wat denk jij dat er met Annabelle is gebeurd?'

'Wat ik denk?' Rebecka bleef staan, draaide zich om en keek haar aan. 'Ik hoop dat ze 'm is gesmeerd. Dat zou ik hebben gedaan met zo'n zeurmoeder. Ik bel en sms haar de hele tijd en ik hoop steeds dat ze reageert, dat ze zegt dat ze ervandoor is gegaan, dat ze leeft en dat alles goed is.'

'Maar we zijn nu al bijna een week verder,' zei Charlie.

'Weet ik. Ik zeg alleen maar wat ik hoop. Maar nu moet ik echt met haar naar huis.' Rebecka knikte naar haar zusje. 'Als me iets te binnen schiet, laat ik van me horen.'

Rebecka zette haar zusje op haar schouders. Het meisje begon te lachen. Charlie keek ze na tot ze om de hoek van het gebouw verdwenen waren en ging toen weer naar binnen.

'En? Nieuws?' Micke stond ineens achter Charlie. Hij moest lachen toen ze van schrik een kreet slaakte. Hij wist niet dat ze zo schrikachtig was.

'Ik hoorde je niet aankomen,' zei Charlie. 'Ik wil een een-op-eengesprek met Nora Roos,' voegde ze eraan toe.

'Dus je denkt toch dat Nora...'

'Ik denk helemaal niks, maar we moeten meer over dat gezin te weten komen, waarom Nora zo spastisch met haar dochter omgaat, waarom... Ja, je begrijpt wel wat ik bedoel. Zou je een Facebookprofiel voor me willen checken? "De redder in nood". Daar bood Annabelle andere leerlingen aan om schoolopdrachten voor ze te maken. In ruil voor geld.'

'Prima,' zei Micke.

'En regel ook een afspraak met William Stark. Ik moet hem spreken.'

'Nu?'

'Over een uur. Ik moet eerst nog even wat anders doen.'

'Lunch je niet mee?' vroeg Micke. 'We gaan eten bij het motel bestellen.'

'Ik prop zo wel wat naar binnen.'

24

De warmte sloeg Charlie tegemoet toen ze het politiebureau uit kwam. Ze maakte de bovenste knoopjes van haar blouse los en liep door de hoofdstraat naar het gezondheidscentrum en de apotheek. Ze dacht aan de negatieve manier waarop Anders naar het dorp keek, aan de smelterij, die het uitzicht bedierf, en de geur van de papierfabriek, die je vandaag amper rook. Hij had een paar dingen over het hoofd gezien, dacht ze, want nu de vogels floten, het water ruiste en het naar bloemen en gras rook, was dit een heel mooie plek. Het was precies zo'n idylle waar de bladen in hun belachelijke artikelen over schreven. Maar het was heet. Ze baalde ervan dat ze een spijkerbroek had aangetrokken, maar de jurken die ze in haar koffer had gegooid waren erg kort. Ze vroeg zich af of de budgetwinkel met goedkope kleren, vlak buiten het dorp, er nog was. Als deze hittegolf zou aanhouden, had ze echt iets nieuws nodig.

Ze liep langs het oude pand waar de konditorei in had gezeten. Daar was ze weleens met Betty geweest als Betty haar loon had gekregen.

Neem maar wat je wilt, schat, wat je wilt. Nee, niet het kleinste gebakje, saaie piet. Neem wat groters. Vervolgens gooide Betty een fortuin in de oude jukebox die midden in de zaak stond.

Wat wil je horen, darling? *Zeg het maar, als het maar niet in mineur staat.*

Charlie schaamde zich voor haar, ze schaamde zich voor haar luide manier van praten en drukke gebaren. Op zulke vrolijke dagen in de konditorei wilde Betty zich nog weleens bemoeien met de gesprekken aan de tafels naast hen, waardoor de andere klanten zich opgelaten voelden. Als ze te ver ging en Charlie haar vroeg niet meer met mensen te gaan praten die ze niet kende, geen gesprekken meer af te luisteren en zich niet meer met anderen te bemoeien, lachte Betty alleen maar en zei ze dat ze helemaal geen gesprekken zat af te luisteren. Ze kon er toch ook niks aan doen dat ze alle gesprekken hoorde. Ze kon het toch ook niet helpen dat ze onbelangrijke dingen niet weg kon filteren.

Op dat punt verschilden ze, Betty en zij. Want Charlie wist dat dat juist haar kracht was, het onbelangrijke wegfilteren en de essentie zien, de juiste toon in alle ruis vinden. Althans, daar was ze vroeger goed in, voordat haar moeder die idioot in haar leven had toegelaten. Ze hoopte dat ze die vaardigheid weer snel terug zou krijgen. Haar therapeut, die van woorden hield als 'zelfmedicatie' en 'onveilige hechtingspatronen', dacht dat haar vermogen om mensen en stemmingen te lezen een overlevingsmechanisme was. Charlie had zich dat eigen gemaakt omdat ze wel moest, omdat ze overgeleverd was aan een grillige en labiele moeder. Met name dat onvoorspelbare was schadelijk voor een kind, vond de therapeut. Dat had een constante alertheid gecreëerd.

Charlie vloekte toen ze bij de apotheek kwam en de openingstijden op de deur zag staan: MAANDAG EN VRIJDAG VAN 11.00 UUR TOT 14.00 UUR. Dat was toch niet te geloven? Alleen sertraline zou niet genoeg zijn, dacht ze. Ik heb ook iets nodig om te kunnen slapen, iets om me wakker te houden en iets wat die afschuwelijke druk op mijn borst verlicht. Susanne, dacht ze, en ze viste haar mobieltje uit haar tas.

Susanne nam meteen op. Op de achtergrond hoorde ze schreeuwende kinderen.

'Charlie, ben jij het?'

'Ja.'

'Alles goed met je?'

'Ik heb hulp nodig.'

'Wacht even.'

Charlie hoorde dat Susanne haar telefoon weglegde en tegen een kind uitvoer.

'En nu wegwezen, hoor je. Nee, hij wil niet dat je op zijn gezicht gaat zitten, dat snap je zelf toch ook wel. En nu opstaan. Sorry, ik moet ze even uit elkaar halen voordat ze elkaar vermoorden. Waar kan ik je mee helpen?'

'Is het goed als ik even langskom?'

'Natuurlijk. Maar ik waarschuw je. Het is hier een bende, en de twee jongsten zijn thuis omdat ze gisteren verhoging hadden.'

Een ruwharige teckel kwam Charlie blaffend tegemoet bij de deur. Susanne duwde hem opzij en omhelsde Charlie.

'Welkom in het circus. Ik hoop niet dat je straks het maatschappelijk werk gaat bellen.'

Susanne had haar ouderlijk huis overgenomen, maar het was compleet anders. De muren en vloeren waren witgeverfd en de keuken en de woonkamer waren bij elkaar getrokken.

'We wilden graag een open keuken,' zei Susanne met een zucht toen Charlie iets over de verandering zei. 'Maar voor het geluidsniveau is het niet erg gunstig, om het zo maar te zeggen.'

In de keuken stond de afwas opgestapeld en de vloer lag bezaaid met speelgoed. Twee jongetjes van een jaar of vijf kwamen de kamer binnengestormd. Ze renden om het kookeiland heen, slipten over het vloerkleed, en voordat Charlie ze kon begroeten waren ze alweer weg.

'Goed opgevoed, hè?' zei Susanne glimlachend.

'Een tweeling?'

Susanne knikte. 'Dubbel plezier, dubbel zo veel werk.'

'Hoe heten ze?'

'AD en HD.'

'Zo heten we helemaal niet, mama,' zei een van de jongens, die weer binnengekomen was. 'We heten Tim en Tom.'

'Zeg maar niks,' zei Susanne toen ze Charlies blik zag. 'Ik heb hun vader de namen laten kiezen. Ik was na de bevalling niet helemaal helder in mijn hoofd. De andere twee zijn op school,' ging ze verder. 'Als die thuiskomen is er nog meer kabaal. En straks begint die vreselijke zomervakantie ook nog. Soms vraag ik me af hoe ik het in godsnaam moet volhouden.'

'Ik zou het niet kunnen opbrengen,' zei Charlie met een glimlach.

'Wel waar.'

'Jouw werk?' Charlie wees naar de muur in de woonkamer.

Susanne knikte. Alles wat er aan de muren hing, was van haar, en dat was niet om op te scheppen, maar omdat... ja, omdat ze zich simpelweg geen andere kunst konden veroorloven.

'Met zulke schilderijen,' zei Charlie, 'heb je ook geen andere kunstwerken nodig.'

'Dat hoef je niet...'

'Weet ik. Maar ik meen het. Weet je nog dat ik ooit tegen je zei dat je kunstenaar zou worden?'

'Ik ben absoluut geen kunstenaar,' zei Susanne. 'Ik besteed er ontzettend veel tijd aan, maar ik verdien er geen cent mee.'

Charlie bleef voor een schilderij staan met een meisje dat bloemen plukte in een weiland en zei dat het een kwestie van tijd was voor ze op een dag ontdekt zou worden.

Susanne schoot in de lach. Ze kon geen slechtere plek bedenken om ontdekt te worden. Wie kwam er nou in Gullspång?

'We leven toch niet meer in de negentiende eeuw?' zei Charlie. 'Heb je weleens van sociale media gehoord? Je moet een blog beginnen, ga op Instagram, zet je schilderijen erop, kondig je vernissages aan en...'

'Ik merk dat je al lang in Stockholm woont. Hier gaat dat niet zo.'

'Dat weet je pas als je het geprobeerd hebt. Ik vind het jammer dat niet meer mensen je schilderijen te zien krijgen.'

'Er zijn ergere dingen op de wereld.' Susanne liep weg om koffie te zetten. 'Ik heb helaas geen filterkoffie,' riep ze. 'Ik hoop dat je Nescafé lust?'

'Geen probleem,' zei Charlie, die op de bank ging zitten. 'Ik kan trouwens niet zo lang blijven.'

Een van de jongens – Tim? – had een houten zwaard gevonden, waarmee hij naar zijn broer begon te zwaaien.

'Laat je wapen vallen,' zei Charlie voor de grap, waarop het jochie, dat kennelijk te jong was om ironie te begrijpen, het zwaard liet vallen en om zijn moeder begon te roepen.

'Wat is er, Tim?' vroeg Susanne, die met twee mokken koffie en een schaal koffiebroodjes aan kwam lopen.

'Die mevrouw is boos op me,' snikte het jochie. 'Ze zei dat ik niet met mijn zwaard mocht spelen.'

'Dat mag je ook niet,' zei Susanne. Ze draaide zich om naar Charlie en zei: 'Hij vecht er alleen maar mee, dus je hebt helemaal gelijk.'

'Zij is niet de baas over mij,' zei Tim.

'Zal ik je eens wat vertellen?' Susanne hurkte voor haar zoon neer. 'Dat is ze wel. Zij bepaalt dat je mensen niet mag slaan, want ze is politieagent.'

De ogen van het jongetje werden groot en zijn blik ging van zijn moeder naar Charlie.

'Je ziet er niet uit als een politieagent,' zei hij uiteindelijk. 'Een politieagent draagt blauwe kleren.'

'Niet alle politieagenten,' zei Charlie.

Maar Tim luisterde niet naar haar. Hij wilde alleen maar weten waar haar wapen was, of ze kinderen in de gevangenis stopte, of ze...

'Alleen nieuwsgierige kindjes,' onderbrak Susanne hem. 'Kleine, nieuwsgierige kindjes stopt ze meteen in de gevangenis.' Ze moest lachen toen Tim zijn broer bij de hand pakte en verdween.

Charlie wist dat ze nu eigenlijk moest zeggen dat je kinderen niet bang mocht maken voor de politie, maar realiseerde zich dat dit de enige manier was om ongestoord met Susanne te kunnen praten.

'Hoe gaat het?' vroeg Susanne. 'Gaan jullie haar vinden?'

'Vroeg of laat worden ze altijd gevonden,' zei Charlie. 'De meesten in elk geval,' corrigeerde ze zichzelf.

'Levend?' vroeg Susanne. En toen: 'Je hoeft geen antwoord te geven, hoor, ik begrijp dat je niks over het onderzoek mag loslaten.'

'Ik weet op dit moment niet veel meer dan jij.'

'Annabelle Roos,' zei Susanne. 'Ze kwam regelmatig in de bar.'

'Weet ik,' zei Charlie. 'Vreemd eigenlijk dat ze daar rondhangt. Ik bedoel, ze is nog maar zeventien.'

Susanne begon te lachen. Zeventien, zestien, vijftien – in Gullspång ging je naar de kroeg als je daar zin in had, dat zou Charlie toch moeten weten. Een rood gestreepte kat sprong op haar schoot en begon rondjes te draaien. 'Maar ga dan liggen, Poki, ga maar liggen, dan ga ik je aaien.'

De kat nestelde zich spinnend op haar schoot.

Charlie stak haar hand uit en krabde de kat achter zijn oor.

'Herinner je je al die katten in Lyckebo nog?' vroeg Susanne. 'Hoeveel hadden jullie er wel niet?'

'Heel veel. Betty liet ze nooit steriliseren, het was een en al inteelt.'

Susanne lachte, want het was waar. Die rare albino die altijd achter hen aanliep, bijvoorbeeld, daar zat een steekje aan los.

'Zeker weten,' zei Charlie. Ze keek op haar horloge. Ze moest weer naar het politiebureau. 'Ik wilde je iets vragen.'

'O, wat?'

'Tja, het zit zo, ik heb wat moeite met slapen, maar ik heb mijn slaappillen thuis laten liggen en de apotheek is dicht, dus... ik vroeg me af of jij iets hebt waarmee ik kan... slapen?'

Susanne stond op. Natuurlijk had ze dat. Ze had zo veel pillen dat ze voor altijd kon slapen.

'Kom maar mee,' zei ze.

Charlie liep met haar mee de trap op naar boven. Susanne schoof een wasmand opzij en laveerde tussen speelgoed en stapels kleren door.

'Ik heb alles achter slot en grendel,' zei Susanne toen ze de badkamer in liepen. Ze ging op een kruk staan en pakte een sleutel die boven op een wit medicijnkastje lag. 'Je kunt in dit huis niet voorzichtig genoeg zijn.'

'Wat een aanbod,' zei Charlie toen ze de volle planken zag.

'Ik koop ze op internet. O, dat moet ik misschien niet tegen iemand van de politie zeggen. Maar wat moet je, als de dokter je geen recept wil geven en de apotheek vaker dicht dan open is? Ik hoop dat je er begrip voor hebt.'

Charlie glimlachte. Dat had ze wel.

Susanne gaf haar een doosje slaappillen. En na nog wat graaien vond ze een doosje oxazepam. 'Neem dit ook maar. Ik heb genoeg.'

'Is dat sertraline?' vroeg Charlie terwijl ze naar een doosje wees dat ze herkende.

'Klopt.' Susanne pakte het. 'Heb je dat nodig?'

'Ik heb de mijne thuis laten liggen, en als ik het niet neem word ik een beetje wazig.'

'Dat geloof ik graag,' zei Susanne. Ze maakte het doosje open en zag dat er nog maar vier pillen in zaten.

'Dat is genoeg. Morgen is de apotheek toch weer open.'

Maar volgens Susanne moest ze daar niet te veel op rekenen, want op openingstijden kon je in Gullspång niet vertrouwen. Als iemand ziek was, kon hij wekenlang dicht zijn. Het was dus, nogmaals, misschien niet zo vreemd dat mensen hier de dingen zelf oplosten.

Onderweg naar het politiebureau belde Charlie Anders om te zeggen dat het iets later werd. Dat was geen probleem, omdat William Stark toch niet naar het bureau wilde komen.

'Waarom niet?'

'Hij zal wel bang zijn dat mensen gaan roddelen, dat ze gaan denken dat hij iets met de vermissing te maken heeft.'

'Dan gaan we naar hem toe,' zei Charlie. 'Ik kom zo.'

'Wat ga je doen?'

'Even iets checken.'

Toen ze opgehangen hadden, liep Charlie door naar de plattelandswinkel, die zich groot en wit verhief op de heuvel aan de overkant van de rivier. Midden op de brug bleef ze staan en hing over de reling. Ze keek de zwarte diepte in; het voelde onwerkelijk dat ze hier een keer vanaf gesprongen was. Het was in een zomernacht, toen Susanne en zij twaalf waren. Ze waren weggefietst van een ontspoord feest in Lyckebo, en op de brug waren ze op het idee gekomen om te gaan zwemmen. Susanne begon al struikelend de helling naast de brug af te lopen, toen Charlie lachend had gezegd dat ze moesten springen.

Vlak daarna hadden ze aan de andere kant van de brugleuning gestaan, met de groene sluisdeuren tegenover hen. Als de stroom plotseling zou worden aangezet, zouden ze daarin terechtkomen en verpulverd worden in de turbine, zei Susanne. Een gruwelijke dood.

Waarop Charlie had gezegd dat de stroming in het begin heel zwak was, en mocht hij wel sterk zijn als ze erin sprongen, dan waren ze allang verdronken voor ze bij de turbine waren. Trouwens, de verdrinkingsdood was de beste manier om te sterven.

Hoe kon ze dat nou weten, had Susanne gevraagd. Had ze soms verdronken mensen gesproken?

Ze hadden er nog even over doorgepraat, waarna Charlie dichter naar de rand was geschoven en, zonder zich echt te realiseren wat ze deed, Susannes arm had gepakt en ze samen waren gesprongen.

Ze kon de kriebels in haar buik nog voelen, het gevoel dat ze nooit zou landen, en toen dat wel gebeurde, de kou aan haar voeten, het omlaaggezogen worden, het gevoel eraan toe te willen geven en te willen zinken.

De afzetlinten wapperden in de zwakke wind toen ze bij Valls kwam. De vergeelde krantenaffiches achter de ramen waren zo vergaan door de tijd dat ze niet meer te lezen waren.

Charlie liep ernaartoe. Ze dacht aan de eerste keer dat Susanne en zij het hadden aangedurfd om erheen te gaan. Hoe oud waren ze toen? Twaalf? Dertien? Niemand op het feest in Lyckebo had gemerkt dat ze ieder een blikje bier hadden meegenomen en waren weggeslopen. Het bier hadden ze van tevoren opgedronken. Lachend waren ze het winkelgedeelte in gewaggeld, toen ze ontdekten dat de feesten boven in het pand werden gehouden. In die tijd stonden er beneden nog oude levensmiddelen: zakken meel, conservenblikjes en keiharde snoepjes in glazen potten. Nu leek alles weg te zijn.

De deur van de hoofdingang zat op slot. Charlie liep om het pand heen, de tuin in, ging op het oude bankje bij het tuinhuisje zitten en stak een sigaret op. Ze keek naar het raam van de bovenste verdieping en herinnerde zich een meisje dat eruit had willen springen. Ze had op de vensterbank staan wankelen en geroepen dat niemand haar kon beletten om te springen. En toen, toen niemand van de groep die zich achter haar had verzameld zich durfde te verroeren, was ze uiteindelijk weer naar binnen geklommen, had zich door de kleine drom mensen heen gewerkt en was huilend de trap afgerend. Maar Charlie had ook goede herinneringen aan deze plek. Ze dacht terug aan hoe ze op de veranda hadden gezeten, zij, Susanne en een paar oudere, zongebruinde jongens. Ze hadden gitaar gespeeld, gezongen over de zomer van '69 en de zon boven de rivier zien opkomen. Charlie inhaleerde en liet haar blik over de verwilderde tuin glijden en wilde dat deze plek kon praten. Wat was hier krap een week geleden gebeurd? Ze liep naar de achteringang. Boven aan de deur zat een provisorisch slot. Ze belde Micke om te vragen of hij de sleutel kon komen brengen. Want het was toch hun slot?

Micke bevestigde dat en hij wilde weten wat ze daar deed. Hij was in staat om elke vraag als kritiek te laten klinken. Charlie probeerde haar irritatie te verbergen.

'Kun je niet gewoon even die sleutel komen brengen?'

'Ik stuur Adnan wel. Ik ben je *personal assistant* niet.'

Charlie drukte hem weg. Na tien minuten kwam Adnan met de sleutel. Hij bood aan om mee naar binnen te gaan, maar ze zei dat dat niet nodig was. Ze wilde gewoon een beetje rondkijken.

'Wees voorzichtig op de trap,' zei Adnan. 'Er ontbreekt een plank.'

Weet ik, dacht Charlie, ga nou maar.

Toen ze de hal instapte, kwam de welbekende verschaalde lucht haar tegemoet. De vloer was plakkerig en haar schoenzolen maakten een smakkend geluid. Tot zover is alles bij het oude, dacht Charlie terwijl ze omhoogkeek naar de zwenkende trap. Het behang had op verschillende plekken losgelaten, en de witte muur was met pen en zwarte viltstift vol gekliederd: van de gebruikelijke teksten, zoals WIL JE NEUKEN? gevolgd door een telefoonnummer, tot iets pienterder teksten, zoals WHY DRINK AND DRIVE, WHEN YOU CAN SMOKE AND FLY? en racistische zinnen over dat varkens die in een stal waren geboren altijd varkens bleven. Charlie ging iets dichterbij staan om ze met haar mobieltje te fotograferen. Toen zag ze het korte tekstje. Het was met een dunnere pen geschreven en voor de helft bedekt door een reep behang.

It was many and many a year ago
In a kingdom by the sea
That a maiden there lived whom you may know

By the name of Annabel Lee
And this maiden she lived with no other thought
Than to love and be loved by me

Dit is geen toeval, dacht Charlie toen ze het gelezen had, toeval noch het lot. Wie schreef er nou een gedicht van Poe op een muur van een officieus jongerencentrum? Ze was zo vol van het gedicht dat ze bijna in het gat stapte waar de traptrede ontbrak.

De keuken was nog precies hetzelfde. Het rook er naar sigaretten en drank. Charlie liep naar de tafel onder het raam. Er zaten honderden inkepingen in. Het messpel, dacht ze, het spel met de punt van het mes tussen iemands gespreide vingers. Midden op de tafel zat een donkere vlek. Charlie probeerde terug te halen wat Olof had gezegd over het forensisch onderzoek. Ze hadden toch bloed op de keukentafel aangetroffen? Waarom had ze niet aan het messpel gedacht toen dat ter sprake was gekomen?

In de gang stond een groot aquarium. Pas toen ze er een meter vandaan stond, zag ze de schildpad. Hij zat op een grote steen. Het water onder hem was bruin en troebel van de sigarettenpeuken en andere troep. Leefde hij nog wel? Ze hoopte bijna dat hij dood was, maar toen sloeg hij ineens zijn ogen op en keek haar aan. Waarom hadden de forensisch rechercheurs zich niet over hem ontfermd?

'Jij alweer?' zei Adnan toen ze hem belde.

'Van wie is die schildpad in de plattelandswinkel?'

'Hoe moet ik dat nou weten? Ik wist niet eens dat er een schildpad was.'

'Maar die is er wel en hij heeft het daar niet naar zijn zin.' Charlie viste een peuk uit het aquarium die op het water dreef. 'Het water stinkt.'

'En wat moet ik daaraan doen?'

'Regelen dat iemand hem ophaalt.'

'Vind je nou echt dat we onze middelen daarvoor moeten inzetten?'

'Het hoeft geen politieman te zijn,' zei Charlie. 'Je kent het halve dorp, bel iemand, het maakt mij niet uit wie.'

'Goed,' zei Adnan. 'Ik zal mijn best doen.'

Ze liep verder door de kamers. Dezelfde meubels als destijds. Op de hoge vensterbanken stonden de haar welbekende stoffige kunstbloemen in kleuren die ooit helder waren geweest, maar door de tijd en het zonlicht waren verbleekt. Ze liep nog een trap op, naar de kamer waar Fredrik William en Rebecka had aangetroffen en die ongetwijfeld nog steeds 'de neukkamer' werd genoemd. Ze liep naar het raam en keek naar het weggetje beneden.

'Wat is er met je gebeurd, Annabelle,' fluisterde ze. 'Waar ben je heen gegaan?' Als ik zeventien was en dronken, dacht ze, waar zou ik dan naartoe zijn gegaan? Ze probeerde zich de jongere versie van zichzelf te herinneren en de dronkenschap en heftige emoties terug te halen. Dat was niet moeilijk. Maar waar zou zij heen zijn gegaan? Het duurde even voor het haar duidelijk werd dat ze nergens naartoe zou zijn gegaan, dat zij iemand was die bleef, om nog meer te drinken en zich idioot te gedragen. Maar, dacht ze, ik ben Annabelle niet. Annabelle is... Ze vatte voor zichzelf samen wat ze tot nu toe van haar wist. Annabelle was een intelligente, zoekende en doelbewuste jonge vrouw. Misschien niet zo heel veel anders dan ik, dacht Charlie, al helemaal niet als je haar heftige temperament en zwak voor drank meenam. En ik... ik zou een feest alleen hebben verlaten als er iets heel vervelends was gebeurd. Gold dat ook voor Annabelle?

25

'Daar ben je,' zei Anders toen Charlie weer op het politiebureau was. 'Wat duurde dat lang.' Hij liep naar de koelkast. Micke en Adnan grijnsden naar elkaar toen hij zijn sojamelk eruit pakte.

'Wat had je eigenlijk in de plattelandswinkel te zoeken?' Micke richtte zich tot Charlie.

'Ik wilde het allemaal gewoon even met eigen ogen bekijken,' zei Charlie. 'Gaan we nu naar William Stark?'

'Zit hij niet op school?' Anders keek op de klok.

'Kan iemand even bellen om dat te checken?' Charlie knikte naar Adnan, die zijn mobieltje pakte, opstond en de kamer uitging.

'Heb je haar tweede Facebookprofiel al gevonden?' vroeg Charlie aan Micke.

'Ja,' zei hij. 'Maar "De redder in nood" is al acht maanden niet meer actief. Er stond niks bijzonders op, alleen een heleboel wanhopige jongeren die hulp wilden bij hun schoolopdrachten.'

'Geen vreemde reacties of bedreigingen?'

'Niks.'

'Dat bloed in de keuken van de plattelandswinkel, trouwens,' zei Charlie, 'dat kan met een spelletje te maken hebben.'

'Hoe bedoel je?' Olof keek haar aan.

'Het messpel,' zei Charlie, en ze spreidde haar vingers op het tafelblad. 'Je weet wel, je hakt met een mes tussen iemands vingers. Er zitten allemaal gaten in de keukentafel.'

'Het messpel?' zei Micke. 'Doen ze dat nog steeds?'

Adnan kwam weer binnen en liet weten dat William Stark thuis was. Ze konden gewoon langsgaan.

'Waar woont hij?' vroeg Anders.

'Ribbingsfors.' Micke begon uit te leggen hoe je er moest komen, maar

Charlie onderbrak hem. Ze hadden immers gps. Ze vond het een fijne gedachte dat er weer mensen in Ribbingsfors woonden. Zo'n mooie plek mocht niet in verval raken en vergeten worden.

'Het messpel?' vroeg Anders in de auto. 'Ben ik de enige die daar nooit van heeft gehoord? Wat deden jullie nog meer op die feesten daar? Op elkaar schieten? Russische roulette in plaats van zoenspelletjes?'

Charlie schoot in de lach. Ze moest aan de lijmpotten denken waar ze boven hadden gehangen, aan de wedstrijdjes wie het verst over de rand van het klif bij de sluisdeuren durfde te hangen, aan de wurgspelletjes.

'We liet elkaar ook flauwvallen,' zei ze.

'Hoe dan?' Anders keek haar aan.

'We drukten elkaars keel dicht, net zolang tot we flauwvielen.'

'Waarom?'

'Omdat het een heerlijk gevoel was, vlak voordat je buiten westen raakte. En als je daarna weer bijkwam, zag je de wereld even op een andere manier.'

'Sorry,' zei Anders, 'maar dat klinkt compleet gestoord. Wees blij dat weg bent. God mag weten of je nog geleefd had als hier was gebleven.'

Charlie wilde zeggen dat dat inderdaad de vraag was, maar dat had dan niet van een spelletje afgehangen.

'Deden jullie weleens iets wat niet destructief was?' vroeg Anders. 'Iets anders dan elkaar pijn doen?'

Charlie dacht aan de avonden met Susanne, de gesprekken die ze bij het water hadden, Susannes handen in haar haar, de zonsondergangen. Nee, ze hadden elkaar niet alleen pijn gedaan. Er waren ook andere dingen.

Wat dan, wilde Anders weten.

'Verbondenheid,' zei Charlie, 'liefde, warmte.'

Anders begon te lachen, maar stopte daarmee toen hij zag dat ze het meende.

‘Ik neem aan,’ zei hij, ‘dat zo’n stadsjongen als ik dat nooit zal begrijpen.’

‘Precies. Goed dat je dat in elk geval wel begrijpt.’

Ze reden over de provinciale weg. In de verte zag Charlie dat de budgetwinkel er nog was.

‘Kun je er hier even af gaan?’ vroeg ze.

Anders wilde weten wat ze daar moest doen, en ze zei hoe het zat, dat ze zich kapotzweette en dat ze dunnere kleren nodig had.

‘Schiet wel een beetje op,’ zei Anders.

Vijf minuten later kwam ze terug in een dunne bloemetjesrok, die tot haar knieën kwam, en een geribbeld wit hemdje.

‘Prachtig,’ zei Anders toen ze de auto in stapte. ‘Heel mooi.’

‘Hou je kop,’ zei Charlie. ‘Dit was het mooiste wat ik kon vinden.’

‘Dan snap ik niet dat ze nog niet failliet zijn.’

‘Niet iedereen heeft zo’n verfijnde smaak als jij.’

‘Dat is wel duidelijk, ja.’ Anders startte de auto. ‘Ribbingsfors, wat is dat trouwens voor plek?’

‘Een landhuis vlak buiten Gullspång, waar Frans G. Bengtsson ooit heeft gewoond.’

Anders keek haar vragend aan.

‘Frans G. Bengtsson, de schrijver van Rode Orm en...’

‘Ja, ik weet wie dat is,’ zei Anders.

‘Waarom kijk je dan zo verbaasd?’

‘Ik wist niet dat hij hier gewoond heeft. Waarom heb ik dat nooit ergens gelezen?’

‘Omdat je misschien niet zoveel leest,’ zei Charlie glimlachend. Ze dacht aan Ribbingsfors en vroeg zich af hoe het er nu uit zou zien. Toen ze hier woonde, stond het grote huis met de enorme vleugels leeg. Koeien liepen in en uit over de veranda en zelfs door de enorme salon, waar ooit feesten voor de welgestelden uit de streek werden gehouden. Het enige deel dat toen nog enigszins in goede staat was, was de westvleugel, waar het bureau van Frans G. Bengtsson nog stond. Af en toe kwamen er toeristen, oude mannen en vrouwen met thermoskannen, die letterlijk in de voetsporen van de grote schrijver wilden treden en de duizendjarige eik aan de achterkant wilden zien. Bengtsson zou grote delen van Rode Orm op een bankje naast de stam van de boom hebben geschreven. De plek onder de eik was een van Charlies lievelingsplekken. Ze fietste er vaak heen als het thuis te chaotisch werd. Soms had ze een boek bij zich, soms een schrijfblok, maar vaak zat ze alleen maar op de grond naar het enorme bladerwerk te kijken. Eén keer had ze twee oudere vrouwen in de schemering de stuipen op het lijf gejaagd. Ze hadden hier in het donker geen kind verwacht, zeiden ze ter verdediging. Ze hadden toch niet kunnen bedenken dat hier een meisje helemaal alleen zou zitten? Daarom dachten ze dat ze een geestverschijning was.

'Wat doe je hier?' hadden ze gevraagd. 'Wat doe je hier helemaal alleen?'

Charlie had geantwoord dat ze zat na te denken.

Kon ze dat thuis niet doen, had de ene vrouw gevraagd. Straks vatte ze nog kou, of ze kreeg een blaasontsteking of…

Maar thuis had ze geen rust. Betty draaide harde muziek en kon elk moment haar kamer binnenstormen om te vragen of ze met haar een wals wilde dansen. Ze begreep niets van haar belangstelling voor boeken.

Waarom lees je zo veel, schat?

Omdat ze ervan hield, antwoordde Charlie dan altijd. Ze nam niet de moeite om te beschrijven hoe het voelde om een andere wereld in te gaan, om buiten je eigen werkelijkheid te treden en een ander te worden. Ergens anders te zijn.

'Is dat echt waar?' vroeg Anders.

'Wat?'

'Waar we het net over hadden, dat Frans G. Bengtsson hier heeft gewoond.'

'Ja. Waarom zou ik over zoiets liegen?'

'Maar waarom uitgerekend hier?'

Charlie keek hem aan en zei dat het een prachtige plek was, en dat iedereen die niet stekeblind of oliedom was dat kon zien.

‘Rustig maar,’ zei Anders. ‘Ik vroeg me alleen maar af hoe hij hier terecht was gekomen.’

Ze kwamen bij de lange laan met berken die naar het landhuis liep.

‘De liefde,’ zei Charlie. ‘De liefde heeft hem hierheen gebracht.’

De bewuste dag

Ze hadden een dubbel uur geschiedenis. Annabelle had het gevoel dat ze het niet zou overleven als ze niet weg kon. Ze stond zo zachtjes mogelijk op en zei geluidloos 'wc' tegen de leraar.

Op het toilet kreeg ze een sms'je van Rebecka. De bestelling was er, schreef ze. Svante stond op de parkeerplaats achter de gymzaal te wachten. Kon zij het even halen? Ze hadden niet meer met elkaar gepraat sinds Rebecka over haar en William had verteld en zwijgend naast elkaar in de schoolbanken gezeten. Het berichtje leek daarom voornamelijk een poging tot contact. Rebecka was niet het type dat zou aarzelen om de les uit te gaan om zoiets belangrijks te regelen.

Annabelle zuchtte en schreef oké terug. Het laatste wat ze nu wilde was Svante onder ogen komen, maar ze hadden de drank nodig. Ze had zowel de drank als haar beste vriendin nodig.

Ze liep naar de parkeerplaats. Daar stond zijn oranje BMW met draaiende motor. Uit de stereo kwam bonkende muziek. Svante glimlachte haar door het open raampje toe.

'Dat is lang geleden.'

Ze knikte.

'Mooi shirt,' zei hij grijnzend.

Annabelle keek naar het T-shirt waarin ze had geslapen en zei dat hij niet zo stom moest doen.

'Jij bent overal mooi in,' ging Svante verder.

Hij was de enige die Annabelle kende die een compliment als een belediging kon laten klinken.

'Heb je de drank?' vroeg ze.

'Alsjeblieft.'

'Heb je de drank, alsjeblieft?'

'Ik meende het toen ik zei dat ik je mooi vind.'

'Schiet een beetje op, ik zit in de les.'

'Ik was even vergeten dat je zo'n serieuze leerling bent.'

'Ik wil later een baan.'

Svante zei dat ze zich daar geen zorgen over hoefde te maken. Hij zou wel een baan in de fabriek voor haar regelen – na haar examen, ja, daarvoor ook, als ze dat wilde.

'Wat fijn,' zei Annabelle, want ze wilde Svantes humeur niet verpesten door te zeggen dat ze nooit van haar leven haar onderarmen zou laten openhalen in die fabriek.

Svante leunde over naar de passagiersstoel.

'Hier,' zei hij terwijl hij haar een rinkelende plastic tas aanreikte.

Toen ze hem wilde aannemen, trok hij de tas terug.

'Wat is er?' zei Annabelle.

'Rebecka heeft nog niet betaald.'

'Dat doen we later wel.'

'Een kusje is ook goed,' zei Svante grijnzend. 'Wat?' zei hij toen ze haar hoofd schudde. 'Weet je wel hoeveel je hiervoor in de slijterij moet betalen?'

'Ik betaal liever.'

'Zeg, Bella, ik zou beetje oppassen als ik jou was.' Hij zette de plastic tas met de drank weer op de passagiersstoel.

'Mijn ouders werken niet bij je vader,' zei Annabelle, 'dus mij kun je niet chanteren. Ik ben niet afhankelijk van je.'

'Wel waar. Je bent afhankelijker van me dan jezelf doorhebt.'

'Dacht het niet.' Annabelle draaide zich om en liep weg.

'Dus je wilt ze niet hebben?' riep Svante haar na. 'Rebecka heeft al betaald. Jezus, ik zat maar wat te dollen.'

Annabelle reageerde niet.

'Heb je het op de vaste plek gelegd?' fluisterde Rebecka toen Annabelle weer naast haar in de klas zat. 'Je hebt het toch niet in je kluisje gestopt?'

'Ik heb de drank niet gekregen.'

'Hoe bedoel je?'

‘Het is zo’n eikel. Ik heb de drank niet meegenomen.’

‘Maar ik heb hem al betaald!’ Rebecka keek haar boos aan.

‘Ik regel het wel op een andere manier.’

‘Hoe dan?’

‘Ik regel het wel.’

26

Anders floot toen ze het grinderf voor het huis opdraaiden. Wat een huis! Charlie dacht aan wat Micke over de familie Stark had verteld. Ze kwamen uit Kristinehamn. William was enig kind en zat in het laatste jaar van de hogere middelbare school. Zijn moeder was een paar jaar geleden overleden, en dus was hij nu alleen met zijn vader. Volgens Micke zat er al generaties lang geld in de familie, zoveel dat ze Ribbingsfors hadden kunnen kopen en bovendien het hele hoofdgebouw en de bijbehorende vleugels hadden kunnen renoveren.

Een vrouw van rond de dertig deed open.

'William?' zei ze toen ze naar hem vroegen. 'Die is weg. Hij is naar het meer gegaan.'

'Bent u...?' Charlie wist niet hoe ze haar vraag moest afmaken.

'Ik ben zijn stiefmoeder,' zei de vrouw glimlachend. 'Kristina. Misschien willen jullie zijn vader spreken? Stefan!' riep ze het huis in. 'Je hebt bezoek. De politie.'

Een goedgebouwde man kwam in sportkleren de hal in en begroette hen. Hij wilde net gaan hardlopen, zei hij, alsof hij zich voor zijn kleding verontschuldigde.

'We zijn hier omdat we uw zoon willen spreken,' zei Charlie, 'maar hij is kennelijk de deur uitgegaan.'

'Hij is even naar de steiger,' zei Stefan. 'Hij gaat altijd naar het meer als hij niet lekker in zijn vel zit, en gezien de situatie... Ja, jullie begrijpen het vast wel.'

'Kunnen we dan eerst even met u praten?' vroeg Anders.

Stefan knikte. Kan ik jullie een kopje koffie op de veranda aanbieden?'

Charlie bleef staan toen ze het uitzicht vanaf de veranda zag. Het leek wel een schilderij. Het water dat tussen de treurwilgen door glinsterde, de kleurenmix van boterbloemen, fluitenkruid en lupines in het weiland. En dan de eik. De enorme, duizendjarige eik.

'We kunnen niet klagen over het uitzicht,' zei Stefan. Hij gebaarde dat ze plaats konden nemen op een van de rotanstoelen.

Al snel kwam Kristina naar buiten met een dienblad met kopjes koffie.

'Het is latte,' zei ze terwijl ze de kopjes op tafel zette en naast Stefan ging zitten. 'We hebben zo'n espressoapparaat moeten kopen, want als je hier woont moet je minstens veertig kilometer rijden als je iets anders dan filterkoffie wilt.'

'Kristina,' zei Stefan vermoeid. 'Volgens mij zijn deze mensen hier niet gekomen om over verschillende soorten koffie te praten.'

'We willen het met jullie over Annabelle hebben,' zei Charlie. 'Weten jullie dat ze een relatie met William heeft gehad?'

Stefan knikte. Ja, natuurlijk wisten ze dat. Annabelle was een paar keer bij hen thuis geweest. Dat was absoluut geen geheim.

'Maar het is uitgegaan,' zei Kristina. 'William was ontroostbaar.'

'Dat is misschien een beetje overdreven.' Stefan keek haar aan. 'Hij was een paar dagen somber, maar daarna is hij wel weer opgeknapt.'

'Hoe zouden jullie Annabelle omschrijven?' vroeg Charlie.

Stefan en Kristina wisselden een vluchtige blik.

'We hebben haar niet zo vaak gesproken,' zei Stefan. 'Ze waren nogal op zichzelf. Ze zaten op zijn kamer muziek te luisteren en... tja, ze deden dingen die jongeren doen.'

'De ouders van Annabelle waren niet op de hoogte van hun relatie,' zei Charlie.

'O nee?' zei Stefan. 'Wat vreemd.'

'We hebben geen contact met ze,' zei Kristina. 'Ook zij zijn nogal op zichzelf.'

Charlie nam een slok koffie en keek weer naar het water. Ze dacht aan de ouders van Annabelle, aan hun huis buiten het dorp en aan hoe eenzaam ze leken.

Na de koffie liepen Charlie en Anders naar het water. Een steil pad door het hoge gras van het weiland onder de veranda bracht ze naar de steiger. William zat op het puntje met zijn rug naar hen toe.

'Jeetje, ik schrik me dood!' zei hij toen hij ontdekte dat hij niet alleen was.

'Je wist toch dat we zouden komen,' zei Charlie. 'Je had niet weg hoeven gaan. We willen je een paar vragen stellen over Annabelle.'

'Vraag maar,' zei William, die zijn blik weer op het water richtte. 'Maar kan het een beetje snel, want ik ga zo weer verder zoeken.'

'Annabelle en jij,' zei Charlie. 'Jullie hebben toch iets gehad?'

William keek haar aan. Die vraag had hij een paar dagen geleden al beantwoord. Maakte de politie geen aantekeningen? Dan hoefde ze niet steeds dezelfde vraag te stellen.

'Het was maar een poging om een gesprek te beginnen. Maar je hebt gelijk, ik kan ook meteen ter zake komen. Waarom is het uitgegaan tussen jullie?'

Anders' mobieltje ging. Hij keek ernaar en maakte Charlie duidelijk dat het belangrijk was en dat hij moest opnemen. Hij liep weg, bij de steiger vandaan.

'Waarom is het uitgegaan?' vroeg Charlie opnieuw.

'Omdat het misging.' William spuwde in het water.

'Hoe kwam dat?'

'Weet ik niet precies. Het ging gewoon mis. Dat gebeurt soms toch. En nee,' vervolgde hij, 'ik ben geen jaloerse psychopaat, als je dat soms dacht.'

'Als dat wel het geval was, zou je het ook niet zeggen,' zei Charlie.

William vroeg wat ze daarmee bedoelde, waarop ze uitlegde dat psychopaten zichzelf zelden als psychopaten zien; het hoort bij hun aandoening om dat besef niet te hebben.

'Dus je denkt dat ik een psychopaat ben?'

'Ik ken je niet.' Charlie trok haar schoenen uit en ging naast hem op de steiger zitten. 'Ben jij er een?'

William glimlachte. 'Dan zou ik dat toch niet toegeven?'

Deze jongen, dacht Charlie, was in elk geval niet dom.

'Hield je van haar?' vroeg ze. 'Hield je van Annabelle?'

William haalde zijn schouders op. Hij nam aan van wel. Ze hadden het zelfs over samenwonen gehad, als zij klaar was met school – in Stockholm misschien, of in Göteborg. Annabelle zou gaan studeren en hij zou een baan gaan zoeken. In een grote stad kon het toch niet moeilijk zijn om een baan te vinden. Hij wilde alles wel doen, zolang hij maar niet hoefde te studeren. Dat had hij wel gezien. Maar nu was alles zinloos, zijn diploma, de toekomst, het feest. Want als Annabelle iets vreselijks was overkomen, als ze niet levend werd gevonden, was er niets meer om blij om te zijn.

Charlie zei dat ze het begreep, dat de meeste vrienden van Annabelle dit nu zo voelden. Ze hoopte, zei ze, zonder erg overtuigd te klinken, dat ze hun examen zouden kunnen vieren.

'Ik mis haar nu al,' zei William. 'Ik miste haar al voordat ze vermist was.'

'Dat begrijp ik,' zei Charlie. 'Had je het moeilijk toen het uitging?'

Hij knikte en zei dat hij het behoorlijk moeilijk had gehad.

'Hadden jullie ruzie de avond waarop ze verdween?'

'Nee, voor zover ik me kan herinneren niet.'

Charlie kon het niet laten om te vragen of hij wel vaker problemen met zijn geheugen had.

Williams ogen begonnen te glinsteren. Nee, dat was niet het geval, niet meer dan anderen. Charlie wist vast wel welke invloed alcohol op je geheugen had.

Maar al te goed, dacht Charlie. Ze stelde de gebruikelijke vragen: over hoe Annabelle was, of ze die avond somber was, wanneer hij haar voor het laatst had gezien, in welke toestand ze was. Of hij iets abnormaals aan haar had gemerkt. Maar er kwam niets nieuws naar voren.

Het was zinloos om nog meer vragen te stellen, en ze besefte dat de stilte haar enige kans was om hem te laten praten. Ze keek naar het meer, naar de waterlopers, die over het water wipten, naar de scholen visjes onder het oppervlak, de roodachtige, geribbelde zandbodem.

Ze wilde het bijna opgeven toen William zijn keel schraapte.

'Ik heb het idee dat ze me voor iemand anders heeft gedumpt.'

'Waarom denk je dat?'

'Zo gaat het toch meestal? Je vindt een nieuwe en dan dump je degene met wie je bent.'

Charlie knikte en zei dat het zo kon gaan, maar dat je ook om andere redenen gedumpt kon worden.

'Jonas en Svante hadden het er die avond over, dat ik ingeruild was of zo. Jonas had Annabelle met iemand anders gezien.'

'Heb je gevraagd wie het was?'

William schudde zijn hoofd. Hij had het niet gevraagd, hij had het niet willen weten.

'Dat had je meteen moeten vertellen,' zei Charlie.

'Ik heb er niet meer aan gedacht. Mensen zeggen zoveel.'

'Svante Linder en jij. Zijn jullie goede vrienden?'

'Redelijk, al doet Svante wel een beetje raar als hij drinkt. Maar ja, dat geldt voor ons allebei, als ik eerlijk ben.'

'Ik hoorde dat jullie in de bar met elkaar op de vuist zijn gegaan, dat jullie ruzie over Annabelle hebben gehad.'

William keek haar verbaasd aan, en Charlie realiseerde zich dat ze het misschien een beetje overdreven had. 'En gisteren?' vervolgde ze. 'Gisteren leken jullie in de bar ook onenigheid te hebben.'

'Dat stelde niks voor,' zei William. 'Een beetje gedoe. Ik weet niet eens meer waar het over ging. En we hebben nooit om Annabelle gevochten. Maar als je Watervaldag bedoelt, dan...'

'Watervaldag?'

'Ja. Als ze de sluisdeuren opengooien. Dan is het 's avonds feest.'

Charlie wist wat Watervaldag was. Het openen van de sluisdeuren, het schuimende water dat langs de rotsen stroomde. Als kind had ze het meerdere keren gezien. Maar ze had niet gehoord wat er die avond een paar weken geleden was voorgevallen.

'Wat is er toen gebeurd?' vroeg ze.

'Svante en ik hebben niet met elkaar gevochten, maar Erik op zijn vingers getikt, de eigenaar van het motel.'

'Vertel eens.'

'Hij zat aan Annabelle. Het maakt niet uit of het aan of uit was, hij mag niet aan een meisje zitten dat dat niet wil. Zo ontzettend respectloos.'

Charlie probeerde neutraal te kijken. 'Zit Erik wel vaker aan jonge meisjes?'

'Voor zover ik weet niet. Hij had die avond een behoorlijke slok op. Op het laatst kon hij amper nog drank inschenken. Maar Annabelle zal hij in elk geval nooit meer aanraken. We hebben hem bang gemaakt. Volgens mij hebben we hem goed bang gemaakt.'

Charlie kon zich niet herinneren dat ze over dit voorval in de verhoorverslagen had gelezen. Hoe kon het dat dit niet eerder naar buiten was gekomen? Er moesten toch talloze getuigen zijn?

'Waarom heeft niemand ons dit verteld?'

William haalde zijn schouders op. Dronkenschap, misschien. Mensen zullen wel denken dat Erik niks met haar vermissing te maken heeft. Hij is gewoon een keurige huisvader die met zijn dronken kop zijn handen niet thuis kon houden.

'Hoe weet je zo zeker dat hij zo keurig is?'

William haalde zijn schouders weer op. Dat dacht hij gewoon. Erik was niet het type om jonge meisjes te ontvoeren.

'Is er in jouw omgeving wel zo iemand?' vroeg Charlie. 'Een type dat jonge meisjes ontvoert?'

'Wat wil je daarmee zeggen?'

'Dat het misschien niet zo makkelijk is om zo iemand te herkennen.'

'Misschien niet,' zei William.

'Wat wel en niet belangrijk is kun je vanaf nu beter aan de politie overlaten.'

'Natuurlijk.'

'En bel me als je nog iets te binnen schiet over die avond, of iets anders, wat dan ook.' Charlie gaf hem haar kaartje en kwam overeind. Ze voelde Williams blik in haar rug terwijl ze wegliep. Ze zag Anders niet, dus ze ging ervan uit dat hij naar de auto was gelopen.

Wie is William Stark, dacht ze terwijl ze over het pad terugliep naar het landhuis. Is hij het verdrietige gedumpte vriendje, dat troost zoekt bij de beste vriendin van zijn ex-vriendin, of was hij dieper gekrenkt? Dat was onmogelijk om te weten. Maar hij had een alibi toen Annabelle verdween. Hij was tot zonsopgang in de plattelandswinkel geweest.

Haar mobieltje ging. Er verscheen een H op het scherm. Eigenlijk moest ze hem wegdrukken, maar om een of andere onverklaarbare reden werd haar linker middelvinger naar het groene knopje getrokken.

'Wat wil je?' vroeg Charlie.

Maar het was Hugo niet. Het was een snikkende vrouw, die zichzelf voorstelde als Anna, Hugo's echtgenote.

'Wat bezielde je?' zei ze.

Charlie bleef staan. 'Hoe bedoel je?'

'Ik ben gewoon benieuwd wat iemand bezielt... Je wist toch dat hij getrouwd was?'

Charlie wilde doen alsof haar neus bloedde, maar besefte dat het daarvoor al te laat was, dus zei ze dat ze het inderdaad wist. Ze wist dat hij getrouwd was, maar dat was toch Hugo's probleem, niet dat van haar.

'Het is waar wat ze over je zeggen,' zei Anna. 'Je bent gewetenloos, je hebt geen... Ik snap dat Maria niet wil dat je met Anders samenwerkt. Je neukt hem zeker ook?'

Charlies eerste neiging was tegen haar zeggen dat ze dood kon vallen, maar toen kalmeerde ze.

'Je kent me helemaal niet,' zei ze.

'Ik ken je goed genoeg. Ik ken jouw soort. Je bent een eenzame, verbitterde vrouw, die het voor anderen wil verpesten, die...' Anna haalde haar neus op, ademde in en ging verder. 'Dacht je dat je de enige was met wie hij zich uit verveling heeft vermaakt?'

'Het lijkt me beter dat je dit samen met je man oplost.' Charlie drukte het gesprek weg. Ze versnelde haar pas. Shit, shit, shit. Ze probeerde de woorden van Anna uit haar bewustzijn te wissen. *Dacht je dat je de enige was?* Wat kon het haar ook schelen. Ze had van begin af aan geweten dat ze de andere vrouw was. Toch wilde ze niet geloven dat er meerdere vrouwen waren geweest, ze dacht dat wat zij en Hugo hadden gehad meer was geweest, meer dan alleen lust. Ze dacht aan zijn overdreven woorden over hoe mooi en geweldig ze was.

Pas op voor mannen met mooie woorden, had Betty weleens tegen haar gezegd. *Mannen met mooie woorden het ergst. Ze lijken aardig en leuk, maar meestal zijn het klootzakken. Vergeet dat nooit, Charline.*

Charlie dacht aan Anna. Hoe zou je je voelen in zo'n soort relatie? Waarom bleef je bij zo iemand? En dan de minnares van je man bellen? Dat begreep ze niet. Als Charlie ooit zou trouwen en bedrogen zou worden, zou ze er niet over piekeren om zichzelf te vernederen en de ander op te bellen. Ze zou haar woede op de schuldige richten: de vreemdganger.

En je eigen aandeel dan, zei een stem in haar hoofd. Wat bezielde je eigenlijk?

Anders stond bij de auto toen ze kwam aanlopen.

'Het spijt me,' zei hij, 'maar het was Maria. Sam heeft koorts. Ze is met hem naar de spoedeisende hulp gegaan, maar het was niks ernstigs, zeiden de dokters. Je begrijpt wel dat ik moest opnemen, hè?'

Charlie knikte en zei dat ze het begreep. Toen schaamde ze zich voor haar vermoeden dat Maria alles overdreef om haar man te kunnen controleren.

'Ik hoop dat hij snel weer beter is,' zei ze.

Anders knikte en zei dat hoge koorts voor een kind niet hetzelfde was als voor een volwassene en dat hij nu wel elke keer moest opnemen als Maria belde.

Charlie bedacht dat hij dat altijd al deed.

'Ben je iets te weten gekomen?' vroeg Anders toen ze in de auto zaten.

'Ja, hij zei dat hij had gehoord dat ze een nieuwe vriend had. Jonas Landell had hem die avond verteld dat hij Annabelle met een ander had gezien. We moeten met hem gaan praten, en daarna met Rebecka,' voegde ze eraan toe. 'Als blijkt dat het waar is wat Jonas heeft gezegd, dat Annabelle iemand heeft ontmoet, dan moeten we het daar met Rebecka over hebben en haar vragen waarom ze ons dat niet heeft verteld.'

'Misschien weet ze het niet.'

'Ze is haar beste vriendin,' zei Charlie. 'Natuurlijk weet ze het. En dan hebben we Erik nog, de man van het motel.'

'Wat is er met hem?'

'William vertelde dat hij een paar weken geleden op een feest aan Annabelle had gezeten. Toen is er trammelant ontstaan, Svante en William hebben hem de les gelezen.'

'Ik voer die gesprekken wel met Adnan of Micke,' zei Anders.

'Hoezo?'

'Volgens mij kun jij wel wat rust gebruiken. Je bent lijkbleek. Gaat het wel?'

'Het is mijn hoofd,' zei Charlie. 'Ik ben gewoon een beetje duizelig.'

Anders zei dat hij haar bij het motel zou afzetten, zodat ze even kon rusten. Charlie probeerde te protesteren; hij moest niet zo overdrijven. Het was gewoon een beetje veel geweest de afgelopen dagen.

'Dat snap ik.' Anders keek haar aan. 'Het moet raar zijn om na zo'n lange tijd terug te komen. Er komen vast allemaal herinneringen boven.'

Charlie knikte.

'Mis je haar?'

'Wie?' vroeg Charlie, hoewel ze precies wist wie hij bedoelde.

'Je moeder.'

'Ja,' zei ze. 'Ik mis haar heel erg.'

'Je mag best huilen,' zei Anders. Hij legde een hand op haar arm, maar trok hem meteen weer terug.

'Dat weet ik,' zei Charlie. 'Alleen...'

'Wat?'

'Dat helpt niet.'

Daar en toen

Alice en Rosa lopen langs het oude molenhuis op de heuvel. Groot, rood en imposant werpt het zijn lange schaduw op de kleine, doosvormige huisjes eronder, aan de straat. Rosa komt niet graag in de buurt van het landhuis, zoals zij het noemt, maar als ze willen zwemmen, moeten ze erlangs.

Benjamin zit met zijn broertje op een plaid op het gras. Benjamin zit een klas hoger dan zij. Rosa noemt hem een minkukel. Rosa haat de minkukel. Waarom? Ze zegt: 'Omdat hij… een sukkel is.' Ze houdt niet van sukkels.

'Wat zit je te kijken, minkukel?' roept ze naar Benjamin. Als hij niet reageert, loopt ze naar hem toe en vraagt hem wat hij leest.

'Niks,' zegt Benjamin, die zijn boek dichtslaat.

'Wat heb je om je nek hangen? Is dat een ketting?'

'Nee, dat is een maandsteen met een echte parel.'

'Ik vind het precies op een ketting lijken.'

'Ting,' zegt John-John terwijl hij zijn handje naar zijn hals brengt. Hij heeft eenzelfde soort ketting als zijn broer.

Rosa schudt haar hoofd. Jongens met een ketting. En maandstenen, ze heeft nog nooit gehoord van maandstenen.

'We hebben ze van mijn vader gekregen,' zegt Benjamin. 'Het zijn echte parels.'

'Het zijn echte parels,' praat Rosa hem na. En dan, tegen Alice: 'Ik snap niet waarom je echte parels voor snotkinderen koopt. Snap jij dat, Alice?'

Alice schudt haar hoofd, want ze begrijpt sowieso niet waarom je echte parels zou kopen.

Benjamin komt overeind en zegt dat hij geen snotkind is, dat hij zelfs ouder is dan zij. Rosa zegt dat ze John-John bedoelde.

Dan komt Benjamins moeder naar buiten, ze staat op de trap voor het huis, ze roept dat ze haar erf moeten verlaten, en wel onmiddellijk.

Rosa wijst naar de grond en zegt dat ze niet op hun erf staan, maar buiten de erfgrens. Daar heeft Benjamins moeder geen boodschap aan, en trouwens ook de grond buiten het hek, ja, de hele weg naar het meer is van hen. Ze wil dat Rosa zo ver mogelijk bij hen uit de buurt blijft.

Rosa blijft als versteend staan en staart de moeder van de minkukel aan. Alice vindt het eng als ze zo staat te staren. Ze pakt Rosa bij haar arm en probeert haar mee te nemen, maar het lukt haar niet.

'Misschien moet ik mijn moeder dan ook maar gaan halen,' zegt Rosa.

Dan zegt Benjamins moeder dat mejuffrouw Manner het vast te druk heeft met andere dingen en nu vast en zeker thuis op haar rug ligt te werken.

'Wat bedoel je daarmee?' zegt Rosa. 'Wat bedoel je daar verdomme mee?'

'Dat weet je heus wel. Iedereen weet wat je moeder doet. Ze kan net zo goed een bord op het dak zetten.'

'Dat heb je zeker van je man gehoord,' zegt Rosa.

Ze heeft haar zin amper afgemaakt als Benjamins moeder al bij haar is en haar een klap in haar gezicht geeft.

'Huil je?' vraagt Alice als ze bij het water zijn. 'Ben je verdrietig?'

Rosa schudt haar hoofd. Ze lijkt zelf niet te merken dat er tranen komen. Alice gaat naast haar zitten.

'Maak je niet druk over die familie,' zegt ze. 'Ze kramen alleen maar onzin uit.'

Rosa zwijgt. Ze krabt zo hard aan een muggenbult op haar scheenbeen dat die begint te bloeden. Dan draait ze zich naar Alice en zegt dat ze blij is dat ze beste vriendinnen zijn, dat het nu allemaal makkelijker is, nu ze een zus heeft, en dat je kunt zeggen dat ze elkaar gered hebben.

27

Charlie ging naar haar kamer. Anders had gelijk. Ze had inderdaad rust nodig. Ze kroop in bed, pakte haar mobieltje en googelde het gedicht Annabel Lee van Edgar Allan Poe.

Volgens Wikipedia was dit het laatste gedicht dat hij geschreven had. Het thema, de dood van een mooie jonge vrouw, kwam volgens de bron geregeld terug in zijn werk.

Ze ging naar haar foto's en bekeek de foto die ze gemaakt had van de muur in de plattelandswinkel. Het handschrift was onregelmatig. Wie had het geschreven? Annabelle?

Ze veegde naar rechts en kwam bij de foto van het telefoonnummer op dezelfde muur, het nummer dat je moest bellen als je wilde neuken. Zonder erover na te denken toetste ze het in. Hij ging drie keer over, en een meisje nam op: 'Hallo.'

Charlie herkende de stem, maar kon hem niet plaatsen. 'Met wie spreek ik?' vroeg ze.

'Met Sara. Met wie spreek ik?'

'Met de politie. Charlie.'

'Wat is er?'

Charlie hoorde dat ze bezorgd klonk.

'Ik... Ik wilde even checken hoe het met je was.'

'Goed. Bedankt voor het thuisbrengen gisteren.'

'Graag gedaan.'

Er viel een stilte. Charlie wist niet wat ze verder moest zeggen. Op de achtergrond hoorde ze een man roepen.

'Ik moet ophangen,' zei Sara. 'Misschien spreken we elkaar nog.'

Toen Charlie wakker werd, duurde het een paar tellen voor ze wist waar ze was. Hoelang had ze precies geslapen? De kamer draaide toen ze opstond. Ze vond haar telefoon en slaakte een zucht toen ze zag dat het maar een uur later was. Ze belde Anders.

'Hoe gaat het?' vroeg ze.

'We hebben Jonas gesproken. Hij heeft de informatie bevestigd dat Annabelle een ander heeft.'

'Wie?'

'Dat weten we niet. Jonas heeft haar met iemand gezien, maar ze waren een heel eind bij hem vandaan, toen hij op het meer was. Hij heeft niet kunnen zien wie het was. Ze waren op een eilandje. Guldön of zo.'

'Gullö,' zei Charlie.

'Ja, zo heette het. Hij weet zeker dat het Annabelle was, dat had hij aan haar haar kunnen zien. Het enige wat hij over de man kon zeggen, was dat hij wat ouder was. Dat idee had hij in elk geval.'

'Heeft hij niet aan Annabelle gevraagd wie het was?'

'Jawel, maar ze zei dat hij zich vergist moest hebben, dat ze daar niet was geweest.'

'En Erik?'

'Hij zegt dat het door de drank kwam, dat hij de signalen van Annabelle verkeerd moest hebben begrepen. Het stelde niet zoveel voor, vond hij.'

'Heeft hij een alibi voor de avond waarop ze is verdwenen?'

'Ja, hij heeft tot middernacht gewerkt, en zijn vrouw zegt dat hij twintig minuten later thuis was.'

'Nou ja, werken,' zei Charlie. 'En zijn vrouw? Kan ze zich vergist hebben in het tijdstip?'

'Ze zegt dat ze het zeker weet, omdat ze een lichte slaper is. Ze werd wakker toen hij thuiskwam, en toen was het twintig over twaalf. In dat korte tijdsbestek kan hij geen tijd hebben gehad om iets te doen.'

'Maar ze is zijn vrouw,' zei Charlie. 'Je moet niet vergeten dat ze zijn vrouw is.'

De bewuste dag

De schooldag was eindelijk afgelopen. Hoe had ze die door weten te komen? Annabelle stak af door het weiland en dacht aan een paar zinnen die ze onlangs in Jane Eyre had gelezen: 'De Rede zit stevig in het zadel en heeft de teugels in handen, en zij zal de gevoelens niet op hol laten slaan en haar ijlings in woeste afgronden storten.'

Het was te laat, stelde ze vast. Haar gevoelens waren al op hol geslagen. Ze was al van de afgrond aan het storten. Maar vanavond zou ze aan iets anders proberen te denken. Ze had er spijt van dat ze Rebecka beloofd had het te vertellen, want het enige wat ze nu wilde, was het vergeten.

Ze was bijna thuis toen het haar te binnen schoot dat ze drank had moeten regelen. Rebecka zou flippen als ze vanavond met lege handen kwam. Heel even overwoog ze Svante te bellen om haar excuses aan te bieden. Hij zou meteen komen en dan hoefde ze geen moeite te doen om dit op een andere manier op te lossen. Ze hield stil, pakte haar mobieltje en zocht Svantes nummer, maar drukte het meteen weer weg. Het was het niet waard, dacht ze.

Ze draaide zich om en liep terug naar het dorp. Ze had geen geld, maar het kwam vast goed. Vanavond zou ze voor het eerst weer in Valls zijn nadat ze er met Hem was geweest. Ze baalde ervan dat ze hem daar mee naartoe genomen had, nu zou ze die plek altijd met hun affaire associëren. Waarom hadden ze elkaar niet buitenshuis kunnen blijven zien? Dat vond hij te riskant. Dan zou het slechts een kwestie van tijd zijn voor ze ontdekt zouden worden. Na die ene keer bij hem thuis was hij voorzichtiger geworden. De laatste paar keren had hij haar met de auto opgehaald en was hij een heel eind het dorp uit gereden, over kronkelige bosweggetjes. Daar had hij de motor afgezet en de stoel naar achteren geklapt. Maar op een dag had ze hem meegenomen naar de plattelandswinkel. Het was een voorjaarsmiddag, en ze wist vrijwel zeker dat niemand hen zou storen. Hij was er nog nooit geweest.

Toen ze de deur openmaakte, had hij geaarzeld. Het voelde niet goed, vond hij, om zomaar andermans huis binnen te gaan. Toen had Annabelle hem opnieuw moeten uitleggen dat Valls geen eigenaar had, dat niemand hen zou aangeven als ze naar binnen gingen.

Bij de trap in de hal bleef hij staan om de teksten op de muur te lezen. Hij wilde iets moois schrijven, zei hij. Om wat tegenwicht te bieden aan alle hakenkruizen en schuttingtaal.

Ze viste een pen uit haar tas en reikte hem die aan. Schrijf maar iets, zei ze. Schrijf maar een gedicht voor me.

Hij nam de pen in zijn hand en begon te schrijven. Toen hij klaar was, mocht ze het lezen. Vond ze het mooi?

Annabelle had gezegd dat ze het niet mooi vond, want ze wist hoe dat gedicht eindigde. En ze hield niet van tragische eindes.

28

Ze waren weer bijeengekomen op het politiebureau. Charlie zag een enigszins gelaten groep mensen voor zich. Ze bespraken de nieuwe informatie over de onbekende man, de mogelijke minnaar. Het was van groot belang, zei Charlie, om zijn identiteit vast te stellen. Ze wilde een lijst van alle mannen met wie Annabelle contact had gehad. Ze moesten met bekenden van het gezin, vaders van vrienden en vriendinnen en leraren gaan praten… ja, met iedereen. Al was het maar om ze uit te sluiten. Micke interrumpeerde haar om te zeggen dat ze dat allemaal al hadden gedaan. Ze hadden vrijwel iedereen in haar omgeving al gesproken, dat wist ze toch. Waarop Charlie zei dat ze de kring moesten uitbreiden en moesten doorvragen bij de mensen die het dichtst bij haar stonden. En alibi's moesten dubbel gecheckt worden. Ze wist niet hoe ze de zin moest afmaken zonder iets over zichzelf prijs te geven of iemand te beledigen. Het duurde een seconde voordat Micke weerwoord gaf.

'Wil je soms zeggen dat de alibi's hier minder betrouwbaar zijn dan op andere plekken?'

'Het is een klein dorp en veel mensen zijn nauw met elkaar verbonden.'

Voor Charlie verderging, kon ze het niet laten om met haar ogen te rollen naar Anders. 'Vergeet niet te checken of iemand een tweede telefoon heeft met een prepaidkaart. Hebben jullie opnieuw met Rebecka gesproken?'

'We konden haar niet te pakken krijgen, maar ik ga haar nu weer bellen,' zei Adnan.

'Mooi. Zeg dat het belangrijk is en dat de normale regels voor geheimen niet meer niet gelden.'

'Charlie,' zei Micke. 'Dat begrijpt ze heus wel. We zijn niet helemaal achterlijk hier.'

'En vraag of ze het handschrift van deze tekst herkent,' ging Charlie verder zonder zich iets van Mickes opmerking aan te trekken. Ze hield haar mobieltje omhoog, liet het gedicht zien en stuurde de foto naar Adnan.

Micke vroeg wat het was, waarop Charlie antwoordde dat ze de tekst op een muur in de plattelandswinkel had gezien.

'Dat is toch het werk van de forensische dienst?' zei Micke.

'Die heeft zijn werk dus niet goed gedaan.'

'En wat ga jij nu doen?'

'Ik ga met Anders naar haar ouders.'

'Is dat wel een goed idee?' zei Olof. 'Ik bedoel, Nora is behoorlijk van de kaart... Ik vraag me af of het wel iets oplevert als je daar nu heen gaat.'

'We er zijn gisteren maar heel kort geweest. Er is iets met dat gezin, het voelt... Ik weet het niet precies. Bovendien wil ik even rondkijken in Annabelles kamer.'

'Die hebben we al doorzocht,' zei Olof. 'We hebben geen dagboek of andere aanwijzingen gevonden.'

'Dat weet ik, maar toch wil ik er zelf graag even een kijkje nemen,' zei Charlie. 'Anders en ik gaan erheen en daarna gaan we met haar leraren praten. Micke, jij mag de rector bellen om te zeggen dat we langskomen.'

Fredrik ontving hen in dezelfde kleren als de dag ervoor. Charlie haastte zich om te zeggen dat ze geen nieuws hadden, maar dat ze even in Annabelles kamer wilden kijken en wilden praten.

Dit keer bood Fredrik hun geen koffie aan. Hij nam ze mee naar de keuken en vroeg wat ze wilden weten.

'Het gaat over de relatie tussen Nora en Annabelle. Nora is een beetje... overbeschermend ten opzichte van Annabelle. Weet je waar dat door komt?'

Fredrik keek hen aan en zei dat hij het niet wist. Zo was zijn vrouw altijd al geweest, dat had hij toch al verteld. Waar wilden ze heen?

'We willen weten of er misschien iets achter zit, of Nora een reden heeft om te denken dat iemand Annabelle iets aan wil doen.'

‘Nee,’ zei Fredrik. ‘Dat zou ze me dan wel verteld hebben. Sommige mensen zijn gewoon wat sneller bezorgd.’

‘Dan laten we het rusten.’ Charlie stond op. ‘Is het goed als we even in haar kamer rondkijken?’

Fredrik vroeg ze zachtjes te doen, want Nora lag in de slaapkamer ertegenover te rusten.

Op de trap naar Annabelles kamer kwamen ze Hannes tegen. Hij droeg een spijkerbroek, een overhemd en een gesteven witte boord.

‘Ze slaapt.’ Hij knikte naar boven. ‘Ik heb een tijdje bij haar gezeten en ik ga nu even koffie halen. Ik wil er zijn als ze wakker wordt, maar het is beter als ze nu even slaapt.’

‘We zullen zachtjes doen,’ zei Charlie.

De kamer van Annabelle was helemaal roze, alsof het die van een klein meisje was. Boven haar bed hing een witte bedhemel, en op de sprei waren poppen en knuffels naast elkaar neergezet tussen kussens met kanten slopen. Tegen de andere muur stond een bureau, met een prikbord met foto’s erboven. Charlie boog zich naar voren om ze te bekijken. Annabelle op een paard, turend in de zon, een glimlachende Annabelle met een groot gat tussen haar boventanden, Fredrik met een mollige kleine Annabelle die een ijsje eet. Maar ook recentere foto’s: een mooi, rossig meisje met haar armen om bijna even mooie vriendinnen.

Charlie liep door naar de boekenkast en las de boekruggen: *De Hongerspelen*, *De cirkel*, *Alice in Wonderland*. En op de planken erboven: *Spaar de spotvogel*, *Misdaad en straf*, *De vreemdeling*. Dit is een meisje dat echt van lezen houdt, dacht Charlie.

‘Vind je het niet vreemd,’ zei ze, ‘dat iemand die zo veel leest niet lijkt te schrijven?’

‘Dat hoeft toch niet per se samen te gaan,’ meende Anders.

‘Maar vaak is dat wel zo.’

‘Misschien heeft ze een goede bewaarplaats. Of misschien zet ze aantekeningen in haar mobieltje.’

Charlie maakte de kledingkast open. De halskettingen die aan een haakje aan de binnenkant van de deur hingen rammelden.

'Ze heeft een gedurfde kledingsmaak,' zei Anders toen hij de jurken in alle mogelijke kleuren en patronen zag hangen. Charlie zei niets. Ze schoof ze opzij, een voor een. Ze zou haar smaak niet als 'gedurfd' omschrijven, eerder als... origineel.

Anders keek de bureauladen door. Er lag niets bijzonders in: pennen, gummetjes, een rekenschrift met tweedegraadsvergelijkingen.

Op haar nachtkastje lag een doosje ibuprofen en een pakje kauwgom. Charlie knielde op de grond, tilde de bedrok op en keek eronder. Niets.

Toen stond Fredrik plotseling in de deuropening met een paar boeken in zijn hand.

'Hoe gaat het?' vroeg hij. 'Hebben jullie iets interessants gevonden?'

'We willen vooral een compleet beeld krijgen van wie Annabelle is,' zei Charlie.

'Zouden jullie me een dienst willen bewijzen?'

'Goed,' zei Charlie.

'Ik dacht... Zouden jullie deze terug willen brengen?' Fredrik stapte de slaapkamer in en legde de boeken op het bureau. 'Nora en ik kunnen het niet opbrengen om het dorp in te gaan.'

'De bibliothecaris zal er ongetwijfeld begrip voor hebben als ze iets te laat worden teruggebracht,' zei Anders.

'We brengen ze wel terug,' zei Charlie. 'Geen probleem. We logeren toch in het motel, dat is niet ver van de bibliotheek.'

'Ik moet ineens aan die leesclub denken,' zei Fredrik. 'Het staat me bij dat Annabelle heeft gezegd dat ze een leesclub op school wilde beginnen, maar ik weet niet of die er ooit gekomen is. Misschien was het lastig om leden te vinden.'

'We kunnen op school vragen of iemand er iets van weet,' zei Charlie, en voor ze de kamer verlieten nam ze de boeken mee.

Ze kwamen langs Nora's slaapkamer. De deur stond op een kier. Nora huilde. 'Mijn kleine meisje,' zei ze snikkend. 'Mijn lieve kleine meisje.' En toen Hannes' stem: 'Veel mensen bidden voor haar, Nora. Je dochter is… Het is een heel bijzonder meisje.'

'Geef me nog wat water,' zei Nora. 'Ik moet nog wat water en ik moet slapen. Ik wil niet meer wakker zijn.'

Toen ze de trap af wilden gaan, kwam Hannes de overloop op.

'Hoe voelt ze zich?' vroeg Charlie. 'Hoe gaat het met haar?'

'Slecht,' zei Hannes. 'Heel slecht.' Hij richtte zich tot Fredrik. 'Ze wil meer pillen.'

'Die liggen op het aanrecht, ik zal het je laten zien.'

'Mag ik even naar de wc?' vroeg Charlie. Fredrik knikte en wees naar de tegenovergelegen deur. 'Die zit daar.'

Toen de rest de trap af was gegaan ging Charlie direct naar Nora's kamer. Ze zat met een rood, betraand gezicht en warrig haar half overeind in bed. Ze reageerde amper op Charlie.

'Nora,' zei Charlie, 'ik wil even met je praten.' Ze liep naar haar bed. 'Ik vroeg me af of je nog iets over Annabelle weet wat je nog niet hebt verteld.'

Nora schudde haar hoofd.

'Ik heb gehoord dat je nogal… bezorgd bent. Heeft dat een speciale reden?'

Geen reactie. Net toen Charlie de vraag op een andere manier wilde formuleren, schraapte Nora haar keel.

'De wereld is slecht.'

'Hoe bedoel je?'

'Dat is de reden. Ik wil haar beschermen.'

'Heb je iets speciaals in gedachten? Heeft iemand jullie bedreigd?'

Nora schudde haar hoofd. De wereld was gewoon slecht. De wereld en de mensen die er woonden. Meer niet.

'Wat zei Nora?' vroeg Anders toen ze weer in de auto zaten. 'Ja, ik snapte natuurlijk ook wel dat je niet op de wc zat.'

'Ze zei dat de wereld slecht was, en de mensen die er woonden, en dat ze daarom haar dochter wilde beschermen.'

'Doelde ze op iets bijzonders?'

'Dat heb ik niet uit haar kunnen krijgen. Ze is niet makkelijk om mee te praten.'

'Goed dat je het geprobeerd hebt in elk geval.'

'Wat vind jij van die predikant?' vroeg Charlie. 'Zou hij haar minnaar kunnen zijn?'

'De dominee?' Anders draaide zich naar haar toe.

'Hij is niet alleen predikant,' zei Charlie, 'hij is ook een mens.'

'Zou hij daar niet erg veel mee op het spel zetten?' zei Anders.

'Precies. Ik heb het gevoel dat hij meer weet dan hij heeft verteld. We moeten nog een keer met hem gaan praten.'

29

De school van Gullspång was een groot, oranjerood bakstenen gebouw met opvallende uitbouwen en paviljoens.

Achteraan, bij de parkeerplaats, stond de hogere middelbare school. Daar had Charlie nooit op gezeten. Ze had hier zelfs de lagere middelbare school niet afgemaakt, die in het grotere gebouw op het terrein gehuisvest was. School. Ze was een bijzonder kind, dat graag naar school ging. Het was begonnen met een juf met een warme schoot en een zachte stem, gevolgd door een meester die haar gestimuleerd had te gaan lezen en van wie ze in rekenboeken van de hogere klassen had mogen rekenen. Het gaf niet dat Betty de evaluatiegesprekken en ouderavonden vergat, dat ze haar nooit met haar huiswerk hielp, want Charlie redde zich wel. *Hoogpresterend*, zo had een lerares in de brugklas haar genoemd. *De enige die je kan belemmeren, ben je zelf*, had ze eraan toegevoegd. Dat was niet waar, dacht Charlie nu, er waren meer factoren die haar konden belemmeren dan die waar ze controle over had. Ze dacht aan Betty en Mattias, die haar ook doordeweeks 's nachts wakker hielden. Als Betty niet op de piano zat te tingelen, zat Mattias wel op zijn gitaar te spelen. *Speel iets voor me, schatje. Je bent de eerste die ik heb ontmoet met een absoluut gehoor.*

De geur van fossielen, stenen en boeken kwam haar tegemoet toen ze de zware dubbele deur van de entree van het schoolgebouw opendeed. De school was dicht en de gangen waren stil en verlaten.

De rector ontving hen in haar kamer. Ze vertelde hoe ontdaan de leerlingen op school waren. In het kleine Gullspång waren ze niet gewend aan dit soort gebeurtenissen. Kinderen die vermist waren, werden altijd weer gevonden, en iedereen… iedereen kende elkaar en…

'Kunt u iets vertellen over Annabelle?' vroeg Anders.

'Ik heb het er al met de politie over gehad,' zei de rector. 'Dat Annabelle onze beste leerling was. Goed, ze spijbelde weleens, en ze is de laatste tijd een paar keer te laat gekomen, maar verder valt er weinig te vertellen.'

'Dat te laat komen en die absentie,' vroeg Charlie, 'is dat iets van de laatste tijd?'

'Ik geloof het wel, maar ik kan ook wat verder terugkijken in ons systeem, als jullie dat willen.'

'Graag, en we willen ook de namen van al haar leraren,' zei Charlie.

'Geen probleem.' De rector zette haar computer aan en zuchtte omdat het intranet van de school zo traag was. 'De namen van de leraren zijn afgekort, dus ik schrijf ze voor jullie uit.' Ze draaide zich om en haalde een vel papier uit de printer. Toen pakte ze een pen en begon te schrijven. Charlie vroeg haar hun leeftijd ook te noteren. De rector keek op en zei dat ze dat moest nakijken in de arbeidsovereenkomsten als ze geen fouten wilde maken.

'Doe maar,' zei Charlie. 'Annabelles vader had het erover dat ze een leesclub wilde beginnen. Weet u daar iets van?'

'Nee,' zei de rector. 'Maar dat kunt u de bibliothecaris vragen, hij weet daar misschien meer van. De bibliotheek zit aan het eind van de gang. Ik denk dat hij er nog wel is. Als de printer geen kuren heeft, kom ik jullie zo de lijst brengen.'

Toen ze naar de bibliotheek liepen, kreeg Anders een sms'je. Charlie realiseerde zich dat ze was vergeten dat zijn zoon ziek was.

'Was dat Maria?' vroeg ze. 'Alles goed met de baby?'

Anders knikte.

In de bibliotheek was geen bibliothecaris te bekennen. Charlie liep naar de balie en sloeg op het belletje. Toen kwam er een man met een stapel papier onder zijn arm uit een kantoortje.

'Kan ik ergens mee helpen?' vroeg hij.

Charlie keek naar zijn strakke, lichtblauwe overhemd. Hij oogde heel anders dan ze had verwacht. Bij een schoolbibliothecaris zag ze een vrouw van middelbare leeftijd in fleurige kleding met grote zakken voor zich, en in het geval van een man een tenger mannetje met een bril en kleine handen. Maar deze bibliothecaris was een goedgebouwde man van rond de vijfendertig, en zijn handdruk was stevig en zelfverzekerd toen hij zich voorstelde als Isak Sander.

'Kunnen we u even spreken?' vroeg Charlie.

'Uiteraard,' zei Isak. 'Dan gaan we naar mijn kantoor hierachter. Daar staan een paar stoelen.' Hij nam hen mee naar een kamer achter de uitleenbalie. Op zijn bureau stond een ingelijste foto met vier blonde, vrolijk lachende jongens.

Dus hier werkt hij, dacht Charlie. Hier werkt Susannes afwezige man. Ze had het idee gehad dat hij op een kantoor werkte, maar hij was dus bibliothecaris.

'Ik weet niet precies waar ik jullie mee kan helpen,' zei Isak, 'maar ik hoop echt dat jullie haar snel vinden. Deze… vermissing heeft veel beroering gewekt in de streek.'

'Hoe goed kent u Annabelle?' vroeg Charlie.

'Kennen? Ze is een leerling van school. Ze komt vaak boeken lenen, maar ik kan niet zeggen dat ik haar ken. We hebben het weleens over boeken voor haar leesclub gehad, die ze had opgericht.'

'Heeft ze een leesclub opgericht?' vroeg Charlie.

'Ja,' zei Isak.

'Weet u wie daarin zaten?'

'Rebecka Gahm,' zei Isak. 'Rebecka, William Stark en een paar meisjes uit de hoogste klas. Af en toe was die ene er ook bij, die in het motel werkt. Jonas.'

'Jonas Landell?'

'Ja, zo heet hij toch?'

'Dus de leesclub was niet alleen voor leerlingen van de school?'

'Nee,' zei Isak. 'Ik zie geen reden om iemand buiten te sluiten die ook boeken wil lezen omdat hij een paar jaar ouder is dan zijn vrienden.'

'Zo bedoelde ik het niet,' zei Charlie. 'Ik vind het gewoon opmerkelijk dat een jonge jongen die al van school is daar op een leesclub zit.'

‘Er bestaan jongens die geïnteresseerd zijn in literatuur, hoor,’ zei Isak met een glimlach.

Dat zal best, dacht Charlie. Maar ik denk eerder dat hij geïnteresseerd is in een meisje van de leesclub.

Het belletje van de uitleenbalie klonk. Het was de rector. Isak vroeg haar binnen te komen.

‘Dit is de lijst met namen en persoonsnummers,’ zei ze. ‘Het zijn niet alleen de leraren, maar alle medewerkers van de school. Ja, jij staat er ook bij, Isak.’ Ze glimlachte. ‘Jij en de conciërges, de schoonmakers, ja, iedereen. Ik heb de leraren die Annabelle lesgeven omcirkeld,’ legde ze uit toen ze Charlie de papieren aanreikte. ‘En haar absenties. De laatste vijf weken is er een lichte toename te zien, maar het is niet ongebruikelijk dat de leerlingen in het voorjaar de school beu worden.’

Charlie bedankte haar en stond op. ‘Jullie horen van ons als we een van jullie nog een keer willen spreken,’ zei ze. ‘En als jullie nog iets te binnen schiet wat met Annabelle te maken heeft, wat dan ook, bel ons dan meteen.’

Op weg naar de parkeerplaats bekeek Charlie de namen van de medewerkers. Annabelle had drie mannelijke leraren. Twee van hen hadden bijna de pensioengerechtigde leeftijd en de derde was veertig. Vervolgens liet ze haar blik over de namen van de conciërges en het overige personeel glijden.

‘Misschien kun je even wachten met lezen tot we in de auto zitten,’ zei Anders toen ze bijna struikelde.

In de auto haalde Charlie een pen uit haar tas en markeerde de namen van de mensen met wie ze het eerst moesten gaan praten.

‘Haar leraar Zweeds, Kalle, is het interessantst,’ zei Charlie. ‘Hij is de jongste van haar mannelijke leraren en geeft les in een vak waarin ze geïnteresseerd is.’ Ze pakte haar telefoon, belde Adnan en vroeg hem meteen een afspraak met Kalle te maken.

‘Wat is jouw indruk van de bibliothecaris?’ vroeg Anders toen ze wegreden. ‘Hij heeft dezelfde interesses als Annabelle.’

'Ik ken zijn vrouw,' zei Charlie. 'Ze is mijn jeugdvriendin.'

'Oké. Maar wat vind je van hem?'

'Niks,' zei Charlie. 'Ik onderstreep alleen zijn naam. En Jonas Landell?' ging ze verder. 'Wat doet die bij een leesclub op een school?'

'Je hebt toch gehoord wat de bibliothecaris zei. Er bestaan jongens die van boeken houden.'

'Dus je denkt niet dat hij er vanwege Annabelle bij zit, dat hij verliefd op haar is?'

'Geen idee,' zei Anders. 'Maar ze hebben hem gesproken, en toen kregen ze de indruk dat hij haar vrij vaak zag. Hij leek haar privéchauffeur wel, hij reed haar overal naartoe.'

'Waarheen dan?'

'Van of naar waar ze maar wilde: naar vrienden, soms van school, naar feestjes in de plattelandswinkel.'

'Heeft hij verteld wat voor relatie ze hadden? Wat hij voor haar voelde?'

'Ze zouden alleen maar vrienden zijn. Ze had immers iets met William.'

'We moeten hem hoe dan ook over de leesclub vragen.'

Een paar uur later, in de vergaderruimte van het politiebureau, liet Adnan weten dat Rebecka Jonas' informatie had bevestigd. Annabelle had iets met iemand gehad. Rebecka had haar mond erover gehouden omdat ze Annabelle had beloofd het niemand te vertellen. Ook had ze Nora niet nodeloos ongerust willen maken. Ze dacht in het begin immers dat Annabelle wel terug zou komen, maar later had ze het niet meer durven vertellen, omdat ze bang was dat ze zouden denken dat ze gelogen had. Bovendien wist ze niet wie de man was. En het was trouwens al uit. De avond dat ze verdween zou Annabelle haar alles vertellen, maar het was er niet van gekomen. Het enige wat Rebecka wist, was dat hij ouder was, en de koosnaam die Annabelle een keer had genoemd was ze vergeten. Ze wist alleen nog dat die met een r begon en Engels klonk.

Micke had Kalle, de leraar Zweeds, gesproken. Hij had geen speciale relatie met Annabelle. Ze was de meest getalenteerde leerling die hij had gehad, maar ze hadden geen nauwe band en ze hadden elkaar nooit buiten schooltijd ontmoet. Verder had hij een waterdicht alibi voor de bewuste nacht: hij was op de spoedeisende hulp met zijn moeder, die een beroerte had gehad.

'Is dat genoeg als alibi?' Micke wendde zich tot Charlie en Anders.

'En dat gedicht?' Charlie keek Adnan aan.

'Rebecka wist niet wie het op de muur geschreven had,' zei Adnan. 'Ze herkende het handschrift niet, maar het is niet van Annabelle. Waarom bijt je je zo vast in dat gedicht?'

'Ik bijt me nergens in vast,' zei Charlie. 'Maar degene die het geschreven heeft... Die zou weleens sterke gevoelens voor Annabelle kunnen hebben.'

'Hoezo?' vroeg Adnan.

'Hebben jullie het niet gelezen?' zei Charlie.

'Jawel.'

Charlie zuchtte en droeg de tweede strofe voor:

'I was a child and she was a child
In this kingdom by the sea
But we loved with a love that was more than love –
I and my Annabel Lee –
With a love that the wingéd seraphs of Heaven
Coveted her and me'

Olof, Micke en Adnan keken haar zonder iets te zeggen aan.

'Waarom heb je het uit je hoofd geleerd?' vroeg Adnan na aan tijdje.

'Ik kan gewoon goed teksten onthouden. Het lijkt me in elk geval belangrijk om te achterhalen wie dat op de muur geschreven heeft.'

'We zijn nu toch op zoek naar een oudere minnaar?' zei Micke. 'Het lijkt me niet dat we die onder de feestgangers in de plattelandswinkel gaan vinden.'

'Het hoeft niet een van de jongeren te zijn die dat gedicht opgeschreven heeft,' zei Charlie. 'Misschien is het iemand die Annabelle daar stiekem heeft ontmoet.'

'Ik heb een beetje moeite om dit te volgen,' zei Micke.

'Wat is het probleem?' vroeg Charlie. 'Wat is jouw probleem eigenlijk?'

'Hoezo?' vroeg Micke met gespeelde verbazing. 'Ik zeg alleen maar dat ik het niet helemaal meer volg.'

Dat is niet mijn probleem, dacht Charlie.

'En het klinkt wat mij betreft niet alsof het door een ouder iemand is geschreven,' ging Micke verder, 'want in de eerste regel zegt hij dat ze kinderen waren.'

'We moeten het misschien niet letterlijk interpreteren,' zei Charlie.

'Ik vind dat we ons niet moeten blindstaren op woorden die op een muur geschreven zijn,' zei Micke met een boze blik naar Charlie.

'Hoe ging het op school?' vroeg Olof. 'Is daar nog iets uitgekomen?'

'Annabelle heeft wat gespijbeld, en we hebben een lijst met namen gekregen van leraren en iedereen die op de school werkt.' Charlie legde het document op tafel. 'Ik heb de mensen met wie we moeten praten onderstreept. De leraar Zweeds is al afgehandeld, maar er zijn nog een paar anderen die we moeten ondervragen. Ook moeten we zien te achterhalen of een van hen een prepaidtelefoon heeft. Verder zijn we te weten gekomen dat Annabelle een leesclub op school heeft opgericht, waar zowel William Stark als Jonas Landell in zaten. En ik denk dat we Jonas nog een keer moeten vragen over zijn relatie met Annabelle. Kun jij dat doen?' vroeg ze aan Adnan.

'Geen probleem, ik ga meteen met hem praten.'

'Heb je trouwens nog iemand gevonden die zich over die schildpad kan ontfermen?'

'Ja. Die is binnenkort in veilige handen. Maar het risico bestaat dat hij blijvende schade heeft opgelopen door het sigarettenwater,' zei Adnan glimlachend.

Daar en toen

'Op een dag,' zegt Rosa terwijl ze naar het huis op de heuvel wijst. 'Op een dag ga ik dat in brand steken.'

'Waarom?'

'Het verpest het uitzicht op het meer. Het verpest het uitzicht op het meer, en ik heb geen zin om elke keer als ik ga zwemmen die stomme grijns te moeten zien.'

En Benjamin... Wat had hij haar eigenlijk misdaan?

'Het is een druif, een studiebol, een kneus.' Rosa zou bijna willen dat hij dood was. En dan die dreinerige koter... John-John, wat was dat trouwens voor belachelijke naam? Waarom was 'John' niet genoeg?

'Zullen we gaan zwemmen?'

'Je moest toch voorzichtig zijn.' Alice wijst naar Rosa's hoofd. Sinds ze de dag ervoor uit de boomhut is gevallen, zit er een verband omheen. Eigenlijk moet ze rusten, had de dokter gezegd, want waarschijnlijk heeft ze een hersenschudding. Maar Rosa wil niet thuisblijven. Dat komt door haar moeder, zegt ze, haar moeder wil met rust gelaten worden.

'Misschien kunnen we beter alleen gaan pootjebaden,' zegt Alice.

Maar Rosa vindt pootjebaden niet genoeg als het zo snikheet is. Ze staat op, rent naar de steiger en duikt het water in. Als Alice op de steiger komt, is Rosa nergens meer te bekennen. De rimpelingen in het water ebben weg, maar Rosa komt niet boven. Alice' hart begint sneller te kloppen. Dan ziet ze een eindje verderop in het meer Rosa's haar. Ze ligt op haar buik met haar armen uitgespreid. Het verband heeft losgelaten. Alice springt in het water. En als ze nog maar een paar zwemslagen bij haar vandaan is, draait Rosa zich plotseling om.

'Schrok je?' zegt ze lachend. 'Had je niet door dat het een grapje was?'

Maar Alice lacht niet. Ze wijst naar Rosa's hoofd, waar het bloed uit haar getapete wond stroomt en vertelt haar dat ze weer bloedt.

Op de oever wikkelt Alice haar handdoek om Rosa's hoofd.

'Je bent toch niet echt geschrokken?' zegt Rosa.

'Jawel, dat ben ik wel. Ik werd bang toen je zo lang onder water bleef.'

Rosa zegt dat ze daar heel goed in is, haar adem lang inhouden. Ze heeft minder lucht nodig dan andere mensen.

'Voelt het goed zo?' vraagt Alice als ze het tijdelijke verband heeft aangebracht.

'Ik voel niets,' zegt Rosa. 'Ik voel helemaal niets.'

30

Ze lieten de auto bij het politiebureau staan en liepen het korte stukje door het dorp naar het motel. Ze zouden nog even wat gaan eten en daarna een paar uur slapen.

'Wat doe je?' vroeg Anders toen Charlie stopte om haar schoenen uit te trekken.

'Ik wil op blote voeten lopen,' zei ze. 'Dat deed ik als meisje ook altijd, zelfs op school. Je zou me een blotevoetenkind kunnen noemen.'

'Ik begin je een beetje te leren kennen,' zei Anders. 'Je bent een hondenmens en een blotevoetenkind.'

Toen ze de bar van het motel in liepen, kwam Erik hen tegemoet. Hij zwaaide met een sleutel en gaf hem aan Charlie.

'Goed nieuws,' zei hij. 'Er is een kamer vrijgekomen, dus nu hoeven jullie geen kamer meer te delen.'

Charlie zag de opluchting op Anders' gezicht.

Ze besloten naar boven te gaan om de kamers in orde te maken, waarna ze elkaar weer in het restaurant zouden zien.

'Fijn dat het is opgelost en ik niet hoef te scheiden,' zei Anders terwijl ze de trap op liepen. 'Volgens mij vermoedde Maria iets.'

'Jaloerse mensen vermoeden altijd wel wat.'

'Ze is niet jaloers. Ze… maakt zich alleen snel zorgen.'

Charlie lachte en zei dat dat een mooie omschrijving was.

Ze gooide haar tas op het bed van haar nieuwe kamer. Hij zat een verdieping hoger dan de bruidssuite en aan de muren hingen geen Bijbelteksten over de kracht van de liefde. Ze ging voor het raam staan en keek uit over de weilanden, de bossen, het water, tot aan de kerk. Waar ben je, dacht ze. Waar ben je gebleven, Annabelle?

Was er iemand die het wist?

Haar gedachten werden onderbroken door haar telefoon, die ging.

'Spreek ik met de politie?' De stem aan de andere kant van de lijn was dik van het huilen.

'Daar spreek je mee,' zei Charlie.

'Met mij. Sara. Ik moet je spreken.'

'Waar ben je?'

'Op Klein Rhodos, ik bedoel... op de zwemplek in...'

'Ik weet waar dat is,' zei Charlie. 'Ik kom eraan.'

Ze belde Anders om te zeggen dat ze iets moest doen. Konden ze ook over een uur in de eetzaal afspreken?

'Dan ben ik uitgehongerd,' zei Anders. 'Wat ga je doen?'

'Met het meisje praten dat ik gisteren naar huis heb gebracht. Sara Larsson.'

'Waarom?'

'Omdat ze me wil spreken.'

'Ik ga mee.'

'Dat hoeft niet.'

'Je moet dit soort dingen niet alleen doen.'

'Ik ga met een verdrietig tienermeisje praten,' zei Charlie. 'Ik wil niet vervelend zijn, maar ik denk dat dat makkelijker gaat als ik het alleen doe.'

Klein Rhodos was een zwemplek een paar kilometer buiten het dorp. Het had weinig gemeen met de stranden op het echte Rhodos. Wellicht was de naam ooit als grapje ontstaan. Charlie liet haar blik over de gevel van de kleedruimtes, de zwemsteiger, de schommels en de barbecueplek glijden. Ze zag Sara nergens. Pas toen ze omhoogkeek naar de duiktoren een eindje verderop, kreeg ze haar in het oog. Ze zat op het uiteinde van de hoogste richel. Charlie snelde erheen en beklom de trap van de toren. Sara moest haar hebben gehoord, maar ze draaide zich niet om toen ze aan kwam lopen.

'Sara?' zei Charlie achter haar rug. 'Alles goed met je?'

Sara schudde haar hoofd.

'Mag ik naast je komen zitten?'

Sara knikte en schoof opzij om plaats te maken voor Charlie.

'In mijn herinnering was hij veel hoger,' zei Charlie.

'Hoezo herinner je je dat?' Sara keek haar aan.

'Ik heb hier gewoond, maar later ben ik verhuisd. Ik ben weggegaan toen ik veertien was.'

'Ik ga ook weg,' zei Sara. 'Deze hele plek kan... kan de klere krijgen.'

'Is er iets gebeurd?'

'Ja, maar als ik het aan jou vertel, wordt mijn leven een hel.'

'Maar toch wil je het vertellen,' zei Charlie.

'Ja. Omdat ik bedacht dat het toch niet erger kan. Mijn leven is al een hel.'

Charlie keek naar het water. Aan de draaikolkjes onder hen kon ze zien dat de stroom zojuist was ingeschakeld. Ze wilde iets opbeurends tegen Sara zeggen. Iets over dat het leven allerlei verrassingen in petto kan hebben, en niet alleen vervelende. Ze wilde zeggen dat ze hulp kon krijgen, dat het allemaal beter zou worden, maar het lukte haar niet.

'Is het goed als ik rook?' vroeg Sara.

'Waarom niet?'

'Ik ben dertien,' bracht Sara haar in herinnering. 'Ik mag nog geen sigaretten kopen.'

'Dat is waar,' zei Charlie, 'maar het is toch niet verboden om er eentje te roken?'

Sara glimlachte. 'Je bent anders dan de anderen. Jij bent... tof.'

Ze viste een pakje sigaretten uit haar tas. 'Het zijn sjekkies,' zei ze toen ze Charlies blik zag. 'Het is niet wat je denkt.' Ze gaf Charlie er een.

Ze rookten een tijdje in stilte.

'De sluisdeuren zijn open,' zei Sara. Ze keek naar het water. 'Als je er nu in springt, word je naar beneden gezogen. Verderop is ook een diepte. Als je daarin verdwijnt, kom je nooit meer boven.'

'Wat wilde je vertellen?' vroeg Charlie. 'Wat wilde je me vertellen?'

Sara haalde diep adem. 'De bewuste avond,' zei ze. 'De avond waarop Annabelle verdween, hadden we niet alleen gedronken. Svante had ook ander spul bij zich. Ik denk dat we het ons daarom allemaal zo moeilijk kunnen herinneren, de meesten waren compleet van de wereld. Svante zei dat ik het niet tegen de politie mocht vertellen, want dan zouden we allemaal in de problemen komen, dan zou mijn vader ontslagen worden. Mijn vader werkt in de fabriek, de multiplexfabriek. Hij zou er kapot van zijn als hij weer zijn baan zou verliezen. De vorige keer dat dat gebeurde,' Sara pakte een nieuwe sigaret en stak hem op, 'dacht ik echt dat hij zich dood zou zuipen.'

'De vorige keer?' vroeg Charlie. 'Is dat weleens eerder gebeurd?'

Sara zei dat het voortdurend gebeurde. Ze gaf Charlie nog een sigaret terwijl ze over alle keren vertelde dat haar vader ontslagen was. Hij werkte al sinds haar geboorte in die klotefabriek en toch kreeg hij maar geen vaste aanstelling. Het had te maken met machines die zouden komen, waardoor ze mensen op de werkvloer geen vaste aanstelling durfden te geven.

'Die machines,' zei Charlie. 'Daar hadden ze het al over toen ik zo oud was als jij. Mijn moeder werkte er. Maar Svante kan je vader niet zomaar ontslaan, dat weet je toch, hè?'

Sara zei dat ze dat wist, maar om de een of andere rare reden was ze daar toch bang voor.

'Er is die avond iets vreselijks gebeurd,' zei ze terwijl ze haar brandende peuk in het water gooide. 'Ik... ik heb het zelfs gefilmd.'

'Wat dan?' Charlie draaide zich naar haar toe.

'Kijk zelf maar.' Sara pakte haar mobieltje en drukte op play. 'Het is geen geweldige kwaliteit, de beelden bewegen ontzettend. Ik was vergeten dat ik het had gefilmd. Pas toen ik vandaag door mijn foto's scrolde, zag ik wat ik gefilmd had. Gelukkig heeft niemand het gemerkt.' Ze gaf haar telefoon aan Charlie. 'Je mag er zelf naar kijken. Ik trek het niet om het nog een keer te zien.'

31

Nora was weer in slaap gevallen. Ze ademde zo zacht dat Fredrik zich over haar heen moest buigen om te horen of ze nog wel ademde. De vloerplanken kraakten onder hem toen hij naar de overloop sloop en de trap af liep.

De afgelopen twee nachten had hij zichzelf gekweld met video's van Annabelle. Hij was begonnen met het schokkerige filmpje van de bevalling, het gerimpelde bundeltje met haar zwarte ogen op Nora's borst. Nu was hij bij haar eerste verjaardag: Annabelle in een rode jurk en een haarspeldje in haar pony. Om de tafel een paar vrienden die ze nooit meer zagen, het gelach toen Annabelle haar mollige handjes in de taart stak. Toen een tijdsprong van een paar jaar. Annabelle lag glimlachend in bed met haar haar uitgespreid over het kussen.

Wat heb je vandaag gedaan, lieverd?

Het kleinemeisjesgezicht dat begon te stralen. *Snoepjes!*

Ja, je hebt snoepjes gehad. Waren ze lekker?

Hartgrondig geknik.

Maar dat zeggen we niet tegen mama, hè?

Nee, we zeggen niets tegen mama.

De video was afgelopen. Fredrik haalde een groot glas whisky en stopte de volgende band in de videocamera, die hij op de televisie had aangesloten. ZOMER 2004 stond er op het hoesje. Er verscheen een close-up van een kinderhand.

Het lijkt wel een vogeloog, papa. Zie je dat mijn hand op vogel lijkt?

Ja, meisje, ik zie het. Maar je zou toch gaan zwemmen? Ik zou je toch filmen terwijl je van de steiger springt?

Ik heb het koud. Kun je me warm maken?

Kom maar.

De camera filmt het zand.

Ik hou van je, papa.

Fredrik drukte op stop, spoelde terug en drukte op play. Keer op keer op keer.

Ik hou van je, papa.

'Kom naar huis,' fluisterde hij terwijl de tranen over zijn wangen stroomden. 'Kom naar huis, lieverd.'

De bewuste dag

Haar moeder was boodschappen aan het doen, dus kon Annabelle makkelijk haar blauwe jurk uit haar kledingkast pakken. Ze had hem ook aan gehad toen ze met Hem naar Gullö was geweest. Ze had op het voordek gezeten met haar handen in het water en tegen hem gezegd dat het meer bodemloos was. Hij had gelachen en gezegd dat dat niet waar was, dat alles ergens een bodem had.

Ze hadden de boot op het eiland getrokken en toen had hij een plaid op het droge gras onder de dennenbomen gelegd. Hij had crackers en wijn bij zich. Nadat ze een glas wijn hadden gedronken wilde hij zwemmen.

Ze zei dat ze geen zwemkleding bij zich had.

En hij begreep niet waarom ze zwemkleding aan moest, hij had haar toch al gezien. Haar gevoeld.

Toen ze zich uitkleedden, bedacht ze dat dit de eerste keer was dat ze bij daglicht naakt was in het bijzijn van een man. Al dat gefriemel in donkere wc's, onder dekens... Dit was heel anders. Hij kleedde zich ook uit. Lange tijd stonden ze zo, naakt, naar elkaar te kijken.

'Wie er het eerst in is,' riep ze terwijl ze naar het meer holde. Hij haalde haar in en ze verdwenen tegelijkertijd in het ijskoude water.

'Staar niet zo naar me,' zei ze toen ze er uitkwamen.

'Moet jij zeggen. Jij staart net zo erg. Hoe gaat het?' vroeg hij toen. 'Alles oké?'

'Ik heb het ijskoud.'

'Ik zal je opwarmen,' zei hij terwijl hij haar hand pakte. 'Kom.'

'Wat doe je met me?' fluisterde Annabelle. Ze lag op de plaid en had het niet meer koud. 'Wat doe je?' vroeg ze opnieuw terwijl ze naar de zwiepende dennen boven haar keek.

'Wil je dat ik stop?' vroeg hij.

Ze had haar hoofd geschud, zijn haar vastgepakt en hem gevraagd door te gaan. 'Ga door.'

Annabelle keek naar zichzelf in de passpiegel. Ze pakte haar mobieltje. Natuurlijk had hij niets van zich laten horen. Dat was maar beter ook, dacht ze. Het was uit. Toch stuurde ze een foto naar hem, een foto van het digitale staafje met de tekst TIEN WEKEN ZWANGER.

32

Olof had het team met spoed bijeengeroepen. Micke droeg een veel te groot ouderwets pak. Hij was bij een etentje weggeroepen, legde hij uit toen Adnan hem plaagde met zijn kledingkeuze.

'Charlie heeft iets wat we moeten zien,' zei Olof, 'maar ik krijg die rotprojector niet aan de praat, dus we zullen het op de computer moeten bekijken.'

Ze verdrongen zich achter zijn computerscherm.

'Wat is dat?' vroeg Adnan.

'Een filmpje,' zei Charlie. 'Van het feest in de plattelandswinkel die avond.'

'Hoe ben je daaraan gekomen? Wie heeft het gefilmd?'

'Stil, kijk nou maar even,' zei Charlie. Er verschenen beelden op het computerscherm. De wereld deinde in de wiebelende hand van de filmer. 'Staten och kapitalet' van Ebba Grön dreunde op de achtergrond.

Zij aan zij, het is één grote fuik.
De staat en het kapitaal, twee handen op één buik.

Drie jongens op een groene pluche bank: William Stark, Svante Linder en Jonas Landell. Ze gaven een pijpje door.

'Fuck, wat zuigt dat ding goed!' riep Svante nadat hij een diepe hijs genomen had. 'Hij werkt als een malle!'

Vervolgens een fragment van een schildpad in een troebel aquarium.

'Wie filmt dit?' vroeg Adnan.

'Sara Larsson,' zei Olof. 'De dochter van Svenka. Wat doe je?' zei hij toen Charlie op pauze drukte.

'Is Sara de dochter van Svenka?'

'Ja,' zei Olof. 'Hoezo?'

'Die kwam ik gisteren tegen,' zei Charlie, die weer op play drukte.

Een close-up van Annabelles gezicht. Haar golvende haar viel voor haar gezicht. Haar make-up was uitgelopen, de schouderbandjes van haar blauwe jurk waren afgezakt en hingen op haar bovenarmen. Ze danste met haar ogen dicht en haar armen boven haar hoofd. Charlie voelde zich altijd geprovoceerd als een slachtoffer van een misdrijf als mooi bestempeld werd, maar om de schoonheid van dit meisje kon je niet heen. Toen waren ze in de keuken. Annabelle met haar hand op tafel en het mes tussen haar vingers. Ze had niet in de gaten, en de anderen evenmin, dat ze uitschoot en er bloed van haar hand op de tafel drupte.

'Waarom hebben we dit niet eerder gekregen?' vroeg Micke. 'Waarom heeft die griet zo lang gewacht om dit aan ons te laten zien?'

'Ze wist niet dat ze het had,' zei Charlie. 'Ze wist niet meer dat ze het gefilmd had. Ze ontdekte het vandaag toen ze foto's van haar mobieltje wilde wissen.'

'En waarom is ze niet naar ons toe gegaan?' vroeg Micke.

Charlie keek hem aan en zei dat ze niet begreep wat hij bedoelde. Dat had ze toch wél gedaan?

'Daar hebben we het straks nog wel over,' zei Olof. 'Nu weten we in elk geval dat Annabelle om elf uur nog in Valls was.' Hij keek naar de tijdsaanduiding in de hoek van het mobieltje, 23.06, en drukte op pauze.

'Dat wisten we toch al?' zei Micke. 'De vraag is juist wat er daarna is gebeurd.'

'Dat zal ik jullie zo laten zien,' zei Olof. 'Maar ik wil eerst iets zeggen. Wat jullie nu te zien krijgen, moet onder ons blijven. Het kan wat overdreven klinken, maar het is belangrijk dat dit niet naar buiten komt. Is dat duidelijk?'

Toen hij weer op play drukte, bewoog de camera zich door een verwilderde tuin. Boven het hoge gras hing een mistbank.

'De tuin achter de plattelandswinkel,' zei Olof.

De filmende hand bewoog nu nog meer. Uit het pand klonk geschreeuw en gelach boven de muziek uit.

Charlie zette zich schrap voor de slotscène. Ze had het filmpje al zo'n tien keer bekeken voor ze het aan Anders en Olof had laten zien, maar dit soort beelden wenden nooit.

Sara struikelde. Er volgde een close-up van het gras. *Hoi, kleine speelman.*

'Tegen wie heeft ze het?' vroeg Adnan.

'Die sprinkhaan.' Charlie wees naar het scherm.

'Waar zie je die?' vroeg Adnan, turend.

Het filmpje ging een paar minuten op zwart en je hoorde Sara een paar keer vloeken.

'Ze heeft haar telefoon laten vallen,' zei Charlie. 'We hebben zo weer beeld.'

De wereld stond een paar tellen op zijn kop, tot er een bloeiende appelboom op het scherm verscheen. En daar, naast de stam, lag ze: Annabelle. Haar jurk was omhooggeschoven tot boven haar uitstekende heupen. Iemand zat op zijn knieën naast haar, half afgewend van de camera. Ondanks de afstand waren zijn gelaatstrekken duidelijk herkenbaar toen hij opkeek.

'Svante Linder,' zei Micke. 'Godallemachtig!'

Adnan maande hem tot stilte.

Svante boog zich over Annabelle. Ze zagen dat ze zich wegdraaide onder zijn handen, ze zagen zijn zwiepende erectie toen hij zijn broek en onderbroek in één beweging omlaagtrok, ze zagen dat hij in zijn hand spuwde, het speeksel tussen haar benen wreef en bij haar binnendrong. Ze zagen dat Annabelle zich om probeerde te draaien en dat Svante haar polsen boven haar hoofd vasthield en doorging.

De bewuste dag

Annabelles handen trilden toen ze haar mobieltje met het scherm naar beneden weglegde op haar bed. Ze wilde niet weten of hij zou reageren en wat hij zou zeggen. En wat had het voor zin om over het kind te vertellen als het binnenkort toch allemaal voorbij zou zijn? Of misschien toch niet?

Ze had nooit veel met kinderen gehad, maar nu zag ze zichzelf ineens voor zich met een warm kronkelend bundeltje in haar armen. Ook al zei haar realistische kant dat het niet mogelijk was, dat een kind al haar dromen zou dwarsbomen. Ze wist hoe het met de meisjes in Gullspång was afgelopen die op haar leeftijd een kind hadden gekregen. Ze waren er alleen voor komen te staan en moesten hun brood in de fabriek verdienen. Kinderen konden het leven zwaar maken, en het leven... was al zwaar genoeg. Bovendien was de vrucht ongetwijfeld beschadigd. Zoals zij zich de laatste tijd had gedragen was het een wonder dat er überhaupt iets in haar kon leven. Vanavond ging ze het Rebecka vertellen. En ik ga haar precies vertellen hoe het zit, dacht ze. Ik ga zeggen wie de vader is. Ik heb geen enkele reden meer om hem te beschermen.

33

'Ik hoop maar dat het belangrijk is,' zei Svante Linder toen hij tegenover Charlie in de verhoorkamer plaatsnam.

'Er wordt een meisje vermist,' zei Charlie. 'Dus, ja, het is belangrijk.' Ze kon Svante amper aankijken zonder het beeld voor zich te zien van hem boven op Annabelle, de kilheid te zien.

'En, waar kan ik mee helpen?' zei hij hautain. Zijn blik bewoog heen en weer tussen Charlie en Anders.

'We hebben een filmpje gezien van de avond waarop Annabelle verdween,' zei Anders.

Charlie stelde vast dat Sara gelijk moest hebben, dat Svante niet had gemerkt dat ze het gefilmd had, want hij keek hen oprecht niet-begrijpend aan.

'Uit de tuin achter de plattelandswinkel,' zei Charlie. 'Iemand heeft het allemaal gefilmd.' Het gaf haar voldoening toen ze een kleine verandering in Svantes gezicht waarnam.

'Oké. En wat heb ik daarmee te maken? Word ik ergens van verdacht?'

'Wat denk je zelf?' zei Charlie.

'Ik heb geen idee, eerlijk gezegd.'

Charlie zag een ader op zijn voorhoofd opzwellen.

'Zeg dan iets,' ging Svante verder. Ineens stond hij op van zijn stoel.

'Zitten,' zei Anders. 'Ga zitten.'

Svante schudde zijn hoofd en plofte weer op de stoel. Charlie wierp Anders een blik toe om aan te geven dat ze nog even zouden wachten met vragen stellen.

'Ik heb haar niet ontvoerd,' zei Svante uiteindelijk. 'Niemand kan dat gefilmd hebben, want dat is niet gebeurd. Waarom kijk je zo raar naar me?'

'Ik wacht gewoon af,' zei Charlie.

'Waarop?'

'Op wat er verder komt.'

'Ik begrijp niet wat je bedoelt.'

'Er is dus een filmpje van jou een Annabelle in de tuin achter de plattelandswinkel,' zei Charlie. 'Begrijp je het nu iets beter?'

'Wie heeft er gefilmd?' Svante trok wit weg.

'Daar gaat het niet om. Het enige waar het nu om gaat, is wat jij Annabelle hebt aangedaan.'

Svante leunde over de tafel naar voren. 'Dat ik seks met haar heb gehad, betekent nog niet dat ik... Want dat bedoelen jullie zeker?'

'Seks?' zei Charlie. 'Noem jij dit "seks hebben"?' Haar computer stond aan, en ze drukte op play bij het fragment waarin Svante Annabelles polsen vastgreep en boven haar hoofd hield. Ze draaide het scherm naar Svante.

'Wat heeft dat er nou mee te maken?'

'Jezusmina. Ben je zo dom of doe je alsof?'

'Ik ben niet dom,' zei Svante. 'Ik ben helemaal niet dom.'

'Dat is het probleem van domme mensen,' zei Charlie. 'Dat ze meestal niet doorhebben hoe dom ze zijn.'

'Gaan we het daarover hebben? Mijn IQ?'

'Nee, zeker niet. We gaan het hebben over dat jij een meisje hebt verkracht en dat dat meisje diezelfde nacht is verdwenen.'

'Verkracht?' Svante keek haar oprecht verbaasd aan. 'Dat was geen verkrachting, ze heeft toch niet nee gezegd.'

'Ze verkeerde in hulpeloze toestand, dat wordt als verkrachting beschouwd.'

'Zo heeft zij het niet opgevat, volgens mij. De feesten in de plattelandswinkel... lopen altijd een beetje uit de hand. Er wordt gezopen, gevochten en geneukt. Het lijkt erger dan het is.'

Charlie drukte weer op play, zoomde in en liet dat deel van het filmpje zien waarin Annabelle zich probeert te verzetten. 'En waar lijkt dit dan op, vind je?'

'Ik ben geen verkrachter,' zei Svante.

'Als je seks hebt met iemand die in hulpeloze toestand verkeert, ben je dat wel. En nu vertel je me wat je de nacht hebt gedaan waarin Annabelle is verdwenen. Behalve haar verkrachten, bedoel ik.'

'Ik was nog op het feest toen ze wegging,' zei Svante.

'Je hebt haar snel kunnen dumpen en terug kunnen gaan naar het feest.'

'Maar mensen hebben haar toch weg zien lopen? En toen was ik alweer terug! Vraag maar aan Jonte en de anderen.'

'Zijn die betrouwbaar?'

'Hoe bedoel je?'

'Misschien willen ze je beschermen. Heb je ze bedreigd?'

'Waarom zou ik dat doen?'

'Ik heb gehoord dat je dat vaker doet als er dingen tegen je zin in gebeuren, dat je de ouders van je vrienden werkloos dreigt te maken.'

'Je moet niet alles geloven wat je hoort,' zei Svante.

'Daarom vraag ik het ook aan jou,' zei Charlie. 'Maar,' vervolgde ze, 'ik geloof wel wat ik zie.'

'Hou op,' zei Svante toen ze weer op play drukte. 'Ik heb genoeg gezien.'

'Raakt het je? Dit soort dingen gebeuren toch gewoon op die feesten? De vraag is wat je daarna met haar hebt gedaan.'

'Niks. Je moet me geloven.'

'Je hebt hier al over gelogen,' zei Charlie. 'Waarom zou je dan over de rest van de avond niet liegen?'

'Ik vertel je nu de waarheid.'

'Wat nobel van je.'

Ze werden onderbroken doordat ze iemand buiten hoorden schreeuwen. Iemand die zijn zoon kwam halen.

'Dat is mijn vader,' zei Svante. 'Ik denk dat hij behoorlijk boos op jullie is.'

'Maar dat is niks vergeleken bij hoe boos hij straks op jou zal zijn,' zei Charlie, en ze verliet de verhoorkamer.

Daar en toen

En op een dag vertelt Rosa haar over het kind, over het zusje dat ze zou hebben gehad als die schoft niet bij hen thuis was gekomen en haar moeder in haar buik had gestompt, geslagen en geschopt tot het kind dood was gegaan en eruit was gekomen.

Alice zegt niets. Ze wacht op het moment dat Rosa gaat zeggen dat het een grapje is, dat niemand op de hele wereld zo goedgelovig is als zij. Maar dat zegt Rosa niet. Ze haalt alleen het kistje met sigaretten tevoorschijn, steekt er twee op en geeft er een aan Alice. Dan begint ze over het bloed te vertellen. 'Ik heb in mijn hele leven nog nooit zo veel bloed gezien,' zegt ze. 'Ik wist niet dat een mens zo veel bloed in zijn lichaam heeft.'

'Hoe weet je dat het een zusje was?' vraagt Alice na een tijdje.

Rosa zegt dat ze dat heel duidelijk heeft gezien. Hoe zou ze het anders kunnen weten? Alles zat erop en eraan: haar nagels, haar haar, haar wenkbrauwen, alles. Al haar lichaamsdelen waren af, zelfs haar longen. Maar wat maakte dat nog uit als ze er niet mee kon ademen? Wat maakte het nog uit dat ze perfect was? Ze was dood.

'Wanneer is dat gebeurd?' vraagt Alice.

'Toen ik zeven was,' zegt Rosa. 'Ik was net zeven geworden.'

'En wie was het?'

'Wie?'

'Die gewelddadige man?'

Rosa neemt een diepe haal van haar sigaret. 'Het was een gewone man.'

34

Het was vlak voor elven toen Charlie het politiebureau verliet en naar het motel liep. Anders bleef nog even om het verhoor uit te schrijven. Svante was ondanks hardnekkige protesten van zijn vader in hechtenis genomen en zat nu in Mariestad. Hij zou de dag erna verder worden verhoord. Ze hadden besloten alle jongeren die die avond in de plattelandswinkel waren opnieuw te ondervragen. De kans bestond dat ze bepaalde informatie voor zich hadden gehouden omdat Svante hen had gemanipuleerd of gechanteerd.

Haar mobieltje ging. De welbekende H op het scherm. Was het Hugo of zijn vrouw? Charlie drukte de oproep weg en onmiddellijk erna kreeg ze een sms'je: Ik moet je spreken, het is belangrijk. Ze werd opnieuw gebeld en besloot dat ze misschien maar beter kon opnemen, om dit voor eens en voor altijd af te sluiten.

'Ja?' zei ze.

'Kun je vrijuit praten?' vroeg Hugo.

'De vraag is of jij dat kunt.'

'Ik moet je echt spreken, Charlie.'

'Als je het maar kort houdt,' zei ze. 'We hebben het hier beredruk.'

'Hoe loopt het?'

'Niet zo goed, maar volgens mij is dat niet de reden waarom je belt, om het over werk te hebben.'

'Nee, niet echt. Ben je alleen?'

'Ja.'

'Je hebt mijn berichtje vast gehoord. Het gaat over Anna, ze heeft… in mijn telefoon gekeken en onze sms'jes gezien.'

'Weet ik,' zei Charlie. 'Ze heeft gebeld.'

'Heeft ze jou gebeld?'

'Ja, ze heeft me gebeld en me voor van alles en nog wat uitgemaakt.'

'Ze is helemaal gek geworden,' zei Hugo. 'Ze zegt dat ze bij me weggaat en...'

Charlie had de neiging om te zeggen dat dat eerder logisch dan gek klonk. Ze begreep niet zo goed waarom hij contact met haar had opgenomen. Wat wilde hij precies? Dat ze hem ging troosten?

'Ik heb gezegd dat het maar een flirt was,' ging Hugo verder, 'maar ze gelooft me niet.'

'Goh, wat vreemd,' kon Charlie het niet nalaten om te zeggen. Ze dacht aan de inhoud van hun sms'jes. Die kon je maar op één manier interpreteren.

'Hugo,' zei ze. 'Waarom bel je me hierover?'

'Weet ik niet. Ik dacht dat jij misschien met haar zou kunnen praten, maar jullie hebben elkaar dus al gesproken.'

Ze zwegen.

'Je was toch op haar uitgekeken?' zei Charlie uiteindelijk. 'Dus als ze bij je weggaat, krijg je toch je zin?'

'Ik ben helemaal niet op haar uitgekeken. Ik hou van mijn vrouw. Ik dacht dat je dat wel begrepen had.'

Charlie was zelf verbaasd over de rust in haar stem toen ze antwoordde dat ze het anders had opgevat, maar dat ze het vast allemaal verkeerd had begrepen.

Hugo was blijkbaar te overstuur om de ironie te horen, want het enige wat hij zei was dat ze het inderdaad verkeerd begrepen had. Wat zij hadden... was... was een tijdelijke bevlieging. De enige die hij wilde, was zijn vrouw.

'Mooi,' zei Charlie. 'Ik hoop dat het weer goed komt tussen jullie.' Het scheelde weinig of ze had haar telefoon aan diggelen gesmeten, maar toch drukte ze hem alleen maar weg.

Haar hoofd was oververhit door alle indrukken. Svante Linders zelfvoldane grijns, het filmpje van hem en Annabelle dat op repeat stond in haar hoofd, en te midden van dit alles had ze ook nog de rol van de andere vrouw. Nu is het genoeg, dacht ze. Ze ging nog liever dood dan dat ze die vrouw was, en alle gevoelens die ze ooit voor Hugo had gehad, waren weg. Maar als dat echt zo was, wat bonkte er dan zo in haar, anders dan jaloezie?

Ik wil niet dat hij gelukkig is, dacht ze. Ik ben een wraakzuchtige vrouw, een slecht mens. Maar toen dacht ze aan de dingen die mensen uit wraak deden, dingen die ze tijdens haar werk had gezien: door zuur verminkte vrouwengezichten en kapotgeslagen lichamen in kuilen. Er bestonden dus mensen die erger waren. De wereld was er vol mee.

De bewuste dag

Ik moet het niet meer als een kind zien, dacht Annabelle. Ze streek over haar nog platte buik. Ze had het niet kunnen laten om op haar mobieltje op te zoeken wat er in deze week met het embryo gebeurde. Ze had zichzelf vooral gerust willen stellen met dat het slechts een klompje cellen was, maar daarentegen had ze gelezen dat de vrucht in week tien van kruin tot stuit drie à vier centimeter lang was. Toen ze de lengte met haar vingers mat, vond ze het onrustbarend groot. Ze had een hekel aan de formulering 'van kruin tot stuit', want dat betekende dat er iets in haar zat dat een kruin en een stuit had en helemaal niet op een fladderend waterdiertje leek, zoals ze het zich had voorgesteld. Maar het voelde niets, dacht ze. De hersenen in dat kleine hoofdje konden vast geen pijn voelen. Of wel? Ze durfde het niet op te zoeken, omdat ze bang was dat ze zou gaan twijfelen over haar besluit. Ze was al emotioneler dan anders. Nee, ze moest zich op de avond richten, weer proberen zichzelf te worden.

Ze stak haar haar op en toen ze in de spiegel keek, bedacht ze hoe mooi het huwelijkscadeau van haar moeder, de glinsterende diamanten oorbellen, bij haar jurk zou passen. Maar waar lagen ze? Ze had ze twee keer eerder in gehad, maar toen had haar moeder haar betrapt en ze verstopt. Waar kon ze ze neergelegd hebben? Annabelle ging naar de slaapkamer van haar ouders en graaide over de planken in de garderobe. Niets. Ze trok een laatje van het nachtkastje open, maar daar lagen alleen maar zakdoeken en lege medicijnverpakkingen. Ze zuchtte. Waar kon ze verder nog zoeken? Toen dacht ze aan de zolder – daar was ze niet meer geweest sinds ze er jaren geleden een muis had gezien. Als haar moeder iets voor haar wilde verstoppen, zou ze dat natuurlijk op zolder doen.

Maar het was als zoeken naar een naald in een hooiberg, dacht Annabelle toen ze de krakende deur van de zolder opendeed. De herinnering aan de muis deed haar huiveren. Was het het wel waard, dit onbehaaglijke gevoel voor een paar oorbellen?

Ja, besloot ze. Nu ze hier toch was, kon ze net zo goed gaan zoeken. Op de vloer lag een dun laagje zaagsel. Het kwam van boven, had haar vader een keer verteld. Een dier had zich naar de nok van het dak geknaagd, dacht hij. Dat vond Annabelle eng. Ze was bang dat het huis zou instorten, maar haar vader had haar gerustgesteld en gezegd dat het niet zo'n vaart zou lopen. Hij zou toch nooit toelaten dat het huis op zijn gezin zou vallen? Nu had ze baat bij het zaagsel, merkte ze, want ze zag voetsporen, die dwars over de vloer naar de zuidkant, onder het schuine dak liepen, waar een paar dozen naast elkaar stonden.

Annabelle trok de buitenste doos naar voren en maakte hem open. Er zaten alleen een paar mottige, gebreide truien in. Ze zuchtte en trok de tweede doos naar voren. Daarin zaten haar babykleertjes: gebloemde jurkjes met ruches. Ze wilde de doos net terugschuiven, toen haar oog op een kistje viel. Annabelle wist zeker dat ze het nooit eerder had gezien. Ze pakte het houten handvat beet en trok het kistje over de vloer naar zich toe en ontdekte dat het op slot zat. Was haar moeder zo zuinig op haar oorbellen dat ze die in een afgesloten kistje had gestopt? Ze keek om zich heen op zoek naar iets waarmee ze het slot kon openbreken. Al snel vond ze een roestige hamer. Ze mikte nauwkeurig en sloeg zo hard op het slot als ze durfde. Haar moeder zou ontploffen, dacht ze toen het slot het na de tweede klap begaf, maar haar nieuwsgierigheid was groter dan de angst voor de gevolgen.

Annabelle maakte het deksel open. Ze griste er een paar zachte, zwarte notitieboekjes, oude krantenknipsels en brieven uit. Maar het doosje met de oorbellen was nergens te zien. Ze las de kop van het bovenste, vergeelde krantenknipsel, toen las ze het hele artikel en daarna het volgende, terwijl de haren op haar armen rechtovereind gingen staan. Net toen ze de eerste pagina van een van de notitieboekjes had opengeslagen, hoorde ze het welbekende gekraak van de voordeur.

35

‘Is de keuken nog open?’ vroeg Charlie toen ze de bar in kwam.

‘Waarom zou die niet open zijn?’ zei Erik. ‘Ik ben er toch.’

Ze ging aan de enige lege tafel zitten. Vandaag stond de beroemde Gullspång-zalm op het menu. Anders belde om te zeggen dat hij een pizza had gehaald. Die zou hij op zijn kamer opeten en daarna zou hij naar bed gaan. Het stoorde Charlie dat ze antwoordde dat ze ging eten en daarna naar bed zou gaan, dat ze de behoefte voelde hem dat te laten weten.

De zanger stond al op het podium. Hij oogde vermoeid. Waarschijnlijk had hij, net als de meeste mensen, de hele dag meegeholpen met zoeken. Nu zong hij een mooi, welbekend liedje.

Ja, daar wil ik leven, ja, daar wil ik gaan
Als ik ooit in Värmland een meisje vinden zal
dan weet ik, dan wil ik nooit meer daarvandaan

Charlie zat net aan een glas wijn toen Johan van Missing People verscheen.

‘Lange dag gehad?’ vroeg hij. Zonder het te vragen ging hij zitten.

Ze knikte. Een vreselijk lange dag.

‘Heb je gehoord dat de politie een jongen heeft opgepakt? Het schijnt een rotzak uit het dorp te zijn.’ Johan nam een slok van zijn bier. ‘Ik hoop dat er snel duidelijkheid komt, want ik heb het gevoel dat het dorp eraan onderdoor gaat.’

Charlie zei niets.

‘Wil je er nog een?’ Hij wees naar haar halflege glas.

‘Nog een glas witte wijn, graag.’

Johan liep naar de bar. Charlie dacht aan de pillen die ze had geslikt.

Eigenlijk zou ze niet meer moeten drinken. Nog één glaasje, dacht ze toen Johan terugkwam, nog één glas en dan is het afgelopen.

Het was onrustig aan de bar. Charlie zag dat Svenka tegen een jongere vrouw aan stond te wankelen. Hij zou nu eigenlijk bij zijn dochter moeten zijn. Waar was Sara nu? Was ze alleen? Charlie pakte haar mobieltje en stuurde haar vlug een sms'je om te zeggen dat ze het moest laten weten als er iets was, wat dan ook.

Vanavond was niemand van de groep jongeren uit de plattelandswinkel in de bar. Charlie dacht aan Svante Linder, die niet besefte wat hij Annabelle had aangedaan. Het was duidelijk dat hij zichzelf niet als een verkrachter zag. Waartoe was hij nog meer in staat?

'Wil je alleen zijn?' vroeg Johan.

'Nee,' zei Charlie en ze merkte dat het waar was. Ze wilde niet alleen zijn.

De zanger sloeg een welbekend akkoord aan.

I come from down in the valley
Where mister when you're young
They bring you up to do like your daddy done

'Hij is goed,' zei Johan terwijl hij naar de zanger knikte.

'Ja,' zei Charlie. 'Alleen wel een tikje... voorspelbaar. Hij zingt niet echt originele liedjes.'

'Daar hou ik misschien wel van. Het voorspelbare.'

'Dan verschillen we behoorlijk, want ik word graag verrast.'

'O ja?' Johans ogen begonnen te glinsteren.

Hij keek weer naar het podium. De zanger was bij het refrein aangekomen en zong met zijn ogen dicht.

Johan keek om zich heen en zei dat Gullspång een bijzondere plek was. Hij had nog nooit zoiets gezien.

'Kijk eens om je heen. Iedereen is zo... Ik weet het niet, de mensen zijn anders, rechtdoorzee en...'

'Dat zal wel door de drank komen. Iedereen is toch eerlijk als hij te veel op heeft?'

Ja, dat was Johan met haar eens. Hij had nog nooit zo veel mensen zo veel zien drinken.

'De situatie is nogal stressvol,' zei Charlie. 'De mensen zijn moe, bang, gespannen.'

Johan zei dat ze wellicht gelijk had en dat dat de charme van kleine plaatsen was, dat mensen zich om elkaar bekommerden.

Het ene glas wijn werden er twee en drie. De druk op Charlies borst nam af, als ze er nog eentje nam zou ze haar longen weer helemaal kunnen volzuigen en zou de lucht niet meer halverwege blijven steken, zoals nu.

Welke is het makkelijkst om af te slaan, had een vrouw van het maatschappelijk werk een keer aan Betty gevraagd, *het eerste of het tweede glas?*

Betty had moeten lachen en gezegd dat haar probleem was dat ze helemaal geen nee kon zeggen.

Linda riep dat het tijd was voor de laatste ronde. Johan keek Charlie aan en stelde voor om nog even door te gaan.

'Als jij van onvoorspelbaar houdt,' zei hij glimlachend, 'heb je dan misschien zin om...'

Charlie stelde vast dat dit tamelijk voorspelbaar was. Maar misschien was het wel precies wat ze nodig had. Nog één keer, dacht ze, voor de spanning. Ik heb behoefte aan aanraking, aan ontlading.

En tijdens het laatste lied van de avond verlieten ze de eetzaal.

Last thing I remember, I was
running for the door
I had to find the passage back
to the place I was before
'Relax,' said the night man
'We are programmed to receive
You can check out any time you like
but you can never leave'

Misschien is het niet zo vreemd, dacht Charlie, dat zo veel mensen het toeval met het lot verwarden.

36

In haar droom was Charlie terug in het huis. Zomer in Lyckebo, Betty in haar gebloemde ligstoel in de verwilderde tuin. Zelf zat ze op haar knieën op de overwoekerde oprit, de distels die hun grip op de aarde niet wilden loslaten. De katten om haar voeten.

Je moet ze er met wortel en al uittrekken, schat, anders komen ze terug.

En Charlie graaft met haar handen in de grond, de wortels worden vingers. Als wormen slingeren ze zich om haar pols en proberen haar de duisternis in te trekken.

Ze werd wakker omdat er aangeklopt werd.

Ze kwam langzaam overeind en met haar handen op haar hoofd wankelde ze naar de deur.

'Doe de deur even helemaal open, dan kan ik naar binnen,' zei Anders.

'Hoe laat is het?' was het eerste wat ze wist uit te brengen. Ze realiseerde zich dat ze er verschrikkelijk uit moest zien, maar nu was het al te laat.

'Halfnegen. Je had een halfuur geleden op het politiebureau moeten zijn.'

'Is er iets gebeurd?'

'Dat kun je wel zeggen, ja.' Anders pakte zijn mobieltje en liet haar de kop van dagblad Expressen zien: VERMISTE ANNABELLE GEFILMD.

'Tering,' zei Charlie. 'Wie heeft dat filmpje gelekt?'

'Dat weet ik niet, maar die gozer die gisteren meeging naar je kamer heeft het artikel geschreven. Hij is freelancejournalist.'

Er vormde zich een tornado in Charlie. Had Anders hen gezien? Ze kreeg het afwisselend warm en koud. Nu ga ik dood, dacht ze. Nu is het voorbij.

'Anders,' zei ze terwijl ze op het bed ging zitten. 'Ik heb niet...'

'Olof heeft met Fredrik Roos gebeld nadat het op internet was verschenen. Je zult wel begrijpen dat haar ouders zich afvragen wat er in godsnaam aan de hand is.'

'Wat hebben jullie gezegd?'

'Dat ze niet alles moeten geloven wat er in de krant staat. We kunnen op dit moment verder niets zeggen. Daarom was het belangrijk dat dit filmpje niet naar buiten kwam.'

'Ik heb niks gezegd,' zei Charlie. 'Ik zweer het je. Je snapt toch wel dat ik niet...'

'Lager, ik weet niet...' zei Anders. 'Ik weet niet hoe je je hieruit moet redden.' Hij draaide zich om en vertrok.

Charlie wilde hem achterna rennen, het hem uitleggen... Maar wat viel er uit te leggen? Wat had ze tegen die klootzak van een journalist gezegd? Ze hadden gepraat, naderhand, maar waarover? Wat ze ook probeerde, ze kon zich er geen woord van herinneren. Toen ze opstond werd ze zo duizelig dat ze zich aan de muur moest vasthouden om niet te vallen, en voordat ze de badkamer had bereikt, gaf ze over. Dat zal je altijd zien, dacht ze, dat het motel nog steeds tapijt op de grond had liggen.

Toen ze uitgehuild was, ging haar telefoon. Het was Challe.

Hij vroeg hoe het met de zaak ging. Charlie hoorde meteen aan zijn stem dat hij alles al wist.

'Anders heeft het verteld,' zei Challe. 'Je hoeft niet kwaad op hem te worden, want er zijn grenzen, Charlie.'

'Ik wist het niet. Ik...'

'Je hebt tegen me gezegd dat je onder diensttijd nooit drinkt.'

'Dit was een uitzondering,' fluisterde Charlie. 'Het was...'

'Het was een keer te veel.'

Er volgde een lange stilte. Charlie zag haar hele carrière in puin liggen – al die jaren, al dat overwerk om de beste te worden, allemaal verknald door één dronkenschap, een rotjournalist en... door haar eigen verkeerde keuze. God, wat ben ik stom geweest, dacht ze.

En toen kwam dat waarop ze had gewacht: de mededeling dat ze van het onderzoek was afgehaald en een aanbod om met een psycholoog te gaan praten. Voor haar eigen bestwil, zei Challe. Ze kon niet werken als ze op het punt stond in te storten.

Charlie zuchtte en dacht bij zichzelf dat Challe er niets van begreep.

'Ik hou van mijn werk.'

'Dat weet ik,' zei Challe, 'maar je hebt rust nodig. Rust en therapie en...'

'Ik weet zelf het beste wat ik nodig heb.'

'Dat geloof ik niet. Als je het wist, zou je niet zulke slechte keuzes maken.'

Challe voegde eraan toe dat veel mensen zich de laatste tijd zorgen maakten over haar welzijn, dat hij haar nooit op pad had moeten sturen.

'Waarom heb je het dan gedaan?'

'Omdat,' zei Challe, 'omdat jij een van mijn beste mensen bent.'

Charlie drukte hem weg, ging op bed liggen en begon weer te huilen.

De bewuste dag

Snel stopte Annabelle een paar krantenknipsels en een notitieboekje onder haar jurk; ze probeerde zo stil mogelijk de zoldertrap af te gaan.

Haar moeder riep haar al van beneden.

Annabelle wist net op tijd haar slaapkamer binnen te glippen en een lang vest aan te trekken dat haar jurk verborg, toen er op de deur werd geklopt. Zoals altijd deed haar moeder een milliseconde later de deur open zonder een 'kom binnen' af te wachten.

'Alles goed hier?' Haar moeder liet haar röntgenblik over haar heen glijden.

'Ja.'

'Je lijkt een beetje… van slag.'

'Dat ben ik niet.'

'O.' Haar moeder stapte de kamer in. 'Heb je nog plannen voor vanavond?'

'Ik ga naar Becka. Of is het nu ook al verboden om met je beste vriendin een film te gaan kijken?'

Haar moeder zei dat dat niet zo was, maar dat ze het niet fijn vond als er tegen haar gelogen werd.

Annabelle wilde het uitschreeuwen dat ze het ook niet fijn vond om zo gecontroleerd te worden, maar ze wilde geen ruzie krijgen en doordoor huisarrest riskeren, dus zei ze dat het niet laat zou worden en dat ze alleen een film gingen kijken. En ja, alleen met Becka.

'Twaalf uur,' zei haar moeder. 'Je bent uiterlijk om twaalf uur thuis, en dan bedoel ik niet tien over of halfeen, maar twaalf uur. Beloof je dat?'

'Dat beloof ik,' zei Annabelle. 'En ik zal niet van het pad af gaan en niet met de wolf praten, maar direct naar grootmoeder lopen,' kon ze niet laten eraan toe te voegen.

'Twaalf uur,' zei haar moeder, waarna ze vertrok.

Tien maanden, dacht Annabelle. Ik moet dit nog tien maanden volhouden, en dan ben ik vrij.

Ze haalde het notitieboekje en de krantenknipsels tevoorschijn. Uit het kleine beetje dat ze gelezen had, had ze al kunnen opmaken dat ze iets belangrijks op het spoor was, iets belangrijks en akeligs. Waarom zouden die artikelen, boekjes en brieven anders in een afgesloten kistje bewaard worden? Als ik vannacht thuiskom ga ik verder lezen, dacht ze. Maar waar kon ze het zolang verstoppen? Ze durfde het niet in haar kamer te laten liggen. Haar moeder zat altijd zo erg in haar spullen te snuffelen dat ze zelfs geen dagboek meer kon schrijven.

Op dat moment schoot haar de geheime bergplaats te binnen. Die zou haar moeder nooit vinden. Toen ze het daar had neergelegd, deed ze alles wat ze die avond nodig had in een tasje. De drank had ze ergens langs de weg verstopt.

Toen ze beneden kwam, was haar moeder niet in de keuken, ook niet in de woonkamer of de werkkamer. Was ze misschien naar haar slaapkamer gegaan?

Annabelle liep naar de trap.

'Ik ga nu,' riep ze.

'Waarom staat de zolderdeur open?' riep haar moeder. 'Ben je op zolder geweest, Annabelle?'

37

Charlie bleef een uur lang naar het plafond liggen staren, ze was niet in staat om op te staan. Douchen, dacht ze, ik moet op zijn minst gaan douchen.

Al na een paar minuten was het warme water op. Ze bleef staan en liet haar lichaam door het koude water verdoven.

Het was allemaal Hugo's schuld, dacht ze. Als hij haar niet had gebeld en alles in de war had geschopt, zou ze niet te veel gedronken hebben, die lul van een journalist niet hebben meegenomen naar haar kamer, dan zou ze niet… Maar toen besefte ze dat ze precies hetzelfde deed als de meest kortzichtige daders die ze had ontmoet, zwakke figuren die anderen verantwoordelijk hielden voor hun misdaden. Anders hield hen altijd voor dat iedereen de baas was over zijn eigen handelingen. Daar had ze nooit echt in geloofd.

'Ik heb net het ontbijtbuffet opgeruimd,' zei Erik toen Charlie de eetzaal in kwam. 'Maar als je wilt, kan ik wel wat eieren met spek voor je bakken.'

'Prima. Dank je.'

'Alles goed?'

Charlie knikte. Ze pakte koffie, liep naar een tafel en begon de plaatselijke krant door te bladeren, die uiteraard het laatste nieuws over Annabelle bevatte, foto's van mensen die langs de kant van de weg naar haar zochten en vragen waarop men een antwoord wilde hebben. Maar er stond niets in over het filmpje. Charlie hoopte niet dat de krant er de volgende dag een groot artikel over zou plaatsen. Misschien dat lokale journalisten meer ethisch besef hadden.

Anders kwam de eetzaal binnen en ging tegenover haar zitten.

'Ik wil graag alleen zijn,' zei Charlie.

'En ik wil graag met je praten.'

'Moet je niet op het politiebureau zijn?'

'Ik zei dat ik met je wil praten.'

Charlie wilde vragen wat hij precies tegen Challe had gezegd, maar ze merkte dat ze het eigenlijk niet wilde weten, dat ze het niet aankon. Dus zei ze dat ze een tijdje vrij zou nemen, uit zou rusten.

'Goed zo,' zei Anders. 'Dat kun je wel gebruiken.'

'Wat fijn dat iedereen zo goed weet wat ik nodig heb,' zei Charlie.

'Misschien wel, want zelf lijk je het niet te weten.'

'Maar zoals ik al zei,' zei Charlie zonder haar blik van de krant af te houden, 'ik wil met rust gelaten worden.'

'Ik heb het niet gedaan om je een hak te zetten, als je dat soms dacht,' zei Anders. 'Wat had ik dan tegen Challe moeten zeggen toen hij me belde om te vragen hoe het met je ging? Ik wist dat je een journalist had meegenomen naar je kamer en dat je waarschijnlijk dronken was. Je hoeft me niet zo verwijtend aan te kijken. Ik kon er toch ook niks aan doen dat jullie me wakker maakten toen jullie de trap op kwamen en... toen ik je stem hoorde, moest ik wel opstaan om te kijken wat er aan de hand was.'

'Mooi,' zei Charlie. 'Nu weet ik het wel. Hoe wist je trouwens dat hij journalist was?'

'Hij probeerde me gisteren een paar vragen te stellen. Wist je dat niet?'

'Die klootzak heeft tegen mij gezegd dat hij bij Missing People zat,' zei Charlie. Waarom heb je me niet tegengehouden, wilde ze vragen. Waarom heb je niets gezegd?

'Als het de krant niet had gehaald, was je er misschien mee weggekomen.'

'En wie zegt dat ik degene ben die gelekt heeft?'

'De kans bestaat dat mensen dat vermoeden,' zei Anders. Misschien is het maar goed ook dat het naar buiten is gekomen. Kijk niet zo naar me,' voegde hij eraan toe. 'Je weet dat ik het beste voorheb...'

'Met het onderzoek?' Charlie nam een slok koffie en ze verbrandde haar tong.

'Met jou,' zei Anders. 'Ik denk aan jou, Charlie.'

'Bedankt voor je bezorgdheid.' Charlie stond op.
'Ga je nu terug naar Stockholm?'
'Weet ik nog niet. Ik weet het allemaal niet meer.'
'Waar ga je nu heen dan?'
'Naar boven, mijn spullen pakken.'

Charlie smeet haar kleren, die over de vloer lagen uitgespreid, in haar koffer. Onder een vest lag het plastic tasje met de bibliotheekboeken van Annabelle. Ze stopte het in haar koffer en besloot langs de bibliotheek te gaan voor ze... Ja, wat ging ze eigenlijk doen? Ze dacht aan haar rommelige appartement in Stockholm, de verlepte planten op de vensterbank, de hitte. Wat moest ze in hemelsnaam in Stockholm als ze niet mocht werken?

Ik kan daar niet heen, dacht ze. Niet vandaag.

Toen ze bij de receptie kwam, zat Anders daar op een van de banken.

'Moet je niet werken?' zei Charlie.

'Ik dacht dat ik je misschien een lift naar het station kon geven.'

'Ik ga niet naar het station,' zei Charlie.

'Waar ga je dan heen?'

'Naar een oude bekende.'

'Ik breng je wel,' zei Anders.

Charlie wilde zeggen dat dat niet nodig was, maar bedacht toen dat ze in deze hitte niet vijf kilometer met haar koffer naar Lyckebo kon sjouwen, dus nam ze zijn aanbod aan.

In de auto werd niets gezegd. Charlie wilde het eigenlijk over de zaak hebben, over Svante, die in hechtenis zat, over het filmpje en vragen of er die nacht nieuwe informatie was binnengekomen, maar ze wilde niet het risico lopen dat Anders haar eraan zou herinneren dat ze van de zaak was gehaald en haar duidelijk zou maken dat ze in de eerste plaats collega's waren en daarna pas vrienden.

Ze gaf aan waar hij moest afslaan. Het bos werd steeds dichter. De takken van de sparren staken ver uit over de slecht geasfalteerde weg.

'Waar rijden we eigenlijk heen?' vroeg Anders.

'Naar huis,' zei Charlie.

'Naar huis?'

'Hierin.'

'Is dit wel een weg?'

'Rij nou maar.'

'Ik zie geen huis,' zei Anders toen ze aan het eind van het grindweggetje waren.

'Het staat een eindje verderop,' zei Charlie.

'Lyckebo,' las Anders van een wit houten bord, dat in de grond was verzonken.

'Wie wacht er op je in Lyckebo?'

'Geen idee. Dat weet ik niet.'

'Heb je hier gewoond?'

Charlie knikte. Ze maakte het portier open en stapte uit de auto.

'Maar je gaat toch niet...' riep Anders haar na. 'Ik weet niet of het wel een goed idee is om... Ik bedoel... om je hier achter te laten, alleen in de rimboe, nu je...'

Ze draaide zich om en tuurde naar hem tegen de zon in. 'Het boeit me niet wat je vindt.'

Ze had zich net door het eerste kreupelbosje gewerkt toen ze hem weer iets hoorde roepen.

'Hoe moet ik hier in godsnaam keren?'

'Gewoon achteruitrijden,' riep ze. 'Je kunt toch zo goed rijden.'

Het verbaasde Charlie bijna dat het huis er nog stond. De tuin was helemaal overwoekerd, alsof het bos was opgerukt om de grond terug te veroveren.

Lyckebo. Betty had het huis om drie redenen gekozen. Ten eerste omdat ze de naam mooi vond, ten tweede omdat de ligging haar beviel, precies ver genoeg van het dorp – Betty had nooit begrepen waarom huizen zo dicht op elkaar gebouwd werden en je boven op mensen moest wonen die je niet zelf had uitgekozen – en ten derde vanwege het water. Het was een droom, vond Betty, om zo dicht bij het water te wonen.

Als je het niet wist, kon je bijna niet zien dat het huis ooit rood was geweest. De laatste jaren dat ze er woonden, was de verf al behoorlijk afgebladderd. Betty grapte vaak dat het beter houtkleurig had kunnen zijn, dan hoefde je je daar niet druk over te maken. Nu was de buitenkant van het huis grijsachtig en onderaan bij de fundering groen uitgeslagen van het vocht. Op Betty's plek in de zon hadden de distels en brandnetels het overgenomen. De klimrozen, waar Betty zo dol op was, groeiden voor de ramen aan de zuidkant. De schommel aan de oude eik wiegde in de wind.

Ze voelde een steek links in haar borst. Gebeurt het nu echt, dacht Charlie. Krijg ik een hartaanval? Ga ik dood, nu ik zo dichtbij ben? Ze moest op een steen gaan zitten. Ze legde haar hoofd tussen haar knieën en concentreerde zich op haar ademhaling. Adem in, adem uit, dacht ze. In, uit. Het is gewoon een paniekaanval. Ik ga niet dood. Ik blijf leven.

Toen haar ademhaling weer genormaliseerd was, richtte ze haar blik naar het kersenbos.

M'n tuintje is een waar paradijsje
Elke dag, ja ja ja
Daar alleen ben ik jouw meisje
Hoera hoera hoera

Daar en toen

Ze zitten in de boomhut. Overdag filteren de zonnestralen door de planken naar binnen, maar nu bereikt alleen het zwakke licht van de maan hen.

'Dit zijn de regels,' zegt Rosa. Ze zit in kleermakerszit op de grond en verhit het glas met een kaarsstompje. 'Je mag niets over de dood vragen, en als je contact met de duivel krijgt, moet je het glas kapotslaan en het speelbord verbranden. Duidelijk?'

Alice kijkt naar het bruine stuk karton, waarop cirkels, cijfers en letters staan en vraagt Rosa hoe je kunt weten of je contact met de duivel hebt.

'Dat merk je vanzelf,' zegt Rosa. Ze wijst naar het cijfer zes en zegt dat als het glas daar drie keer terechtkomt, je er zeker van kunt zijn dat hij deelneemt aan het spel.

'Hoe weet je dat het een hij is?' vraagt Alice.

Rosa zegt dat iedereen weet dat de duivel een hij is. Wat zou hij anders moeten zijn? 'Ben je bang?' vraagt ze.

Alice schudt haar hoofd.

'Goed, dan gaan we beginnen.' Rosa zet het glas op het karton. Het is verbrand en te heet om je vinger op te leggen. 'Je mag het alleen zachtjes aanraken, de geest doet de rest.' Ze pakt het glas en fluistert iets, dan leggen ze allebei hun wijsvinger op de zwartgeblakerde buitenkant.

Het kriebelt in Alice' buik als het glas langzaam langs de letters begint te bewegen. Ze spellen hardop: 'B-e-n-j-a-m-i-n.'

'Wat heb je gevraagd?' vraagt Alice.

'Ik vroeg wie de domste in de buurt was,' zegt Rosa lachend. 'Nu is het jouw beurt.'

Alice wil iets over haar moeder vragen, over haar vingers. Ze wil weten of die ooit weer recht zullen worden, of de pijn ooit weg zal gaan.

Maar dan bedenkt ze dat ze ergens heeft gehoord dat je geen vragen mag stellen over iets waarop je het antwoord al weet. Rosa kijkt haar ongeduldig aan. Uiteindelijk fluistert ze wat nonsens en zet het glas neer.

'Wat heb je gevraagd?' vraagt Rosa als de geest het woord 's-n-e-l' spelt.

'Ik heb gevraagd wanneer we beroemd worden.'

Rosa vindt het een stomme vraag. Ze rukt het glas uit Alice' hand en fluistert iets korts.

'Verdomme,' zegt ze als het glas langs de letters vliegt en haar naam spelt. 'Godverdomme.'

'Wat?'

'Ik vroeg wie van ons het eerste doodgaat.'

'Maar we zouden toch niks over de dood vragen!' Alice komt overeind.

'Wat heeft het nou voor zin als je niks over de dood vraagt?' zegt Rosa, die in de lach schiet.

Voordat ze afscheid nemen, kijkt ze Alice recht in de ogen.

'Je hoeft niet bang te zijn,' zegt ze. 'Jij gaat niet als eerste dood.'

38

Het hek dat om wat eens een tuin was had gestaan, was bezweken en lag op de grond. Charlie keek naar de bemoste hekpalen, en het was alsof ze zichzelf als klein meisje kon zien. Ze zat op een van de palen en riep naar de volwassenen op het feest wat de regels waren, de dingen waarvan ze wist dat die niet mochten: bij grote droogte geen vuur maken, je handen aan het stuur houden en kinderen geen bier geven. Ze wilde dat iedereen zich aan de regels hield. Betty herinnerde haar er vaak aan wie van hen tweeën de volwassene was en wie het kind. Zij, Betty, maakte de regels. *En als ik ergens een hekel aan heb, schat, dan zijn het wel regels. Ze vragen er gewoon om om overtreden te worden.*

Het maakte niet uit dat Charlie zei dat sommige dingen echt verboden waren, want dan lachte Betty alleen maar en zei dat ze de meest vroegwijze dochter van de wereld had. Ze kende geen enkel meisje dat zo oud was als zij.

De gordijnen voor het woonkamerraam hingen er nog, en heel even meende Charlie Betty te zien, die van achter de dunne witte stof naar haar stond te kijken.

Een overenthousiaste therapeut had Charlie eens gevraagd in gedachten terug te keren naar het huis. *Neem me mee naar Lyckebo, Charline. Sluit je ogen, pak mijn hand, dan gaan we samen naar binnen.* En Charlie had haar meegenomen, de hal in, door naar de keuken en de salon. Ze was zelfs de trap op gelopen, maar boven op de overloop had ze de moed verloren.

Beschrijf wat je ziet. Vertel me wat je ziet. Maar toen had Charlie haar ogen opengedaan en gezegd dat ze het niet wilde herbeleven. Ze geloofde niet dat gevoelens beter hanteerbaar werden als je ze onder woorden bracht.

Hoe wilde ze het dan oplossen, had de therapeut willen weten. Hoe wilde ze dan alles achter zich laten en verdergaan? *Je moet het accepteren, Charlie, accepteren en vergeven.*

Charlie dacht niet dat het haar ooit zou lukken. Ze zou Betty nooit vergeven.

Challe en Anders hadden waarschijnlijk gelijk. Ze wist niet wat goed voor haar was, ze maakte de verkeerde keuzes. Ik word gek als ik naar binnen ga, dacht ze. Maar toch pakte ze haar koffer en liep naar de deur.

Bij wijze van trap stonden er pallets opgestapeld voor de zijdeur. De buts die Betty's klomp in het hout van de deur had achtergelaten, gaapte haar als een open mond aan. Haar hand op de deurkruk. Op slot. Natuurlijk. Wat had ze dan verwacht? Was er eigenlijk wel een sleutel? Ze kon zich niet herinneren of ze die gekregen had. Maar het is mijn huis, dacht ze toen ze om de hoek van het huis liep en een steen opraapte. Het is mijn huis, en als ik door een raam naar binnen wil, dan doe ik dat.

Toen was ze binnen. Als ze het huis in haar dromen bezocht, leken het wel scènes uit een horrorfilm, maar nu, nu het zonlicht door de smoezelige ramen scheen en de bekende houtgeur haar tegemoetkwam, was het niet lang niet zo bedreigend meer. Toch werd ze weer duizelig en het begon te knetteren in haar hoofd. Charlie leunde met beide handen tegen de muur in de gang achter de hal.

Vliegen gonsden in de keuken. De tafel was gedekt met kopjes en schoteltjes, alsof er bezoek werd verwacht. Het deed haar denken aan het sprookje over Goudlokje, dat Betty vaak had verteld. Het was niet eerlijk, vond Charlie, dat ze alleen aan de spullen en het eten van de kleine beer had gezeten. Waarop Betty zei dat de wereld nou eenmaal zo was: niet eerlijk. Ze liep de woonkamer in, of 'de salon', zoals Betty hem schertsend noemde. *Kom vrienden, dan nemen we een drankje in de salon.* Ze gleed met haar vingers over het stof op de zwarte piano. Op de feesten speelde Betty er altijd op.

Doe maar een verzoekje. Alles mag.

Het raam voor de piano was bedekt met de klimrozen, waardoor er een fraai groen licht in de kamer viel. Charlie stelde vast dat het waar was wat Betty altijd zei, dat bomen en planten niet verzorgd en gesnoeid hoefden te worden, dat je alles gewoon moest laten groeien. Ze keek naar de steile trap die naar de bovenverdieping leidde. Nee, ze was er nog niet klaar voor om daarheen te gaan.

Op de piano stond de enige familiefoto in het huis. Betty als klein meisje, met naast haar een mooie jonge vrouw: haar moeder. Charlie dacht aan alle vergeefse pogingen om Betty over haar familie te laten vertellen, over alles van vóór Lyckebo. Het enige wat Charlie wist was dat Betty's moeder, haar oma, Cecilia heette en dat ze volgens Betty een geweldige vrouw was. Cecilia durfde tegen de stroom in te gaan, zei Betty, en als Betty ergens van hield, waren het mensen die tegen de stroom in gingen. Het was een familietrekje, iets om trots op te zijn.

Maar Charlie dacht dat het misschien helemaal niet iets was om trots op te zijn, omdat de weg tegen de stroom in tot een vroegtijdige dood leek te leiden – ze waren er immers allemaal niet meer. Maar de dood had niets met verkeerde keuzes te maken, zei Betty. Ze hadden gewoon pech gehad. Zo was het leven nou eenmaal: niet eerlijk.

Maar we hebben elkaar toch, Charline? We hebben verder niemand nodig. Samen staan we sterk.

En haar vader? Zou ze nooit te weten komen wie hij was?

Betty zuchtte en zei dat die er nooit was geweest. Dat wist ze maar al te goed.

Uiteindelijk had Charlie zich erbij neergelegd, zich erbij neergelegd, tot Betty Mattias bij hen had laten intrekken. Want als ze het samen, met zijn tweeën, zo goed hadden, wat moesten ze dan met Mattias?

Charlie liep naar de kamer achter de keuken. Het witte behang met de rozen had op verschillende plaatsen losgelaten, en op haar oude bureau en boekenkast lag een dikke laag stof. Buiten hing het touw vanaf de bovenverdieping er nog steeds, het touw waarmee zij en haar broer elkaar brieven hadden kunnen sturen. Betty zei dat ze dat zelf altijd had gewild, een broer of zus met wie ze haar geheimen kon delen.

Betty vond haar vervelend toen ze probeerde uit te leggen dat je niet meteen broer en zus werd omdat je ouders iets met elkaar hadden.

Charlie merkte dat ze iets moest drinken. Wat had het voor zin om nuchter te blijven als je toch niet werkte? Ze maakte de kelderdeur open en bad in stilte dat Betty's schatkamer er nog zou zijn.

De geur van aarde en vocht kwam haar tegemoet toen ze de trap afliep. De vieze raampjes lieten amper licht binnen, waardoor ze op de tast de weg moest vinden tot haar ogen aan het donker gewend waren. Al snel vond ze de deur van de voorraadkamer waar de wijn lag. Was die nog wel te drinken? Daar zou ze snel achter komen. Ze griste er twee flessen uit en liep terug naar het licht.

Het duurde even voor ze een kurkentrekker had gevonden. Alles lag door elkaar in de keukenlades. Dat je je spullen volgens een bepaald systeem kon opruimen, had Betty nooit begrepen. Dat was een van de dingen die de koppige maatschappelijk werkster bij haar aankaartte, het belang van orde en netheid, vaste tijden en duidelijke grenzen. *Als je je dochter wilt houden, Betty, moet je laten zien dat je volwassen bent en verantwoordelijkheid kunt nemen.* Dan glimlachte Betty overdreven en zei dat liefde het belangrijkste was, waarop de vrouw van het maatschappelijk werk zuchtte en zei dat het een het ander niet uitsloot, dat het samen kon gaan.

Gaat ze me meenemen? vroeg Charlie na die bezoekjes altijd. *Brengt tante Pastellia me ergens heen?*

Over mijn lijk, zei Betty dan. *Je bent veilig bij me, Charline.*

Maar het was niet makkelijk om je veilig te voelen bij Betty. Dat kwam niet door de chaos in de lades en de kasten of dat ze geen grenzen aangaf en Charlie kon gaan en staan waar ze wilde, maar door haar grillige humeur, haar onvoorspelbaarheid en dat je nooit wist wat voor dag ze had. Want natuurlijk waren er dagen met zang en dans in het kersenbos, dagen waarop ze helemaal naar het vlot zwommen en quatre-mains speelden in de salon. Maar er waren ook dagen waarop Betty haar bed niet uitkwam, waarop alle geluiden en licht geweerd moesten worden, dagen waarop ze alleen maar starend op de bank lag, waarna ze weer opstond en de periodes met feesten weer begonnen. Met dronken mensen met gitaren en verwarde herdershonden en Betty, die iedereen op de trap verwelkomde. Waarom moesten alle rare mensen toch bij hen thuis komen?

Omdat Betty een open huis wilde, een huis met zang, gelach en muziek. Ja, het leven was te kort om saai te zijn. Charline misgunde haar moeder die paar feestjes toch niet, nu ze eindelijk weer vrolijk was?

Charlie zei dat ze het niet fijn vond, dat ze al die dronken mensen eng vond, maar Betty begreep niet wat ze bedoelde. Ze zou toch nooit enge mensen bij haar thuis uitnodigen? *En als iemand je ook maar een haar krenkt... Als iemand je ook maar met een vinger aanraakt, dan... Ik bescherm je, schat.*

Maar tijdens de nachten waarin de feesten ontspoorden en Betty op de wc in slaap viel en haar niet kon beschermen, wenste Charlie dat tante Pastellia kwam en haar meenam, meenam naar een fijnere plek.

De bewuste avond

'Daar ben je!' riep Rebecka toen Annabelle de woonkamer binnenstapte. De televisie stond zo hard dat ze moest schreeuwen. 'Jezus, wat is er met jou aan de hand?'

Rebecka pakte de afstandsbediening en zette het geluid uit.

'Hoezo?' vroeg Annabelle.

'Je ziet eruit alsof je een spook hebt gezien.'

Misschien is dat ook wel zo, dacht Annabelle. Ze zag Rebecka's wazige blik en wist dat het geen zin had om nu een serieus gesprek met haar te voeren. Dat moest maar tot morgen wachten.

'Ik ben alvast begonnen.' Rebecka hief haar glas naar haar.

'Dat zie ik, ja,' zei Annabelle. Ze keek naar de salontafel, met daarop een volle asbak, drank en Fanta. 'Hoe kom je aan die drank?'

'Uit de barkast,' zei Rebecka. 'Als mijn moeder erachter komt, is het jouw schuld. Ik snap niet hoe je het hebt kunnen verknallen bij Svante. Je wist toch dat ik hem al betaald had? Driehonderd kronen.'

'Je krijgt die drank heus nog wel van hem. Ik heb het voor nu in elk geval opgelost.' Ze hield een rinkelende tas omhoog.

'Van wie heb je dat gekocht?'

'Ik geef nooit een leverancier prijs.'

Rebecka zuchtte, ze vond die geheimzinnigdoenerij van haar zo irritant, echt irritant. Ze hadden elkaar altijd alles verteld, maar nu hield ze ineens dingen voor zich. Wat had je nou aan een beste vriendin die haar kaken op elkaar hield.

Annabelle haalde de flessen uit de tas. Rebecka floot toen ze de dropshot zag.

'Ik weet al wie je leverancier is,' zei ze glimlachend.

'Waar zit je naar te kijken?' Annabelle ging naast Rebecka op de bank zitten. Op het geluidloze scherm voor hen waren weerzinwekkende beelden te zien, van een groot, opgezwollen lijk.

'Seven. Een tip van mijn moeder. Ik vroeg haar wat de engste film was die ze ooit had gezien, en toen zei ze deze. Ik heb hem al afgekeken, maar ben net weer opnieuw begonnen. Het gaat over de zeven hoofdzonden. Deze dikzak bijvoorbeeld,' Rebecka wees naar de televisie, 'heeft zich schuldig gemaakt aan...'

'Gulzigheid?' zei Annabelle.

'Precies. Ik was even vergeten dat er een Bijbelkenner naast me zit. Niet normaal trouwens, dat je naar de kerk gaat. Je gaat er voor hem heen, zeker? Niet voor God, die ouwe wijven of dat geklets over de Bijbel. Wees eerlijk, Bella. Je geilt op de dominee.'

'Schei uit,' zei Annabelle. 'Dat heb je al eerder gevraagd. Hannes zou nooit... Hij is dominee, dat moet je niet vergeten.'

'Dominees zijn de ergste,' zei Rebecka. 'Dominees, politiemannen en maatschappelijk werkers. Mensen met zo'n beroep kun je niet vertrouwen. Zweer je dat hij het niet is?'

'Ik zweer het.'

'Op de Bijbel?'

'Op de Bijbel.'

'Maar wie is het dan wel? Ik heb alle mannen in dit hele klotedorp al gehad.'

Annabelle zweeg en wachtte af. Rebecka had moeite om een langere tijd achter elkaar over één onderwerp te praten, helemaal als ze dronken was. Ze was van plan geweest het haar vanavond te vertellen, over Hem, over het kind, alles, maar nu... Het zou een ramp zijn als ze het nu zou vertellen.

'Zo meteen komen we bij gierigheid,' zei Rebecka, knikkend naar de televisie. 'Shit, ik moet ook christelijk worden, want ik heb me aan elke hoofdzonde schuldig gemaakt.'

'Wie niet?' zei Annabelle. 'Heb je een peuk voor me?'

'De mijne zijn op. Check mijn moeders voorraad maar in het kastje boven de afzuigkap. Een neem maar een heel pakje uit de slof. Dat merkt ze toch niet.'

Annabelle haalde een pakje sigaretten en ging weer zitten. Ze nam een slok van het drankje dat Rebecka voor haar had gemixt met de drank die ze meegenomen had. Het was ontzettend sterk. Na het tweede drankje kwam het welbekende zware gevoel in haar armen. Ze leunde achterover op de bank.

'Niet nu al knock-out gaan,' zei Rebecka. 'Het wordt een groot feest vanavond. Iedereen is er al.'

'Wie dan allemaal?'

'De gebruikelijke groep. William komt ook.'

'Gezellig,' zei Annabelle.

'Je bent toch niet boos?'

Annabelle schudde haar hoofd. Nee, ze was niet boos. Ze had gewoon geen zin om hem te zien. Hem niet en Svante niet.

39

De kurkentrekker lag in een kruidenlaatje boven het fornuis.

Charlie nam een paar flinke slokken direct uit de fles. Ze was geen wijnkenner, maar het smaakte in elk geval niet naar azijn.

Ze ging bij het aanrecht voor het keukenraam staan en keek naar de schuur. Betty en Mattias hadden er geverfd en waren begonnen met het plaatsen van een muurtje, zodat zijn zoon een eigen kamer zou hebben als hij bij hem kwam wonen. Maar toen was Mattias bij Betty en haar ingetrokken, met als gevolg dat het bouwsel nooit was afgemaakt.

Waarom kon hij niet in de schuur blijven wonen?

Omdat Betty van hem hield, omdat ze van elkaar hielden, en als je dat deed, wilde je samenwonen. Wat was daar zo gek aan?

Het gekke is, wilde Charlie zeggen, het gekke is dat ik niet genoeg ben.

Wat is er mis met Mattias, wilde Betty weten. Ze begreep niet wat Charline tegen hem had. Hij had haar toch nooit iets misdaan?

Charlie wist niet wat ze daarop moest antwoorden. Hij had haar inderdaad nooit iets misdaan, toch wou ze dat hij nooit was gekomen en dat hij zou verdwijnen. Want alles was erger geworden sinds hij bij hen was ingetrokken: de feesten, het drinken, de chaos. Was het dan zo raar dat ze hem haatte?

Na een glas wijn nam Charlie haar besluit. Ze zou hier blijven. Ze ging doen wat die koppige therapeut wilde: haar demonen onder ogen komen. Niets had tot nu toe gewerkt, dus wat had ze te verliezen? Ze pakte haar mobieltje, belde Susanne en vertelde waar ze was.

'Wat doe je daar?'

'Ik kon niet in het motel blijven. Ik ben met ziekteverlof.'

'Hoezo?'

'Ik denk omdat ik… ziek ben.'

'Wil je dat ik kom?'

'Ja.'

'Heb je iets nodig?'

'Ja...' Charlie keek om zich heen. 'Schoonmaakspullen, lakens, water, een gasstelletje, als je dat hebt. Alles, eigenlijk.'

Na een uur kwam Susanne al met twee grote IKEA-tassen aangelopen.

'Jemig, wat is het hier dichtgegroeid, zeg,' zei ze. 'Je moet dit allemaal weghalen, eerst het kreupelhout en dan...'

'Ik blijf hier niet permanent wonen,' zei Charlie. 'Ik wilde alleen maar... Ik bedoel, nu ik hier toch ben, kan ik net zo goed een beetje voor het huis zorgen.'

'Het kan inderdaad wel wat zorg gebruiken, om het zo maar te zeggen.'

Ze gingen naar binnen om de spullen uit te pakken die Susanne had meegenomen. Susanne begon de kastjes af te nemen en zuchtte toen ze ontdekte dat de koelkast het niet deed. Hoe had Charlie gedacht het zonder koelkast te redden?

Ze konden de boodschappen wel in de kelder zetten, het was redelijk koel daarbeneden.

'Ben je al boven geweest?' vroeg Susanne.

'Nee.'

'We kunnen ook samen gaan en...'

'Hier beneden de boel in orde maken is genoeg.'

Toen ze klaar waren, gingen ze aan de keukentafel zitten. Charlie schonk Susanne een glas wijn in.

'En, wat is er?' zei Susanne. 'Wat is er precies aan de hand?'

'Ik heb het een beetje moeilijk gehad de laatste tijd. Het is... Ik drink te veel.'

'Wie niet?' Susanne stak een sigaret op. 'Het leven pakt anders uit dan je dacht. We dachten dat we niet... dat we niet zouden worden zoals zij. Maar je genetische erfenis, of wat het ook is... Het is verdomde moeilijk om daar weerstand aan te bieden.'

'We zijn niet zoals zij,' zei Charlie. 'We zijn onze ouders niet.'

'Bij mij is het verschil in elk geval niet groot. Ik weet dat ik dicht bij die laatste stap ben, als je begrijpt wat ik bedoel, voor ik de controle verlies.'

'Maar je bent niet geschorst door je baas.'

'Dat komt alleen maar doordat ik geen werk heb,' zei Susanne. 'Als ik een baan had gehad, was ik ongetwijfeld geschorst.'

Charlie schoot in de lach.

'Vertel,' zei Susanne. 'Wat is er gebeurd?'

Charlie vertelde over haar nacht met de journalist en dat ze belangrijke informatie moest hebben gelekt. En dat ze zich daar niets van kon herinneren. Maar haar baas was het zat en had haar op non-actief gesteld.

'Heeft het met dat filmpje te maken?' vroeg Susanne. 'Ik heb daar iets over gelezen op internet.'

Charlie knikte.

'Er is dus een filmpje?'

'Daar kan ik niks over zeggen. Ik heb het in elk geval flink verkloot.'

'Misschien heb je wel helemaal niets gelekt,' zei Susanne. 'Je weet hoe de mensen hier zijn, ze halen de onderste steen boven.'

Charlie knikte. Dat wist ze. 'Maar soms maken ze daar fouten bij,' zei ze, 'en wissen ze sporen uit.'

'En soms vinden ze wel iets,' zei Susanne.

Charlie keek uit het raam en zei dat ze naar buiten wilde.

Ze namen hun glazen en ieder een stoel mee en gingen in Betty's zonnehoekje zitten. Ze raakten aan de praat over de feesten. Hoeveel feesten waren er wel niet in Lyckebo geweest? Honderd? Duizend?

Ze moesten lachen om die oude vent die buiten Betty's kamer van de regenpijp was gevallen, ze moesten lachen om die keer dat ze Susannes vader in het schuurtje met een andere vrouw hadden betrapt. Ze praatten over de vele nachten dat ze dicht tegen elkaar in Charlies smalle bed hadden gelegen en elkaar fluisterend griezelverhalen hadden verteld – over nagels in kistdeksels en geesten in het bos. Maar eigenlijk bevonden de geesten zich om hen heen, in levenden lijve in het huis.

'Ga je echt nog rijden?' vroeg Charlie toen Susanne een paar uur later vloekte toen ze zag hoe laat het was.

'Het zijn alleen maar kleine weggetjes,' zei Susanne. 'En de politie heeft het nu toch te druk met belangrijker zaken. Jeetje, wat is de tijd omgevlogen.' Isak zou haar vermoorden. Ze had beloofd om te koken, schoon te maken en... ja, wat ze allemaal niet had beloofd. Maar aan de andere kant, vervolgde ze terwijl ze opstond, Isak had haar ook van alles beloofd – haar trouw blijven, bijvoorbeeld.

'Gaat hij...?'

'Ja,' zei Susanne. 'Mijn man piest buiten de pot. Ik snap niet waarom ik met hem getrouwd ben.'

'Zulke dingen weet je toch niet van tevoren,' zei Charlie.

Susanne zei lachend dat ze het daar niet op kon gooien. Ze wist hoe de meeste mannen waren, dus ze had moeten weten dat de kans dat zij een normale man tussen al die eikels zou treffen niet erg groot was.

'Waarom ga je niet scheiden?' vroeg Charlie.

'Tja, de gebruikelijke redenen,' zei Susanne. 'Kinderen, geen puf, het gevoel dat het toch niet beter wordt. Levensonderhoud.'

'We leven toch niet meer in de negentiende eeuw?'

'Sommige mensen wel. Sommige mensen hebben geen keus.'

Heel even overwoog Charlie Anders' domme opmerking te herhalen – dat alle mensen een keus hadden. Was ze dan toch beïnvloed door zijn kijk op de wereld? Misschien had je soms wel een keus, dacht ze, maar meestal stond het toeval, het lot, of wat het ook was, die in de weg.

Daar en toen

Rosa zegt dat je moet doen wat de geest van je vraagt.

En anders?

Anders gaat een van hen tweeën dood, en dat wil ze toch niet?

Alice zegt dat ze niet dood wil. Haar vader en moeder zouden heel verdrietig zijn als ze doodging.

'Welke vader?' vraagt Rosa. 'Je hebt toch nooit een vader gehad, Allie?'

En Alice zegt dat ze wel een vader heeft; hij zit op zee. Rosa lacht en zegt dat Alice eens moet ophouden met haar Pippi Langkous-verhalen en de waarheid onder ogen moet zien – dat haar vader 'm gesmeerd is. Hij houdt niet van haar. Niemand houdt van jou zoals ik, Allie.

40

Charlie bleef buiten zitten nadat Susanne weggereden was. Ze leunde achterover en sloot haar ogen voor de warme middagzon. Ze was ingedut en werd wakker van iets wat langs haar blote benen streek. Ze dacht eerst dat het een das was, een dier waarvoor ze om de een of andere ondoorgrondelijke reden doodsbang was, maar voor ze kon schreeuwen of schoppen zag ze dat het een kat was: een magere variant van de albinokat die ze ooit hadden gehad, met dezelfde spierwitte vacht en lichtblauwe ogen. Hoelang leefden katten eigenlijk?

Nee, dacht ze toen ze de poes naar zich toe lokte, die kat was toen al oud. Betty had zelfs er zelfs grapjes over gemaakt en gezegd dat ze de oudste kat van wereld had, de oudste kat en de oudste dochter van de wereld. Maar misschien was het een jong van de albinokat.

Charlie aaide hem over zijn rug, die bultig was van de wonden en littekens. Zijn ene oor was gekarteld en hing. Eerst vertrouwde hij haar aanrakingen niet, maar al snel gaf hij zich gewonnen – hij ging liggen, rolde zich op zijn buik en begon te spinnen.

'Heb je gevochten?' fluisterde Charlie. 'Wie heeft je zo toegetakeld? Heb je honger?' Ze ging naar de kelder, pakte een van de pakken melk die Susanne had meegenomen en schonk wat melk op een afgewassen bordje. Toen ze terugkwam was de kat er nog. Gulzig likte hij de melk op. Je kon zijn ribben tellen onder zijn vacht. Waarschijnlijk was hij nooit ontwormd. Betty had nooit aan dingen als ontwormen, steriliseren of inslapen gedaan. Het leven moest zijn beloop hebben, vond ze.

Het was na zevenen, maar het was nog steeds drukkend warm. Sinds de zomer waarin ze dertien werd, was Charlie niet meer bij het meer geweest, maar nu ging ze erheen. Het lichaamsgeheugen was opmerkelijk, dacht ze terwijl ze over het paadje naar het water liep. Haar voeten herinnerden zich elke boomwortel en steen. Hoe vaak had ze hier niet met Betty gelopen, al die avonden van begin juni tot eind augustus dat ze gingen zwemmen?

Het meer was spiegelglad. Charlie bleef staan. Ze was vergeten hoe mooi het was. Damp steeg op van het water. Een meeuw krijste, alles glinsterde. Ze wandelde naar de steiger. Sommige planken waren vermolmd. Ze liep voorzichtig naar het uiteinde, ging zitten en keek omlaag het donkere water in.

Als je er te diep in duikt, zei Betty een keer toen Charlie wilde laten zien hoelang ze onder water kon blijven, *als je er te diep in duikt, kan de kou je gedachten vervormen, waardoor je denkt dat beneden boven is en boven beneden, en pas als het te laat is heb je in de gaten dat je naar de bodem gaat.*

Charlie doopte haar voeten in het water, sloot haar ogen en liet de herinneringen terugkomen.

Het was midzomer. Betty was al vroeg begonnen met drinken. Ze had een kleine midzomerpaal in elkaar getimmerd en bleef maar zeggen dat iedereen moest dansen. *Het is toch midzomer? Wat zijn het voor zoutzakken die ik heb uitgenodigd?*

Susanne en Charlie hadden geen zin meer om bij de volwassenen rond te hangen. Ze zaten in Betty's kamer te roken en keken naar de dolende mafketels op het gras.

Ik heb het gevoel alsof wij hier de enige volwassenen zijn, Charlie.

Toen ontstond er ruzie. Betty begon te huilen en duwde iedereen weg die bij haar in de buurt kwam om haar te kalmeren. Het was haar feest, dus ze mocht zoveel huilen als ze wilde. Maar ook toen alle gasten na twaalven naar huis waren gegaan, bleef Betty ruziën en krijsen. Ze brulde naar Mattias dat hij een lafaard was, een sukkel, en Mattias brulde terug dat hij geen ridder op een wit paard was, die haar kwam redden, mocht ze dat soms denken.

Want dat is de waarheid, Betty Lager, niemand kan jou redden.

Betty was op hem gesprongen en op zijn borstkas gaan slaan. Waarom bleef hij dan bij haar, als ze toch niet meer te redden viel? Wat deed hij dan in haar huis, verdomme? Voor haar part viel hij dood neer.

Charlie was naar het meer gevlucht en op de steiger gaan zitten om op de zonsopgang te wachten, op de nieuwe dag. Maar toen kwam Mattias. Hij zag haar niet en wankelde rechtstreeks naar het strandje een eindje verderop, duwde de oude roeiboot in het water, waadde een stukje, klom in de boot en begon te roeien. Hij wiebelde heen en weer en Charlie bedacht dat ze hem moest toeroepen dat hij terug moest komen, dat hij stil moest blijven zitten, dat het meer snel heel diep zou worden. Maar dat deed ze niet. En toen ging het allemaal heel snel. Ze zag hem overeind komen en heel even rechtop in de boot staan, toen viel hij en verdween onder het zwarte wateroppervlak.

En wat deed zij? Zwom ze erheen met de reddingsboei?

Nee.

Rende ze naar huis om Betty op te halen en de alarmcentrale te bellen?

Nee, dat ook niet.

Ze bleef op de steiger zitten en zag hoe het wateroppervlak weer glad werd terwijl zich een merkwaardige rust door haar lichaam verspreidde.

'Wat deed hij eigenlijk op het meer?' zei Charlie tegen Betty terwijl de politie naar Mattias dregde.

Betty gilde alleen maar dat ze dat niet wist. Hoe moest zij dat nou weten? Hij wilde vast gewoon... ergens heen roeien. Wat deed het ertoe waarom hij het meer op was gegaan? Hoe kon ze zo rustig blijven terwijl Mattias verdwenen was? Mattias was verdwenen!

'Hij had net te horen gekregen dat zijn zoon hier mocht komen wonen,' zei Betty toen ze hoorde dat de politie gestopt was met zoeken. Ze mochten niet stoppen met zoeken, want hoe moest het dan met zijn zoon?

Misschien was hij toch niet het meer op gegaan, dacht ze. Maar Charlie wees haar erop dat het niet anders kon, zijn vest lag in de boot, alles wees erop dat...

Waarom hadden ze hem dan niet gevonden, verdomme?

Keer op keer moest Charlie haar eraan herinneren hoe diep Skagern was. Betty huilde en zei dat het allemaal niet eerlijk was. Ze hadden het zo fijn gehad samen. En Mattias was zo gelukkig vanwege zijn zoon.

Charlie zei dat als hij inderdaad zo gelukkig was, hij misschien niet stomdronken het meer op had moeten gaan.

'Wie zegt dat hij gelukkig was?' gilde Betty. 'Ik zei dat hij gelukkig was vanwege zijn zoon, maar verder...' Zijn dronkenschap had er trouwens niets mee te maken, hij kon niet zwemmen. Mattias kon niet zwemmen.

Later, naderhand... was het alsof Betty vergeten was dat ze een baan en een dochter had. Ze lag alleen nog maar op bed naar het plafond te staren.

Het is alsof alles weer terugkomt.

Wat, mama? Wat komt er terug?

Alles. Alles komt terug.

Betty bleef maar herhalen hoe het was gegaan, misschien was hij bang geweest, misschien had hij pijn gehad. En het hielp niet dat Charlie haar probeerde te troosten met wat ze zelf altijd zei, dat de verdrinkingsdood de fijnste dood was, want Betty zei dat ze dat niet konden weten, en het boeide haar trouwens ook niet, want ze wilde Mattias terug. Zonder hem was ze als een fladderend propje papier in de wind, zonder hem zweefde ze weg, zomaar ergens heen. Ze had niets meer wat haar vasthield.

Charlie dacht aan de bank waarop Betty het laatste jaar voornamelijk had doorgebracht. Ze had liggen rillen terwijl het warm was en geklaagd over het licht dat naar binnen sijpelde door de spleten tussen de dekens die ze voor het raam had gehangen. *Het is het licht, schat. We moeten al dat licht buitensluiten.*

Op de salontafel naast Betty stond een fles whisky en lagen pillen. 's Nachts waarde ze als een spook door het huis rond. Het gebeurde weleens dat Charlie wakker werd en haar bleke gezicht boven haar hing. Maar toch, toen de maatschappelijk werkers op de pallets voor de deur stonden en vroegen of ze binnen mochten komen, zei Charlie dat dat niet nodig was, dat haar moeder alleen rust nodig had. Het kwam allemaal goed, als ze maar rust kreeg.

Maar hoeveel Betty ook sliep, hoe zacht Charlie ook fluisterde en lichtbronnen afdekte – de weken verstreken, de vakantie was voorbij – Betty lag nog steeds op de bank. Haar haar werd zo klitterig dat Charlie bang was dat het nooit meer uitgekamd kon worden. De school begon, de bladeren werden bruin, maar Betty bleef liggen waar ze lag. Charlie ging na school met Susanne mee naar huis, samen gingen ze naar de plattelandswinkel, zowel in het weekend als doordeweeks. Ze leek het uitgaan nodig te hebben om Betty te kunnen verdragen, haar iets te laten eten, in de hoop dat ze op een dag thuis zou komen en haar in de keuken zou zien staan, terwijl ze rokend achter het fornuis met de telefoon tegen haar oor mensen uitnodigde voor een feest. Maar het was afgelopen met de feesten in Lyckebo.

Nu, dacht Charlie, toen ze weer bij het huis was. Nu ga ik naar boven, naar Betty's kamer. Ze sloeg nog een half glas wijn achterover en dacht bij zichzelf dat ze er niet dood aan zou gaan, en mocht dat wel gebeuren, dan was het vast het lot of zoiets. Dan was de cirkel rond.

Ze ging de steile trap op, liep over de overloop, maakte de witte, krakende houten deur van Betty's slaapkamer open en stapte over de hoge drempel. Daar bleef ze staan, met knikkende knieën. Ze vermande zich, liep naar het raam en trok de gordijnen open. Het avondlicht stroomde de kamer in.

Ze keek naar het bed. Het was opgemaakt. Wie had het beddengoed met de kotsvlekken weggedaan en het bed verschoond?

Charlie keek naar de stang waar Betty's kleren aan hingen. Haar rode lievelingsjurk hing stoffig en uitgeblust naast oude bontjassen en mantels. Ze liep erheen en boorde haar gezicht in een van de bontjassen om Betty's geur op te snuiven, maar het rook alleen maar muf. Toen keek ze naar de kaptafel. De herinneringen kwamen als een snelle diavoorstelling terug: Betty, die half over de kaptafel lag, met haar armen langs haar zij. Het gezoem van de vliegen. Charlie wist meteen hoe het zat. Toch was ze de kamer ingestormd, had Betty van de stoel getrokken en haar slappe lichaam in een stabiele zijligging geprobeerd te leggen. Betty was al koud, toch had ze haar in haar gezicht geslagen om leven in haar te krijgen. Ze wist niet meer hoelang ze daarmee bezig was geweest. Een minuut? Een uur? In het volgende herinneringsfragment was ze in het bos, jonge takjes sloegen in haar gezicht, maar ze voelde geen pijn. Ze voelde niets.

Een ongeluk, hadden ze later tegen haar gezegd. Betty moest zich vergist hebben in de dosis slaappillen. Dat in combinatie met alcohol had haar lichaam niet aangekund.

Charlie trok de witte stoel naar achteren en ging aan de kaptafel zitten. De kaptafel was Betty's dierbaarste bezit, want hij was van haar moeder, Charlies oma, geweest en… Charlie wist niet hoe ver hij terugging. Hoe vaak had ze niet bewonderend naast Betty gestaan en toegekeken terwijl ze zich opmaakte voor een feest, haar dikke donkere haar kamde en parfum en rode lippenstift opdeed? Soms tuitte Charlie haar lippen en stiftte Betty ze lichtroze, waarna ze haar hoofd schuin hield en zei dat het niet normaal was zo mooi als zij kon zijn.

In de bovenste lade lagen een poederkwast, oude mascara en uitgedroogde nagellak. In een andere lade zat een sieradenkistje. Charlie kon zich niet herinneren dat ze het eerder had gezien. Toen ze het deksel openmaakte, sprong er een dansende ballerina met een kapotte tutu uit. Ze trok de laatjes van het kistje open. Er lagen plastic ringen in, een paar broches en iets wat op een zwemmedaille leek, en helemaal onderop, onder al die dingen, zag ze… Charlie hield het kettinkje met de rode steen omhoog. Ze had geen verstand van sieraden, maar het had iets waardoor het er duur uitzag. Het was te kort om om je hals te doen. Ze wikkelde het twee keer om haar pols en bekeek de rode steen. Pas toen ze de andere sieraden terug wilde leggen, zag ze de foto op de bodem van het kistje liggen. Een bleek meisje van een jaar of dertien met een ernstige blik. Het was Betty niet, dat kon Charlie zien. Maar wie was het dan wel, en waarom kwam ze haar zo bekend voor?

De bewuste avond

Arm in arm slingerden ze over de weg. Rebecka begon te zingen: 'Papa was zat, zo dronken als een pad!'

'Een pad!' Annabelle moest zo hard lachen dat ze stil moest blijven staan. 'Zei je "pad"?'

'Ja. Zo gaat dat liedje toch?'

"Zo dronken als *wat*", zei Annabelle.

Rebecka vond 'pad' beter. Daar kreeg ze een grappig beeld bij, een vader die zo dronken als een pad was.

Papa was zat, zo dronken als een pad en sloeg met zijn lul op tafel.

Annabelle vroeg haar haar mond te houden. Ze wilde iets serieuzers zingen.

'Wat dan?' vroeg Rebecka.

Misschien dat liedje dat ze bij de schoolafsluiting in de kerk hadden gezongen.

'Welke schoolafsluiting?'

Annabelle herinnerde haar er tevergeefs aan dat ze het een keer samen tijdens een schoolafsluiting hadden gezongen, toen ze van de basisschool gingen.

Rebecka lachte en zei dat ze het vergeten was. Het leek zo lang geleden. Maar het liedje kende ze nog wel.

And I never thought I'd feel this way
And as far as I'm concerned
I'm glad I got the chance to say
That I do believe, I love you

De tekst was banaal, maar toch maakte hij Annabelle weemoedig. Binnenkort zouden Rebecka en zij niet altijd meer samen zijn. Een paar jaar geleden hadden ze elkaar beloofd altijd, echt altijd bij elkaar te blijven. Hoeveel meisjes hadden elkaar niet hetzelfde beloofd, dacht Annabelle. En hoeveel hadden zich aan die belofte gehouden?

Toen ze bij het refrein kwamen, zongen ze uit volle borst.

Keep smiling, keep shining
Knowing you can always count on me
For sure
That's what friends are for
For good times and bad times...

Plotseling hield Rebecka stil.

'Wat is er?' vroeg Annabelle. 'Wat is er aan de hand?'

'Ik hoorde iets.' Rebecka keek het bos in. 'Hoorde jij het niet?'

Annabelle schudde haar hoofd. Hoe kon ze nou iets gehoord hebben als ze zo hard zongen? Maar Rebecka wist het zeker, ze had iets gehoord in het bos. Wat kon het zijn?

Annabelle zei dat er heel veel dieren in het bos rondliepen. En Rebecka zei dat ze mochten hopen, echt mochten hopen dat het een dier was.

'Wat zou het anders moeten zijn?' Annabelle duwde haar opzij. 'Je wordt altijd zo fokking paranoïde als je gedronken hebt.'

'En jij wordt fokking relaxed. Nou, dan niet, maar het is niet mijn schuld als we straks van achteren door een gek worden neergeslagen.'

'Je moet echt eens ophouden met die horrorfilms, Becka.'

41

Charlie lag in haar oude meisjeskamer en keek naar het houtpatroon van het plafond. Ze wist nog dat ze daar als kind allerlei figuren in had gezien, maar nu zag ze alleen maar… hout. Ze hoorde het vage geluid van trippelende muizen op de verdieping erboven. In gedachten ging ze naar de zolder. Als meisje fantaseerde ze dat de geluiden in het huis afkomstig waren van de geest van de man die voor hen in Lyckebo had gewoond. Hij had zichzelf op zolder opgehangen. Dat had Betty haar op een avond als leuk verhaaltje voor het slapengaan verteld. Het was natuurlijk heel verdrietig en zo, maar de een zijn dood was de ander zijn brood, want als die man zich ergens anders van het leven had beroofd, had ze dit huis nooit kunnen betalen. En natuurlijk ging de prijs van een huis omlaag als iedereen in het dorp wist wat er gebeurd was. Charlie dacht aan alle tragedies die zich later in Lyckebo hadden afgespeeld. Het zou heel lastig worden om het huis te verkopen, realiseerde ze zich nu. Haar enige hoop was een koper uit Duitsland of Noorwegen. Met de tuin en de ligging nabij het meer en het bos was het misschien niet onmogelijk.

Ze had geen zin om een van de boeken te gaan lezen die ze uit Stockholm had meegenomen, en net toen ze in haar kast op zoek wilde gaan naar een jeugdboek, schoot het haar te binnen dat ze de bibliotheekboeken van Annabelle nog steeds niet had teruggebracht. Ze stond op om de plastic tas uit haar koffer te halen. Jane Eyre lag bovenop. Charlie had het boek weleens gelezen, een eeuwigheid geleden. Maar ze kon wel wat tegenwicht gebruiken tegen al dat sombere geweld waar ze zich de laatste tijd doorheen had moeten worstelen. Het was alleen geen bibliotheekboek, zag ze nu, want er zat geen streepjescode op de omslag en op het schutblad had iemand een opdracht geschreven.

Ik hoop dat je het net zo mooi zult vinden als ik.
Rochester

Charlie pakte haar telefoon en belde Anders.

'Rochester,' zei ze toen hij opnam.

'Wat zei je?'

'Annabelle noemt hem "Rochester". Dat is die koosnaam die Engels klinkt en met een R begint. Rochester is de getrouwde man in Jane Eyre die een verhouding met het kindermeisje begint. De man met die gekke vrouw op zolder. Heeft Annabelle weleens bij iemand opgepast? Hebben we over het hoofd gezien dat ze als oppas heeft gewerkt?'

'Dat was dan wel aan het licht gekomen,' zei Anders. 'Onze belangrijkste focus ligt trouwens niet meer bij die mogelijke minnaar. Maar dat zal je wel begrijpen.'

'Heeft Svante al iets bekend?'

'Je weet best dat ik hier eigenlijk niet met jou over mag praten.'

'Dat heb je nu toch al gedaan. Heeft hij iets bekend?'

'Nee, niks. Zelfs de verkrachting niet. Wat aantoont dat hij in staat is om te liegen. Maar het is moeilijk om tot hem door te dringen. En volgens zijn vrienden is hij de hele nacht, tot zonsopgang, in Valls gebleven.'

'Vrienden die niks anders durven te beweren,' zei Charlie.

'Precies. We proberen gaten in zijn verhaal te schieten, maar zonder verder bewijs, zonder lijk of een duidelijk motief is dat niet makkelijk.'

'Check in elk geval of ze bij iemand heeft opgepast,' zei Charlie. 'Doe dat. Vraag de dominee, alle mannen in haar omgeving met kinderen.'

'Charlie,' zei Anders. 'Ik stel je hulp erg op prijs, maar de bedoeling is dat je je handen afhoudt van het onderzoek, dat je uitrust en...'

'Ik kan er toch niet van de ene op de andere dag mee stoppen?' Charlie hoestte. Ze voelde de tranen weer opkomen, maar wilde Anders niet laten merken hoe verdrietig ze was. 'Jullie hebben me nodig,' zei ze toen op zachtere toon. 'Ik kan uitrusten als we haar gevonden hebben.'

'Nee. Je moet doen wat Challe zegt.'

Charlie vermande zich en zei dat ze dat ook deed. Ze liet de geluidloze tranen op haar T-shirt druppelen.

'Misschien ben je er te persoonlijk bij betrokken,' zei Anders. 'Misschien is het moeilijk om afstand te houden omdat je... omdat je hier bent opgegroeid.'

Dat kan juist mijn kracht zijn, wilde Charlie zeggen, maar ze wist dat haar stem zou breken als ze dat zou doen.

'Ik denk...' ging Anders verder. Maar Charlie zou niet meer horen wat hij dacht, want voor hij iets kon zeggen, had ze al opgehangen.

42

Om vijf uur werd Charlie al wakker door de zon en het gekwetter van de vogels. Ze zweette, hoewel ze het dekbed van zich af had geschopt. Ze had over Annabelle gedroomd en dat ze met zijn tweeën over de grindweg achter de plattelandswinkel liepen. Zwijgend hand in hand. Iemand riep hen, en toen ze zich omdraaiden, zag Charlie een meisje op blote voeten in een witte nachtjapon, die snel op hen af kwam gelopen en met elke meter ouder leek te worden. Eerst werd ze een jonge vrouw, vervolgens een vrouw van middelbare leeftijd en toen ze vlak voor hen stond, was ze een skeletachtige, witharige oude vrouw. Maar het was zonder enige twijfel Betty.

Je zult nooit een danseres worden, Charline, zei ze glimlachend. *Alles wat je wilt, behalve danseres, schat.*

Toen pakte Betty Annabelle bij haar pols, en samen liepen ze weg.

Ik heb een hele tuin vol kersen, hoorde Charlie haar zeggen. *Het is net een paradijs. Ik heb het voor weinig geld kunnen kopen. De een zijn dood is de ander zijn brood, zoals het spreekwoord luidt.*

Charlie was niet in staat om hen na te schreeuwen of achterna te rennen. Het enige wat ze kon doen, was toekijken hoe Betty en Annabelle aan de horizon verdwenen.

Ze was in haar droom ergens heel dichtbij gekomen. Ze probeerde weer in te slapen, maar dat lukte met geen mogelijkheid. Om zeven uur stond ze op en schonk een groot glas water in uit de jerrycan die Susanne had meegenomen. De zon brandde al. Opnieuw een snikhete dag.

Ze zou zich niet bemoeien met het onderzoek, had ze tegen zichzelf gezegd na het gesprek met Anders de dag ervoor. Ze had Challe al genoeg geïrriteerd; nu moest ze hem laten zien dat ze wel degelijk bevelen opvolgde en niet labiel was. Maar dat was onmogelijk, besefte ze, het was onmogelijk om het onderzoek helemaal los te laten. Annabelle was nog steeds vermist en Charlie was hierheen gegaan om haar te vinden. En dat misstapje met die journalist... Dat betekende niet dat ze niet in staat was om dat meisje te vinden. Ze raakte er steeds meer van overtuigd dat ze niets over het filmpje had losgelaten. Waarom zou ze dat hebben gedaan? Dat ze zich misdroeg als ze dronken was, was tot daaraan toe, maar geheime informatie over een onderzoek prijsgeven, dat zou ze nooit doen, zo goed kende ze zichzelf wel. Toen ze haar koffie op had, ging ze naar binnen om Jane Eyre te halen. Er was vast niemand die er bezwaar tegen had dat ze Annabelles boek terugbracht naar haar ouders.

Betty's rode Monark-fiets stond nog steeds onder het afdakje van de houtschuur. Op de stang zat een fietspomp. Charlie pompte de banden op en controleerde of de remmen het deden.

Hoewel ze de hele weg naar Nora en Fredrik heuvelafwaarts fietste, was haar rug nat van het zweet toen ze aankwam. Ze zette de fiets tegen het hek en liep naar het huis. De grasmaaier stond nog op dezelfde plek als de vorige keer.

Fredrik deed open.

'Is er iets gebeurd?' vroeg hij.

Charlie antwoordde dat dat niet het geval was.

'Wat kom je hier doen?' vroeg Nora, die plotseling achter haar man opdook. 'Wat is er nu weer?'

'Ik wilde alleen een paar vragen stellen over een boek. Er is niks belangrijks gebeurd.'

'Kan ik daarop vertrouwen?' Nora keek haar wantrouwend aan. 'Als je bedenkt wat er in de kranten heeft gestaan. Maar jij kunt zeker ook niks over dat filmpje zeggen?'

'Je moet niet alles geloven wat er in de krant staat.'

'Wie moet je dan wel geloven? Waarom krijgen we niks te horen?'

'Ik ben met ziekteverlof,' zei Charlie. 'Ik zit niet meer op deze zaak.'

'Wat doe je hier dan?' vroeg Nora met een lege blik in haar ogen. 'Wat sta je hier dan over een boek te bazelen?'

'Ik kom het terugbrengen.' Charlie gaf Jane Eyre aan Nora. 'Je had me gevraagd haar boeken terug te brengen naar de bibliotheek,' ze richtte zich tot Fredrik, 'maar dit boek moet van Annabelle zelf zijn. Ik hoopte dat jullie zouden weten van wie ze het gekregen heeft. Er staat een opdracht in.'

Nora staarde haar aan zonder iets te zeggen.

'Alles oké?' vroeg Charlie.

'Waar heb je dat gevonden?' Nora wees naar de rode steen aan het kettinkje om Charlies pols.

'Dit? Dat is van mijn moeder geweest.'

'Wie is je moeder?'

Hoezo, wilde Charlie vragen. Ze had geen zin om Nora iets over zichzelf te vertellen. Toch zei ze hoe het zat, dat ze de dochter van Betty Lager was.

Nora bleef haar aanstaren.

'Is er iets...?'

'Ga weg,' zei Nora. 'Verdwijn.'

'Het lijkt me beter dat je gaat,' zei Fredrik.

'Maar...'

Charlie kreeg niet de kans om nog iets te zeggen, want Nora zette een stap naar haar toe en duwde haar tegen haar borst.

'Waar ben je mee bezig, Nora?' Fredrik pakte zijn vrouw bij haar schouders.

'Ik wil dat ze weggaat,' zei Nora terwijl ze naar Charlie wees.

'Wat heb je?' Fredrik probeerde Nora's wild zwaaiende armen vast te pakken.

'Ga weg jij!' gilde Nora. 'Ga hiervandaan, Charline.'

Daar en toen

Het begint met de luid miauwende kat. De geest zegt: leg haar voorgoed het zwijgen op.

'Dat kan maar één ding betekenen,' zegt Rosa ernstig. Ze gaan naar buiten, op zoek naar de kat. De rood gestreepte, krijsende kat is nooit moeilijk te vinden. Rosa hurkt neer en lokt de kat naar zich toe. Ze komt meteen aangelopen en strijkt langs Rosa's been. Rosa tilt haar op, en dan lopen ze naar de volle waterton onder de regenpijp achter het huis.

'Nu moet jij haar pakken en vasthouden.' Rosa geeft het miauwende dier aan Alice. 'Duw haar onder water.'

Alice schudt haar hoofd. Dat kan ze niet, niet met een onschuldig dier.

En Rosa zegt dat het niet om de kat gaat, maar om een verzoek van de geest. Als ze het niet doet, zal hun iets vreselijks overkomen, en dat wil ze toch niet?

Alice wil tegen Rosa zeggen dat ze niet in geesten gelooft en dat ze niet van plan is een kat te gaan verdrinken, wat Rosa ook zegt. Maar in plaats daarvan duwt ze het klauwende, blazende dier onder water en ziet de gele, angstige ogen haar van onder het water aankijken.

Het lukt niet. Ze kan het niet. De kat hapt naar adem als ze haar er weer uithaalt. Ze oogt zo klein en iel, met haar vacht tegen haar lijf geplakt. Maar ze klauwt niet meer, verzet zich niet meer. Haalt alleen nog maar hortend adem met haar ogen dicht.

'Ik kan het niet,' fluistert Alice.

'Dan moet ik het zelf maar doen.' Rosa trekt de kat uit Alice' handen. Die biedt nog steeds geen weerstand en blijft als een natte vaatdoek hangen. Er klinkt een zacht miauw voordat Rosa haar onder water duwt.

Alice draait zich om en houdt haar handen voor haar oren. Ze heeft het gevoel alsof ze zelf geen lucht krijgt. Alsof zij degene is die verdrinkt.

Naderhand begraven ze de kat in het weiland van Larsson. De koeien kijken hen verbaasd aan als ze met het natte bundeltje aan komen lopen.

'Niet verdrietig zijn, Alice,' zegt Rosa. 'Je weet toch dat de verdrinkingsdood de fijnste dood is. Vraag je vader maar. Alle zeemannen weten dat dat de beste manier is om dood te gaan. Maar de volgende keer,' zegt Rosa terwijl ze weglopen van het kattengraf, 'de volgende keer mag je me niet meer teleurstellen. Je weet toch dat ik alles voor je overheb, echt alles.'

Alice knikt. Dat weet ze.

'Anders kunnen we geen vriendinnen zijn,' vervolgt Rosa. Ze veegt haar modderige handen af aan het droge gras. 'Voor je vrienden moet je alles overhebben. Vergeet nooit wie je gered heeft.'

Een paar weken later vertelt Alice' moeder dat de buurvrouw vier in de steek gelaten kittens had gevonden, met allemaal dezelfde vacht als die rood gestreepte kat die altijd zo zat te miauwen. Ze waren pasgeboren, zegt ze, want hun ogen zaten nog dicht. De gestreepte kat zal wel overreden zijn, want een moederkat laat haar jongen nooit in de steek.

Die nacht ligt Alice wakker. Ze denkt aan de verlaten kittens, van wie de oogjes nooit open zullen gaan, ze denkt aan hun plakkerige lijfjes, ze hoort ze janken van de honger, ze ziet hun bekjes tevergeefs zoeken naar iets om op te zuigen.

Alice wil geen contact meer met geesten maken. Dat zegt ze tegen Rosa.

Waarom niet?

Vanwege de duivel. Hoe weten ze dat de duivel het glas niet stuurt?

Rosa zegt dat je zoiets gewoon weet. En als ze Alice was, zou ze maar doen wat de geest zei. Want misschien komt het wel door Alice' ongehoorzaamheid dat haar moeder niet beter wordt.

Later zal een jonge politieagent Alice strak aankijken en vragen of ze in geesten gelooft. *Geloof je in geesten, Alice?*

Alice slaat haar blik neer en zegt dat ze nergens meer in gelooft.

43

Haar handen beefden toen Charlie op de fiets stapte. Wat bezielde Nora? Waarom had ze zo heftig op de armband gereageerd en op het feit dat zij Betty's dochter was? Charline, zo had ze haar genoemd. Behalve Betty en de leerkrachten op de basisschool had niemand dat ooit gedaan. Ze moet me als meisje gekend hebben, dacht Charlie. Ze is iemand van vroeger die ik vergeten ben. Maar wat voor conflict had ze met Betty gehad? Aan haar reactie te merken was het geen kleinigheid. Dat was duidelijk.

Charlie moest met iemand praten die dit dorp kende. Ze stapte af om het telefoonnummer van Susanne op haar mobieltje te zoeken. Tien minuten later fietste ze haar oprit op. Alle zoons waren thuis, had Susanne haar gewaarschuwd, en Isak was aan het hardlopen, dus ze zouden niet met rust gelaten worden. Al ver voordat ze bij de voordeur was, hoorde Charlie hun luide stemmen.

Er werd niet opengedaan toen ze aanklopte, dus ging ze naar binnen. De teckel kwam haar in de hal tegemoet. Ze aaide hem even en wachtte tot er iemand aan zou komen, maar toen er niemand kwam, trok ze haar schoenen uit en liep naar de keuken. Susanne stond achter het aanrecht met haar voorhoofd tegen het kastje erboven geleund. Ze draaide zich pas om toen Charlie vlak naast haar stond.

'Ik hoorde je niet,' zei ze. 'Ja, hier win je niet de prijs voor beste moeder mee,' vervolgde ze toen ze twee gele oordopjes uit haar oren peuterde. 'Maar dit is de enige manier waarop ik het kan overleven. Ja, je hoort het zelf. Toen wij jong waren, was het heel anders. Toen had je deze nodig om het geluid van de volwassenen te dempen. Heb je al ontbeten?'

'Nee.'

'Eet maar met ons mee. We zijn er nog niet aan toe gekomen.'

Charlie knikte.

'We kunnen wel alvast beginnen voordat we de jongens roepen,' zei Susanne.

'Ik kom net bij Nora en Fredrik vandaan,' zei Charlie toen ze aan tafel zaten.

'Wat deed je daar? Je hebt toch ziekteverlof?'

'Ik wilde alleen even iets terugbrengen, maar Nora heeft me eruit gegooid.'

'Hè? Hoezo?'

'Nadat ik had gezegd wie mijn moeder was. Ze werd helemaal gek.'

'Die vrouw staat erom bekend dat ze gek is.'

'Maar waarom werd ze zo boos toen ik zei dat ik de dochter van Betty was? Ik kan me niet herinneren dat zij en Betty elkaar kenden.'

'Nora woont hier al zolang wij leven, maar ze is nooit op de feesten in Lyckebo geweest, dan zouden we dat nog wel weten. Maar misschien kwam haar man er wel. Jij weet ook wel hoe de mannen altijd om je moeder heen zwermden.'

'Zou ze daar dan nu nog zo boos over zijn? En dan ook nog op mij?'

'Het zal psychisch wel niet helemaal goed met haar gaan.'

De jongens kwamen beneden. Glazen melk werden omgegooid en boterhammen belandden met de beboterde kant op de grond. De op een na oudste, Nils, schold op zijn broertjes.

'Waar is hun grote broer?' vroeg Charlie.

'Melker zal wel boven zijn,' zei Susanne. 'Hij heeft al gegeten. Hij is een beetje een einzelgänger.'

'Politieagent?' zei Nils plotseling. 'Mag ik je mijn nieuwe kamer laten zien?'

Charlie keek Susanne aan. 'Is dat oké?'

Susanne knikte.

Ze kon maar beter meteen meegaan, anders bleef hij ze aan hun kop zeuren.

Charlie liep achter Nils aan de trap op naar boven.

Ze kwamen op de grote overloop. Charlie zag dat de stapels was sinds de vorige keer waren gegroeid. Eerst liet Nils de kamer van zijn broertjes zien, daarna die van zijn ouders en toen de werkkamer van zijn vader.

Charlie kon het niet laten om goed om zich heen te kijken. Langs de muren stonden wandvullende boekenkasten.

'Papa houdt heel veel van boeken.'

Charlie draaide zich om naar de stem van de oudste broer. Ze had hem niet horen aankomen.

'Hij houdt meer van boeken dan van films,' ging de jongen verder terwijl hij naar de boekenkasten wees.

'Dan moet jij Melker zijn,' zei Charlie. Ze stak haar hand uit.

Melker keek haar aan en negeerde haar hand. Ja, hij was Melker en hij leek op zijn vader. Hij hield ook meer van boeken dan van films.

'Ik ook,' zei Charlie.

Melker nam haar onderzoekend op. Alsof hij niet geloofde dat het waar was, dat er nog zo iemand op de wereld rondliep.

'Mijn moeder houdt niet van lezen,' zei Nils. 'Ze zegt dat papa deze kamer niet nodig heeft en dat een van de tweeling hem moet krijgen voordat ze elkaar de hersens inslaan.'

'Deze kamer blijft zo,' zei Melker met een boze blik naar zijn broer.

'Kom,' zei Nils. 'Ik zou je toch mijn kamer laten zien.'

Nils had de kamer die Susanne als kind had. Het behang was destijds kapot gekrabd door kattennagels en op de vloer had beige linoleum gelegen. Nu was de houten vloer weer tevoorschijn gehaald, en het behang was nieuw en gaaf.

Charlie ging op het bed zitten. De sprei was van dezelfde stof als de gordijnen die voor het raam hingen, met allemaal rare vogels in verschillende kleuren. Kinderen waren niet bepaald minimalistisch als het om spullen en kleuren ging, dat was wel duidelijk.

'Mooi, hè?' zei Nils.

'Hartstikke mooi. Leuke vogels.'

'Dat zijn geen vogels, dat zijn Angry Birds.'

'O,' zei Charlie.

'"Birds" betekent toch "vogels", dombo,' zei Melker, die de kamer was binnengestapt. '"Angry Birds" betekent "boze vogels".'

‘Ga mijn kamer uit,’ zei Nils.

‘Ik sta al buiten.’ Melker was aan de andere kant van de drempel gaan staan en stond met zijn bovenlichaam heen en weer te zwaaien.

Nils besloot hem te negeren en richtte zich weer tot Charlie.

‘Je bent hier voor dat meisje, hè?’ zei hij. ‘Om Annabelle te vinden.’

Charlie knikte.

‘Als je haar niet vindt, wordt papa verdrietig.’

‘Ja, want ze zat bij papa op school,’ zei Melker vanuit de deuropening. ‘Natuurlijk wordt hij dan verdrietig.’

‘Maar ze was ook vrienden met hem. Ze was bevriend met papa.’

‘Helemaal niet,’ zei Melker.

Charlie stond op, liep naar de deur en deed hem zonder een woord te zeggen voor Melkers neus dicht.

‘Wat bedoel je daarmee?’ vroeg ze. ‘Bedoel je dat Annabelle en je vader vrienden zijn?’

Nils knikte. ‘Ja, maar we hebben beloofd om het tegen niemand te zeggen. Ze was hier een keer toen mama met de tweeling bij een vriendin in Göteborg was. Het was midden in de nacht, maar ik had een nachtmerrie en toen werd ik wakker.’

‘Heb je dat aan je moeder verteld?’

‘Nee, want Melker zegt dat we dan geen nieuwe hond krijgen. Papa heeft ons een puppy beloofd.’

‘Heel goed dat je dit aan mij hebt verteld.’

‘Je zegt toch niks tegen mama, hè?’ De jongen keek haar angstig aan.

‘Het kan zijn dat ik het je moeder moet vertellen,’ zei Charlie, ‘maar niemand zal boos op je worden, Nils. Je hebt precies gedaan wat je moest doen.’

Halverwege de trap moest ze even op adem te komen om er niet al te gejaagd uit te zien. Isak Sander, dacht ze. De minnaar.

44

Fredrik stond in de keuken over het aanrecht gebogen en keek uit over de oprit. Hoeveel uren had hij al niet naar de weg staan staren? Het was een paar keer gebeurd – vooral als hij een van Nora's vele pillen had geslikt – dat hij dacht dat hij Annabelle zag, dat ze het hek openmaakte en naar het huis rende. Gisteren had hij haar nog in haar witte examentenue gezien, dat ze samen hadden uitgezocht voor de laatste schooldag van de basisschool. Aanvankelijk had hij het beangstigend gevonden dat zijn wensdromen zulke scherpe beelden in zijn hoofd konden creëren. Misschien was hij ook wel zijn verstand aan het verliezen, net als Nora?

Wat hij over het vermeende filmpje had gelezen, liet hem niet los. 'De gefilmde aanranding van Annabelle.' Toen hij het las, had hij meteen Olof gebeld en gevraagd wat er in godsnaam aan de hand was en waarom ze zulke dingen voor hem achterhielden. Olof had rustig geantwoord dat ze hun uiterste best deden en sommige dingen in het belang van het onderzoek niet naar buiten konden brengen. Fredrik kon schreeuwen wat hij wilde en vragen wat er gebeurd was en wie zich aan zijn dochter had vergrepen – was het Svante Linder? – maar Olof zei alleen maar dat hij het betreurde en had op het belang van het onderzoek gewezen. En wat Svante Linder betrof... Daar kon Olof ook niets over zeggen, behalve dat hij in hechtenis was genomen. Olof raadde hem aan de kranten niet meer te lezen, omdat die alleen maar losse nummers wilden verkopen en zo veel mogelijk clicks wilden scoren en dat ze in staat waren dingen te verdraaien. Olof had tegen hem gezegd dat hij zich op iets anders moest gaan richten – alsof dat mogelijk was.

Fredrik dacht terug aan zijn ontmoeting met Svante Linder die nacht. Kon iemand zo harteloos zijn dat hij een vader een heel pand liet doorzoeken naar zijn dochter, die hij... Ja, wat kon hij gedaan hebben? De jongen had een slechte reputatie, maar was hij echt in staat om…? Het lukte Fredrik niet om de gedachte af te maken.

Nora was buiten zinnen geraakt toen ze hoorde over het filmpje en dat Svante Linder was opgepakt. Ze had Fredrik geslagen en gekrabd toen hij haar had belet de auto naar het politiebureau te nemen. Als ze zo doorging, dacht hij terwijl hij over een schram op zijn arm wreef, als ze zo doorging zou ze binnenkort weer naar die inrichting moeten. Eigenlijk zou dat best fijn zijn, want het kostte hem nu heel veel energie om Nora in de gaten te houden en erop toe te zien dat ze at en sliep en dat ze… niet de hand aan zichzelf zou slaan. De dominee had gezegd dat hij haar niet alleen mocht laten.

Fredrik dacht aan de uitbarsting van vanmorgen tegen die arme politieagent. Waarom wekte haar overleden moeder zo veel woede bij Nora op? Betty Lager… Fredrik herinnerde zich die arme alcoholiste nog wel. Zelf was hij nooit op haar beruchte feesten geweest, maar naar verluidt ging het er altijd wild aan toe in Lyckebo. Hij kon zich niet herinneren dat Nora zich weleens negatief had uitgelaten over Betty Lager. Of wel?

Nu sliep Nora in elk geval op de bank in de woonkamer, met korte, hortende ademhalingen. Fredrik liep op kousenvoeten langs haar naar boven. Hij pakte de videocamera en de doos met de videobanden en ging naar Annabelles kamer. Op deze plek in huis voelde hij haar aanwezigheid het sterkst, daar kon hij nog steeds denken dat ze snel terug zou komen. Hij ging op de witte sprei op haar bed zitten en speelde de video af.

Annabelles grote, tandeloze glimlach, haar tong die door de opening naar buiten steekt. Ze mist vier tanden, zowel boven als onder, waardoor ze de s niet kan zeggen.

Ze lacht, probeert het.

De camera gaat op en neer omdat hijzelf moet lachen.

Waar ligt de tand die je gisteren hebt verloren?

In de geheime bergplaats, fluistert Annabelle terwijl ze naar de deur in de muur onder het schuine dak wijst. *Ik heb hem in de geheime bergplaats gestopt. Kan de tandenfee hem daar wel vinden?*

Fredrik zette de film op pauze en keek naar Annabelles grote kledingkast. Eigenlijk was het geen kast, maar een gang die naar hun slaapkamer liep. Nu herinnerde hij zich de bergplaats weer; ze hadden hem gevonden toen Annabelle nog heel klein was. Ze waren een hut aan het bouwen, en hadden toen bij toeval een losse plank in de muur ontdekt. In de muur achter de plank zat een diepe uitsparing, die Annabelle haar geheime bergplaats had genoemd. Toen de politie dagboeken, brieven of aantekeningen van haar had willen hebben, had hij niet aan die plek gedacht. Hoe had hij die kunnen vergeten?

Hij ging de kledingkast in, bukte onder het schuine dak en ging op zoek naar de losse plank. Als ze een dagboek had, lag het hier misschien. Hij voelde met zijn handen. Er lag inderdaad iets in. Hij viste er een notitieboekje uit, waar een paar krantenknipsels ingestoken waren. Hij vouwde het vergeelde papier open en las: DERTIENJARIGEN ACHTER MOORD OP JONGETJE VAN TWEE. Hij las de tekst vluchtig door. Hij herinnerde zich die zaak nog wel. Hij was destijds zelf ook een tiener, en iedereen had het erover hoe verschrikkelijk het was. Maar wat deed een bijna veertig jaar oud krantenknipsel in Annabelles kledingkast? Het had er niet gelegen toen hij het geld van de tandenfee erin had gelegd, dat wist hij zeker.

'Wat ben je aan het doen?'

Fredrik schrok op toen hij Nora in de deuropening zag. Snel legde hij het boekje en het krantenknipsel weg. 'Weet ik niet,' zei hij. 'Ik dacht… Ik voel me zo rot.'

'En helpt het dan om in haar kledingkast te zitten?'

45

Toen Charlie bij Susanne wegfietste, belde ze Anders.

'Je moet Isak Sander natrekken,' zei ze.

Door de harde wind hoorde Anders niet wat ze zei, zodat ze moest afstappen om te herhalen wat ze had gezegd.

'We hebben hem al nagetrokken,' zei Anders. 'Hij heeft een alibi voor de bewuste nacht en...'

'Isak Sander is de man die een verhouding met Annabelle heeft gehad,' zei Charlie. 'Hij is Rochester.'

'Hoe weet je dat?'

'Dat heeft zijn zoon me net verteld.'

'Zijn zoon?'

'Ja. Ik was net bij Susanne Sander thuis, en toen heeft een van haar zoons me verteld dat Annabelle en zijn vader bevriend waren.'

'Je zou je toch niet meer met het onderzoek bemoeien.'

'Maar ik mag toch wel bij mijn vrienden langsgaan?' zei Charlie.

'Sorry,' zei Anders. 'Ik bedoelde niet... We gaan hem natrekken.'

'En check dan meteen ook of hij een prepaidtelefoon heeft.'

'Natuurlijk,' zei Anders. 'Zeg, Charlie,' vervolgde hij.

'Ja?'

'Dank je.'

Charlie dacht aan Susannes verbazing toen ze ineens weg moest. Was er iets gebeurd, had ze willen weten. Charlie had gezegd dat er niets bijzonders was. Ze had gemerkt dat Susanne haar niet geloofde, maar ze had haar onmogelijk de waarheid kunnen vertellen met al haar kinderen erbij. Hoe zat het eigenlijk met Susanne, dacht Charlie. Wat wist ze van haar man?

De bewuste avond

Voordat ze de grote plattelandswinkel op de heuvel aan de overkant van de brug zagen, hoorden ze de muziek al.

'Wat een bas,' zei Rebecka. 'Je zou bijna willen dansen.'

'Hoe zie ik eruit?' vroeg Annabelle.

'Even perfect als altijd. En ik?'

Annabelle bestudeerde Rebecka's gezicht, vroeg haar omhoog te kijken, deed wat spuug op een vinger en veegde een beetje uitgelopen mascara van haar wang.

'Zo, ja. Nu ben je mooi voor je geliefde.'

'Ik wil niet dat je hem zo noemt,' zei Rebecka. 'Het is... Het is William maar.'

'Hoelang heb je eigenlijk al een oogje op hem?'

Rebecka schudde haar hoofd. Ze vond hem niet leuker dan de anderen.

'Maar wilde je al met hem naar bed toen wij iets hadden?'

'Hou nou op. Waar ben je mee bezig, zeg?'

Annabelle wist niet wat ze daarop moest zeggen. Ze zat er immers niet mee, maar nu ineens leek het belangrijk.

'Je moet één ding weten, Bella,' zei Rebecka. 'William zal nooit vóór jou gaan. Maar dat wist je toch al? Ik begrijp niet wat je hiermee wilt bereiken. Soms lijk je wel te zijn vergeten dat we beste vriendinnen zijn.' Ze liep weer door.

'Beste vriendinnen neuken elkaars vriendjes niet!' riep Annabelle haar na.

Rebecka bleef staan en draaide zich om. 'Hij is jouw vriendje niet meer. Je kan hem nu niet ineens weer terugnemen omdat je door die ander bent gedumpt.'

'Je had sowieso niks met William mogen beginnen,' zei Annabelle.

'Dat kun je niet maken. Wat doe je?' vroeg ze toen Rebecka zich bukte en met haar handen in het grind in de berm groef.

'Wie zonder zonde is, werpe de eerste steen,' zei Rebecka, die een handvol grind weggooide.

Annabelle schoot in de lach, wat Rebecka nog bozer maakte.

'Ik vind het echt bloedirritant dat je altijd begint te lachen als iemand boos op je wordt. Normaal ben je altijd zo ontzettend serieus. Wat is er mis met jou, Annabelle Roos?'

46

Toen ze terugkwam in Lyckebo zat de kat op de trap, alsof hij op haar wachtte. Toen ze de deur opendeed, liep hij met haar mee naar binnen. Charlie schonk wat melk in een kommetje en herinnerde zichzelf eraan dat ze kattenvoer moest kopen. Zelf moest ze ook nog iets binnen zien te krijgen, maar het was alsof haar hele systeem platlag. Ze had geen trek en bleef maar malen over wat ze vanmorgen te weten was gekomen. Susannes man had een verhouding met Annabelle gehad. Wist Susanne ervan? Zou ze zoiets voor zich hebben kunnen houden? Charlie dacht aan het heftige telefoontje van Hugo's vrouw. Jaloezie en ontrouw konden de meest normale mensen uit balans brengen.

Ze bleef een tijdje met de kat op schoot zitten. Achter zijn gehavende oor zat een grote volgezogen teek. Toen ze hem eruit trok keek de kat haar ongelukkig aan. Zijn ogen leken te zeggen: Kan ik je niet vertrouwen? Ga jij mij ook pijn doen? Charlie legde de teek op tafel en voelde de welbekende voldoening toen ze zag dat alle lichaamsdelen er nog aan zaten, dat het kopje en alle zwarte sprietjes nog intact waren. Daarna onderzocht ze de vacht van de kat wat grondiger; die zat vol teken van verschillende groottes. Tussen het uittrekken van de teken door aaide ze de kat onder zijn kin en op zijn buik. Inmiddels leek hij te begrijpen dat haar bedoelingen goed waren. Ze herinnerde zich dat Betty teken altijd verbrandde. Het maakte niet uit dat Charlie zei dat ze het akelig vond en dat het dierenmishandeling was, Betty genoot van het gevoel als de diertjes uit elkaar spatten en in een plasje bloed veranderden.

Nadat ze alle teken had verwijderd, gingen haar gedachten weer naar Isak Sander. Ze pakte haar mobieltje en googelde zijn naam. Op foto's zag hij er nog beter uit dan in het echt, stelde ze vast toen er een foto van hem op haar scherm verscheen. Behalve wat beknopte informatie over zijn adres, beroep en naamdag kon ze niets bijzonders over hem vinden. Alleen een kort artikel in de plaatselijke krant, waarin hij werd geïnterviewd over goede jeugdliteratuur. Isak Sander, bibliothecaris, vader van vier kinderen en de man van Susanne, maar ook een overspelige, onbetrouwbare klootzak.

In een poging wat afleiding te vinden, bond ze twee oude theedoeken om haar knieën en haalde de emmer met Betty's tuingereedschap uit het schuurtje, al die tijd met de klitterige kat in haar kielzog. Het harkje en het schepje waren zo verroest dat haar handen helemaal rood werden. Een hele tijd kroop ze op haar knieën door de tuin – ze trok, groef en hakte graspollen, distels en paardenbloemen weg. Nadat ze meer dan een uur had gewerkt, waren er slechts zeven kleine tegels zichtbaar geworden. Charlie zuchtte en gooide het schepje aan de kant. Het had allemaal geen zin.

Toen ze naar binnen ging om zich op te frissen, ging haar telefoon. Het was Susanne, die tussen haar gesnik en gevloek door duidelijk wist te maken dat Isak door de politie was opgehaald. Nee, ze hadden hem niet gedwongen om mee te gaan, alleen gezegd dat ze ongestoord met hem wilden praten, en daarna waren ze weggegaan.

'Waar zijn de kinderen?' was het enige wat Charlie wist te zeggen.

'Mijn moeder heeft ze opgehaald. Ik kan nu niet eens voor mezelf zorgen.'

'Ik kom eraan,' zei Charlie. 'Ik kom er meteen aan.'

'Isak is een lul,' zei Susanne. Ze zat op de bank een vreemd groenig drankje te drinken. De teckel lag naast haar en hief bezorgd zijn kop op naar het vrouwtje toen ze met schelle stem begon te praten. 'Maar je moet één ding weten, Charlie, voor mijn part rot hij weg in de hel, maar hij is niet iemand die een jong meisje ontvoert. Ik hoop dat je dat begrijpt.'

Charlie knikte, hoewel ze het niet echt begreep. Hoe moest ze het begrijpen? Ze kende Isak niet, en als iemand onder druk kwam te staan, als iemand zich bedreigd voelde, konden zich de meest onaangename persoonsveranderingen voltrekken.

'Wist je het?' vroeg ze. 'Wist je dat ze iets met elkaar hadden?'

Susanne knikte. Ze wist het.

En waarom had ze niets tegen de politie gezegd?

Ja, waarom niet? Misschien omdat ze niet wilde dat de vader van haar zoons, het hele gezin, ten overstaan van het hele dorp door het slijk gehaald zou worden.

'Maar Annabelle wordt vermist,' zei Charlie. Ze wilde er eigenlijk aan toevoegen dat de Susanne die zij ooit had gekend nooit zulke informatie zou achterhouden om haar eigen hachje te redden, maar Susanne was al genoeg van streek.

'Ik geloofde hem, denk ik, toen hij zwoer dat hij niets met haar verdwijning te maken had.'

'Was Isak die nacht thuis?' vroeg Charlie.

'Ja, ik denk het wel.'

'Dat dénk je?'

'Ik had twee slaappillen genomen,' zei Susanne. 'Twee slaappillen en pijnstillers. Hoe kan ik nou weten of hij thuis was?'

'Dus hij kan de deur uit zijn geweest?'

'Theoretisch wel.'

'En praktisch?'

'Ja, theoretisch en praktisch kan hij de deur uit zijn geweest, maar hij heeft haar niets aangedaan.'

'Heb je nu alles wat je weet aan de politie verteld?'

Susanne knikte. Nu had ze alles verteld wat ze wist. Maar ze wist zeker, honderd procent zeker dat Isak Annabelle niets had aangedaan.

'Soms,' zei Charlie, 'denk je dat je iemand kent, maar dan... Mensen zijn niet altijd wie je denkt dat ze zijn.'

'Alsof ik dat niet weet,' zei Susanne. Ze leegde haar glas. 'Maar Isak... Isak zou nooit... Allemachtig, als hij gewelddadig zou zijn, had hij een van de jongens allang een dreun verkocht. Je moest eens weten hoe ze ons tot waanzin kunnen drijven met hun geschreeuw en vechtpartijen. Isak is een geilneef en een leugenaar in een midlifecrisis, maar je moet me geloven als ik zeg dat hij niet in staat is om iemand iets aan te doen, althans niet fysiek.'

Ze zeiden een tijdje niets. Susanne reikte haar de fles aan. Toen Charlie haar hoofd schudde, zuchtte ze, schonk zichzelf in en nam drie grote slokken.

Charlie raapte haar moed bijeen en stelde de ongemakkelijke vraag.

'Heb je Annabelle gesproken?'

'Ze komt weleens in het motel, zoals ik al zei.'

'Maar die nacht? Heb je haar die nacht gesproken?'

'Welke nacht?'

'De bewuste nacht waarin ze verdween, dat snap je heus wel.'

'Nee,' zei Susanne. 'Ik heb haar die nacht niet gesproken. Maar daarvoor wel. Ik heb haar eerder die avond gesproken.'

De bewuste avond

Rebecka verdween voor haar op de weg. Annabelle overwoog naar huis te gaan. Wat had ze op een feest te zoeken waar bijna iedereen boos op haar was? Zelfs Jonas. Hij had haar met iemand op Gullö gezien en gevraagd wie het was. Maar natuurlijk had ze ontkend dat ze daar was geweest. Toen was Jonas boos geworden en had tegen haar gezegd dat ze de volgende keer maar iemand anders moest vragen als ze een lift nodig had. Hij was er klaar mee.

Annabelles gedachten gingen naar William. Hij was minstens zo teleurgesteld in haar als Jonas. En Becka, die zou toch de hele avond met William verdwijnen. Verder zou ze ongetwijfeld Svante Linder achter zich aan krijgen, en als iemand haar humeur kon verpesten was hij het wel. Dus waarom zou ze eigenlijk gaan?

Maar wat moest ze thuis doen?

Het enige wat ze echt wilde, was Hem zien. Wat zou er gebeuren als ze naar zijn huis zou gaan en aanbelde? Nee, ze moest het niet erger maken dan het al was. Ze wist bovendien niet waar zijn vrouw toe in staat zou zijn. Wat ze zojuist bij het weiland had gezegd... Dat waren geen loze dreigementen.

Op de trap voor de plattelandswinkel zat een meisje van een jaar of dertien een joint te roken.

'Je moet naar huis,' zei Annabelle. 'Je hoort hier helemaal niet te zijn.'

Het meisje lachte en zei dat ze daar schijt aan had. Als het hier echt zo gevaarlijk was, wat deed zij hier dan?

'Ik ben ouder,' zei Annabelle.

'Die paar jaar maakt ook niks uit, Bella.'

'Hoe komt het dat je mijn naam weet?'

'Waarom zou ik die niet weten? Hier kent iedereen elkaar toch?'

'Niet iedereen,' zei Annabelle, want ze was de naam van dit meisje vergeten, ook al had ze haar weleens gezien.

'Ik heet Sara. Ik ben hier alleen maar omdat... ik Svante wil zien.'

'Hij verkoopt niet aan kinderen.'

'Ik krijg het altijd gratis.' Sara keek haar uitdagend aan.

Annabelle deed haar mond open om te zeggen dat Svante nooit iets gratis weggaf, maar bedacht dat dat niet nodig was. 'Ga naar huis,' zei ze, 'en blijf bij Svante uit de buurt.'

De hal lag vol schoenen. Best grappig, vond Annabelle, dat dezelfde mensen die hier de muren bekladden, de meubels kapotsneden en de boel regelmatig onderkotsten toch respect toonden door hun schoenen uit te trekken voordat ze naar binnen gingen. Ze merkte dat ze meer drank nodig had. Om dit een leuk feest te laten worden, had ze veel meer drank nodig.

Toen ze de trap op liep, stelde ze vast dat Svante Linder er al moest zijn, want die rare muziek was ongetwijfeld zijn keuze.

Ik ga alleen voor vleselijke lusten
Wil al m'n zinnen blussen
Een paar meter bij je naar binnen dringen
Jij bent nat als een dweil, en ik ben jong en geil

47

Toen Charlie bij Susanne vandaan kwam, liep ze meteen naar het water. Ze had geen zwemkleding, maar wat maakt het uit, dacht ze, toen ze haar kleren uittrok en erin ging.

Sinds Mattias' verdwijning had ze nooit meer in Skagern gezwommen, omdat ze bang was dat zijn opgezwollen lichaam naast haar zou komen bovendrijven, maar nu... nu wist ze beter. Door te zwemmen kon ze haar gedachten op een rijtje zetten en een beetje afkoelen.

Het water had precies de goede temperatuur. Ze waadde een stukje en begon toen te zwemmen. Misschien had ze wat langer bij Susanne moeten blijven, maar dat had ze niet kunnen opbrengen. Ze was nog een paar uur gebleven en had het verhaal aangehoord over de foto die Annabelle naar Isak had gestuurd en de paniek die Susanne had bevangen toen ze de positieve zwangerschapstest had gezien. Ze was zo verschrikkelijk kwaad geworden dat ze zijn telefoon kapot had getrapt. Vervolgens was ze in de auto gestapt en naar Annabelle gereden om met haar te gaan praten. Ze had haar bijna aangereden op de grindweg niet ver van haar huis. Ze was gestopt en had afschuwelijke dingen geroepen. Achteraf had ze spijt. Eigenlijk was ze niet boos op het arme meisje, maar op Isak. Die avond had ze hem voor het blok gezet, waarna de oorlog was uitgebroken. Ze had tegen hem gezegd dat hij dood kon vallen, tegen hem gebruld dat het voorbij was en dat hij het huis uit moest. Maar toen waren de jongens wakker geworden en heel verdrietig geweest, dus was hij gebleven. Ze had een paar slaappillen genomen en was naar bed gegaan.

En toen, toen bekend werd dat Annabelle werd vermist, ja, toen leek ze alle energie om hem eruit te gooien kwijt te zijn.

Susanne had Charlie bezworen dat dit alles was wat er was gebeurd. Ze had op haar vaders graf gezworen dat ze die nacht thuis was.

Sprak ze de waarheid? Charlies intuïtie zei van wel, maar in dit geval kon je niet alleen op je intuïtie afgaan. Ze had Anders weer gebeld.

Toen ze zich omdraaide om terug naar het strandje te zwemmen, zag ze iemand op het zand zitten, niet ver bij haar kleren vandaan. Ze kwam dichterbij en zag dat het een man was in een korte broek en een T-shirt. Ze besloot nog even te blijven zwemmen tot hij wegging. Het water was nu niet meer verkoelend, maar ronduit koud. Ze rilde. Na tien minuten drong het tot haar door dat de man op het strand niet van plan was te vertrekken en dat hij zelfs van de situatie genoot.

'Wil je iets van me?' riep ze. Ze was nu zo dicht bij de kant dat ze de bodem voelde, maar haar lichaam was nog steeds onder water.

'Ik wil je even spreken.'

Pas toen zag ze dat het Johan was, die rotjournalist.

'Donder op!' brulde ze.

'Dit is toch geen privéstrand?' riep hij terug.

'Ik wil me zonder pottenkijkers aankleden.'

'Ik draai me wel even om.' Johan stond op en liep naar de bosrand.

Charlie liep snel het strand op en trok haar jurk over haar natte lichaam. Ze had net haar schoenen aangetrokken toen Johan terugkwam.

'Ik heb niet stiekem gekeken,' zei hij met een glimlach, 'dus je hoeft niet zo boos te kijken.'

'Wat moet je hier?' vroeg Charlie. 'Wat moet je van me? Snap je dan niet wat je aangericht hebt?'

'Aangericht?'

'Door jou ben ik op non-actief gesteld. Ik weet heus wel wat je van me wilde. Ik weet heus wel dat je op informatie over de zaak uit was.'

'Hoe bedoel je?' vroeg Johan.

'Precies wat ik zeg. Wat je in die rotkrant van je geschreven hebt, over dat filmpje, nadat je met me was meegegaan. Wat denk je dat mijn collega dacht?'

'Ik kon toch ook niet weten dat jij je collega over ons zou vertellen?'

'Hij heeft ons gezien. En de volgende dag wordt er in de krant over geheim materiaal geschreven dat alleen bekend was bij de politie. Dacht je nou echt dat ik daar geen last mee zou krijgen?'

'Wat ik geschreven heb...' zei Johan. 'Die informatie heb ik van een andere bron, en ik kon toch ook niet weten dat het jouw collega was die zijn hoofd om de deur stak toen we naar je kamer gingen.'

'Wie is je bron?'

'Dat kan ik niet zeggen.'

'Natuurlijk niet.' Charlie rolde met haar ogen. 'Hoe werken jullie eigenlijk? Hebben journalisten dan echt geen greintje ethisch besef? Hoe kun je je bron belangrijker vinden dan... Ik begrijp jullie niet.'

'Mijn bron is misschien wel een van jullie,' zei Johan, 'dus hou op met dat gezwets over ethisch besef in mijn beroepsgroep.'

'Vertel me dan wie het is.'

'Dat gaat niet.'

'Dan kun je maar beter gaan. Ik heb je niets meer te vertellen.'

'Je bent nogal verontwaardigd als mensen liegen,' zei Johan, 'maar je lijkt er zelf geen enkele moeite mee te hebben. Is dat niet een beetje... tegenstrijdig?'

'Je had moeten zeggen dat je journalist was,' zei Charlie zonder te antwoorden op zijn vraag. 'Waarom heb je daarover gelogen?'

'Wat denk je? Had je me dan meegenomen naar je kamer?'

'Nee.'

'Daar heb je je antwoord. En jij dan, waarom heb jij niet gezegd dat je van de politie was?'

'Weet ik niet.' Charlie liep naar haar huis.

Johan liep over het pad achter haar aan. Ze draaide zich om en vroeg waar hij mee bezig was. En hoe had hij haar trouwens gevonden?

'Ik zal het je eerlijk vertellen,' zei Johan, 'maar je gelooft me vast niet.'

'Waarschijnlijk niet.'

'Ik wilde je weer zien, maar de man van het motel zei dat je had uitgecheckt, dus toen heb ik wat rondgevraagd, en zo heb ik je gevonden.'

'Nu lieg je weer,' zei Charlie. 'Er zijn maar twee mensen die weten dat ik hier zit, en die hebben jou dat niet verteld.'

‘Kennelijk zijn zij niet de enigen. Iemand tipte me dat je hier zou kunnen zijn.’

‘Wie dan?’ Charlie draaide zich om.

‘Iemand die weet wie je bent, misschien.’

Een onbehaaglijk gevoel maakte zich van haar meester. Wie was deze opdringerige man eigenlijk? Wat wilde hij van haar? Moest ze misschien wegrennen? Ze was snel en kende dit bos op haar duimpje. Dat zou haar een voorsprong geven, maar zou ze de deur van haar huis op tijd op slot hebben gedraaid voordat Johan haar had ingehaald, mocht hij inderdaad besluiten haar achterna te gaan? Ze dacht aan die keer dat Betty met een grote wolfachtige hond van een vriend thuis was gekomen, waarop ze beloofd had te passen. *Laat hem niet merken dat je bang bent, schat, dan wakker je zijn jachtinstinct aan.*

‘Wie ben je eigenlijk?’ vroeg Charlie. ‘Niet dichterbij komen, ik meen het, ga achteruit.’

‘Mijn vader,’ zei Johan terwijl hij een stap naar achteren zette. ‘Mijn vader heeft hier gewoond toen ik klein was. In het huis daarboven, in Lyckebo.’

Onmiddellijk voelde Charlie de paniek in haar borst. Het knetterde in haar hoofd. Ze zag het meer, de diepte, voelde de machteloosheid weer, de schaamte.

‘Wanneer?’ vroeg ze, terwijl ze tegelijkertijd haar ademhaling onder controle probeerde te houden.

‘Twintig jaar geleden. Hij heette Mattias,’ zei Johan. ‘Mattias Andersson.’

Daar en toen

John-John zit in de zandbak voor de supermarkt. De minkukel is nergens te bekennen. Rosa fluistert vanuit de bosjes naar hem dat hij moet komen.

'Kijk eens hoe makkelijk dat gaat.' Ze roept John-John, maar John-John wil niet komen. 'We hebben lolly's,' zegt Rosa. 'Kom, dan krijg je er een.'

'Wat ga je doen?' vraagt Alice als John-John naar ze toe komt.

Rosa antwoordt niet. Ze pakt John-John bij de ene hand en Alice pakt zijn andere hand. Dan rennen ze zo snel weg dat John-Johns voetjes amper de grond raken.

Ze zijn net het dorp uit als hij om zijn moeder begint te huilen. De lolly's is hij al vergeten.

Het enige wat hij wil, is zijn moeder. *Mama, mama, mama.* Hij struikelt. Rosa sleurt hem mee aan zijn arm. Ze houdt niet van huilebalken, zegt ze. Als ze ergens een hekel aan heeft, zijn het wel huilebalken.

'Hij is zijn schoen kwijt,' zegt Alice. 'Zijn schoen is weg.'

'Kan mij die schoen bommen,' zegt Rosa.

Ze lopen langs het spoor, John-John hangt tussen hen in. Dan komen ze een vrouw met een bos bloemen tegen.

'Is hij verdrietig?' vraagt ze. Ze kijkt naar het snotterige kindje tussen hen in.

John-John heeft in zijn broek geplast en zijn polsen zijn helemaal rood omdat ze hem zo hardhandig hebben vastgehouden. 'Mama!' krijst hij. De vrouw houdt haar hoofd schuin en vraagt of ze misschien hulp nodig hebben.

Rosa zegt dat het wel goed komt, dat ze hun broertje naar huis brengen, naar zijn moeder.

'Hij is weggelopen,' verduidelijkt ze. 'Hij is een klein weglopertje.'

Als ze doorlopen, voelt Alice de blik van de vrouw in haar rug. Ze wil zich omdraaien en roepen dat ze wel hulp nodig hebben, dat iemand dit kind bij hen weg moet halen voor er iets vreselijks gebeurt.

48

Charlie probeerde Johan van zich af te schudden, maar hij bleef halsstarrig achter haar aan lopen over het pad naar het huis. Hij was niet alleen naar Gullspång gekomen om over de zaak te schrijven, maar ook om wat naspeuringen te doen. Annabelle was immers niet de eerste vermissing in het dorp, zijn vader was ook nooit teruggevonden. Hij was al vaak van plan geweest om hierheen te gaan, maar het was er nooit van gekomen.

Charlie vroeg of hij die avond echt niet wist ze was, en Johan zwoer dat hij het niet wist. Hij had haar gezien en vond haar aantrekkelijk. Het was gewoon een bijzondere samenloop van omstandigheden.

'Johan,' zei Charlie. Ze waren bij haar huis aangekomen en ze zou hem onder geen beding binnen vragen. 'Ik geloof je en zo, maar nu wil ik alleen zijn.'

'Charline,' zei Johan. 'Het spijt me heel erg dat ik niet meteen heb gezegd dat ik een journalist was.'

'Mij ook.' Charlie legde haar hand op de deurkruk. 'Het ga je goed.'

Johan bleef staan. 'Sorry,' zei hij. 'Ik heb… Ik heb zo vaak aan deze plek gedacht. Als jongetje zat ik maar te wachten tot ik hier kon gaan wonen. Mijn vader zei dat het een paradijs was.'

'Hij had het mis.'

'Mag ik even… Mag ik even rondkijken in het huis?'

Kwam het door haar schuldgevoel dat ze hem binnenliet en hem een glas wijn aanbood? Nu zat hij in elk geval hier, aan de keukentafel, waar Betty en Mattias druk bezig waren geweest met zijn komst.

Johan nam een slok wijn. 'Bijzondere smaak,' zei hij terwijl hij het glas bekeek.

'Het heeft jaren gerijpt,' zei Charlie.

Ze praatten nog wat door over zijn vader. Johan was ontroerd toen ze vertelde dat hij had geknokt om zijn zoon terug te krijgen. Zijn moeder had zijn vader niet beschreven als iemand die voor zijn kind knokte. Ze had haar hele leven volgehouden dat Mattias een halfgekke alcoholist was. Hij kon niet eens voor zichzelf zorgen, had ze gezegd, dus hoe kon hij dan ooit de zorg voor een kind dragen?

Charlie overwoog Johan te laten geloven dat zijn moeder gelogen had en alleen de mooie kant van het verhaal te vertellen: het gezin op het platteland, dat met hem compleet zou zijn, zijn zus, het kersenbos en het water. Maar ze was alle leugens beu.

'Je moeder had gelijk,' zei ze. 'Mattias was een zuipende halvegare. Betty, mijn moeder, was net zo. Ze waren allebei gek. Maar Mattias miste je echt heel erg. Ze wilden dat je hier kwam wonen.'

'Echt waar?'

Charlie knikte. Dat was de waarheid.

'Ik kan me haast niet voorstellen,' zei Johan, 'dat jij hier met mijn vader hebt gewoond.' Hij keek om zich heen in de keuken, alsof hij hen voor zich probeerde te zien: Charlie, Betty en Mattias. 'Hoe was hij voor jou?'

'Hij deed zijn best,' zei Charlie. 'Maar we hadden geen geweldige relatie. Dat had weinig met hem te maken, ik wilde mijn moeder gewoon voor mezelf. Ik wilde dat alles bij het oude bleef.'

'En je eigen vader?' vroeg Johan.

'Ik weet niet wie hij is. Ik denk dat mijn moeder de enige was die het wist, dus nu is er niemand meer om het aan te vragen.'

'Wanneer is ze overleden?'

'Nog geen jaar nadat Mattias verdween.'

'Was ze ziek?'

'Ja,' zei Charlie. 'Ze was heel erg ziek.'

Ze praatten nog wat over Mattias. Johan wilde dat ze hem alles vertelde wat ze zich nog van hem kon herinneren. Had hij gewerkt? Wat had hij voor interesses? Was hij gitaar blijven spelen? Wilde hij hem echt in huis nemen?

Charlie knikte. Ze hadden zelfs een kamer voor hem ingericht.

Johan wilde de kamer zien.

Ze liepen naar boven. Johan zei iets over de trap. Hij had nog nooit zo'n steile trap gezien. Zou je het wel overleven als je hiervanaf viel?

'Er zijn hier een hoop mensen vanaf gevallen, en die hebben het overleefd,' zei Charlie. 'Als je dronken bent wordt je lichaam slap en soepel, kennelijk.' Ze deed de krakende deur open van de kamer die recht tegenover haar kamer zat. 'Dit had jouw kamer moeten worden.'

Johan keek naar de wanden. Wie had al die autootjes geschilderd? Toen Charlie zei dat het Betty was, zei hij dat haar moeder... Haar moeder had echt talent.

'Ik heb geprobeerd haar iets anders te laten schilderen,' zei Charlie. 'Je leek me wat te oud voor autootjes.'

'Ik denk,' zei Johan terwijl hij met zijn hand over een auto gleed die op een Volvo leek. 'Ik denk dat ik me sowieso thuis had gevoeld.'

Charlie zei niets. Daar was ze niet zo zeker van.

'Wat is dat?' Johan wees naar een bouwsel langs een van de lange wanden van de kamer.

'Dat moest je bed worden. Mattias had bedacht dat hij een vast bed wilde bouwen, maar dat werd geen succes.'

Johan liep erheen en ging op het ding zitten dat een bed had moeten worden.

'Wat denk je dat er met hem is gebeurd?' Johan draaide zich naar haar toe.

'Hij is verdronken,' zei Charlie.

'Maar waarom is hij dan nooit gevonden? Als hij verdronken is, had hij toch boven moeten komen drijven?'

'Niet iedereen komt bovendrijven.'

'Jawel,' zei Johan. 'Vroeg of laat gebeurt dat.'

Charlie wilde vertellen over de onderstromen, de draaikolken en de turbine, maar realiseerde zich toen dat dat afschuwelijk zou klinken, dus zei ze dat hij misschien ergens was blijven steken, en dat de zoektocht na een tijdje was gestaakt.

'Ze hadden moeten blijven zoeken,' zei Johan. 'Ik had graag een graf willen hebben waar ik naartoe had kunnen gaan. Ik heb niet het gevoel dat ik het heb kunnen afsluiten. Zonder graf, bedoel ik.'

Een graf helpt niet, dacht Charlie.

'Ik was erbij,' zei ze ineens. 'Ik zat op de steiger toen hij met de boot het meer op roeide en keek toe terwijl hij stierf, dus ik weet dat hij daar ergens moet zijn.'

Er volgde een lange stilte. Charlie bedacht dat haar hartslag door de dunne stof van haar jurk te zien moest zijn. Ze probeerde Johans gelaatsuitdrukking te duiden. Was hij verdrietig, boos, opgelucht?

'Het is niet jouw schuld,' zei hij uiteindelijk.

'Maar zo voelt het wel.'

'Wat had je kunnen doen?'

'Ik had hem kunnen redden.'

'Hoe dan? Je was een kind.'

'Ik had het in elk geval moeten proberen. Maar het was alsof... alsof ik me niet kon bewegen. Ik snap dat het volslagen idioot klinkt, maar...'

'Het klinkt eerder alsof je in shock was,' zei Johan.

Charlie knikte, maar ze wist dat het niet waar was. 'Ik begrijp het als je het me niet kunt vergeven. Ik begrijp het als je...'

'Hij had het meer niet op moeten gaan,' zei Johan. 'Hij had aan de kant moeten blijven.' Hij stond op en liep naar het raam, zette het open, gaf Charlie een sigaret en nam er zelf ook een. 'Ik ben in elk geval blij dat je het hebt verteld.'

'Het ergste was,' zei Charlie, 'dat jij vlak daarna zou komen, dat hij jou bij zich zou hebben en dat hij dat nooit mee heeft mogen maken.'

'Ik denk niet dat dat was gebeurd,' zei Johan. 'Mijn moeder zou me nooit hebben laten gaan. Sinds Mattias me een keer op een station in Kopenhagen is vergeten, mocht ik nooit meer alleen met hem zijn. Ik had nooit bij mijn vader mogen wonen.'

'Je hebt een verstandige moeder, zo te horen.'

'Had,' zei Johan. 'Ze is een paar jaar geleden overleden, helaas. Kanker.'

'Wat naar.'

'Inderdaad. Het voelt leeg. Ik bedoel, ik ben enig kind, ik ben de enige die over is. Dat is soms heel moeilijk, om eerlijk te zijn. Ja, dat zul je misschien wel begrijpen.'

Charlie knikte. Dat begreep ze. Dat begreep ze maar al te goed.

Daar en toen

Dan rukt John-John zich los en begint te rennen.

'Pak hem dan, Alice,' gilt Rosa. Maar Alice staat erbij en kijkt ernaar. John-John rent een paar meter, maar dan heeft Rosa hem al te pakken. Ze trekt hem aan zijn trui, en er valt iets glimmends op de grond.

'Zijn ketting.' Alice bukt zich, raapt hem op en probeert hem aan John-John te geven. Maar hij is niet geïnteresseerd in het ding en blijft alleen maar krijsen. Rosa vloekt en stopt de ketting in haar zak.

'Rosa,' zegt Alice. 'Ik denk dat we hem nu beter naar huis kunnen brengen. We moeten hem terugbrengen.'

'Ik zit maar wat te dollen, joh. Ik wil hem gewoon een beetje bang maken.'

'Rosa!' zegt Alice. 'Volgens mij hoorde ik iemand roepen.'

'Stil,' zegt Rosa. 'Ik denk na.'

Maar John-John is niet stil. Hij krijst om zijn moeder en begint te trappen. Rosa vloekt en geeft hem zo'n harde klap dat hij omvalt.

'Hij is nog maar een peuter,' zegt Alice, die inmiddels ook huilt.

Rosa zegt dat iedereen stil moet zijn, maar John-John kan niet stoppen met huilen. Rosa gaat op zijn buik zitten en legt haar handen op zijn mond. Als hij begint te kermen, haalt Rosa haar handen van zijn mond en legt haar vingers om zijn hals. John-John zwaait met zijn handen in de lucht. Alice wil roepen dat ze hem los moet laten, ze moet hem loslaten voor hij… Maar ze staat erbij en kijkt ernaar. Als Rosa eindelijk loslaat, blijft het jochie roerloos liggen. Zijn gezichtje is niet rood meer. Rosa schudt aan zijn schouders.

'Wakker worden,' zegt ze. 'Word nou wakker, stom kind.'

Maar John-John wordt niet meer wakker.

49

Fredrik stond op uit zijn fauteuil en liep naar de keuken. Hij bleef een tijdje bij het aanrecht staan, draaide de kraan open, maar vergat te drinken. Toen ging hij weer naar de woonkamer.

Nora was naar de acute psychiatrie gebracht. Ze had geweigerd, maar de crisisarts had erop gestaan, en Fredrik had geen bezwaar gemaakt. Hij kon toch niets voor haar doen en daar zou ze in elk geval zulke sterke medicatie krijgen dat ze de werkelijkheid zou vergeten.

Voor hem op de salontafel stond een bruin houten kistje met een opengebroken slotje, dat hij van zolder had gehaald. Voordat Nora was vertrokken, had ze iets gemompeld over een kistje op zolder en dat hij nu wel mocht lezen wat erin lag, dat het haar niets meer uitmaakte. Je zult het me misschien niet vergeven, had ze gefluisterd, je zult het misschien niet eens begrijpen.

Iets in Fredrik wilde het niet weten en begrijpen. Hij voelde dat hij het effect dat de inhoud van het kistje op hem zou hebben niet zou aankunnen. Er zat een grens aan wat iemand kon incasseren.

Hij nam een grote slok whisky uit zijn glas, dat hij tot de rand toe had gevuld, legde zijn hoofd tegen de rugleuning van de bank en sloot zijn ogen. Hij zag Nora's verwachtingsvolle blik weer voor zich toen ze in dit huis gingen wonen. *Hier denk ik dat ik gelukkig kan worden.*

Maar ze is nooit gelukkig geweest, dacht hij, alleen in meer of mindere mate ongelukkig. Hij boog zich naar voren en nam nog een slok whisky, toen klapte hij het deksel open. In het kistje lagen notitieboekjes, krantenknipsels en een paar brieven. Hij begon de artikelen te lezen. Ze gingen over hetzelfde onderwerp als de knipsels in Annabelles klerdingkast, waarop hij al een blik had geworpen. Het notitieboekje dat hij daar gevonden had en waarvan hij had begrepen dat het een dagboek was, kreeg hier zijn vervolg. Doordat Nora snel achteruit was gegaan, had hij nog geen tijd gehad om het beter te bekijken. En aangezien het een dagboek van een hem onbekend meisje leek te zijn, had hij er niet zo veel belang aan gehecht. Maar hierin ging het verhaal dus verder. Hij werd koud vanbinnen toen het hem duidelijk werd wie de dagboeken had geschreven. Wie Alice was.

Drie uur en twee glazen whisky later stond hij op, pakte zijn telefoon en belde Charlie Lager.

De bewuste avond

'Annabelle!' riep Svante Linder toen ze de keuken in kwam. Hij zat met Jonas aan de keukentafel te roken. 'We dachten dat je weg was gegaan, dat je het druk had met ouwe kerels neuken.'

'Waar heb je het over?' zei Annabelle. Ze wierp hem een boze blik toe.

'Rustig maar.' Hij hield zijn handen voor zich. 'Rustig maar, sjezus. Ik zeg alleen maar wat ik gehoord heb.'

'Wat heb je dan gehoord?'

'Dat je ouwe kerels neukt. Dat je geen tijd meer hebt om te feesten omdat je zo veel neukt.'

'Je kunt beter ouwe kerels neuken dan kinderen.'

'Waar heb je het over?'

'Dat weet je best.'

Svantes ogen werden zwart. Hij leek haar te willen slaan, maar vroeg toen op overdreven lieve toon of hij haar iets te roken kon aanbieden, omwille van hun oude vriendschap.

Annabelle haalde haar schouders op. Daar had ze wel zin in, maar tegelijkertijd stond het haar tegen om iets van Svante aan te nemen. Er was iets met hem wat haar de rillingen bezorgde.

'Waar is William?' vroeg ze zonder op zijn vraag te reageren.

'In de neukkamer. Hij geeft Becka een beurt, omdat jij...'

'Hou op nou.'

'Kom,' zei Svante. Hij trok de stoel naast zich naar achteren en zwaaide met een gerolde joint. 'Je wordt vast een stuk vrolijker als je deze rookt.'

Annabelle ging naast hem zitten en hoopte dat hij gelijk had.

50

Johan was vertrokken. Misschien dat hij nog zou terugkomen, had hij gezegd. Aan de ene kant hoopte Charlie dat hij dat niet had gemeend, maar aan de andere kant miste ze hem vreemd genoeg nu al. Bij de deur hadden ze elkaar gekust. Hij had haar over haar haar gestreeld en gezegd dat hij blij was dat hij nu eindelijk duidelijkheid had.

Daarna was ze naar bed gegaan, en voor het eerst sinds lange tijd hadden haar dromen haar rust gegeven. Toen ze wakker werd was de zon weg en was de avondnevel de tuin in gegleden. Het was elf uur. Ze had net haar mobieltje gepakt, toen hij ging. Het was Fredrik Roos. Kon ze even langskomen? Hij had iets voor haar, iets wat ze misschien wel wilde lezen.

Een halfuur later stond Charlie voor zijn deur.

'Ik heb wat gevonden,' zei Fredrik. Hij gaf haar een tasje met een stapeltje krantenknipsels, een paar zwarte notitieboekjes en een stapel brieven. 'Ik denk dat Annabelle hier een deel van onder ogen heeft gehad.'

Charlie nam de tas aan.

'Je mag dit verder aan niemand laten zien,' zei hij.

Charlie deed haar mond open om iets te zeggen, maar Fredrik zette een stap naar achteren en deed de deur voor haar neus dicht.

Toen ze weer in Lyckebo was, ging ze in de keuken zitten en bladerde de krantenknipsels door met artikelen uit de jaren zeventig, die over een peuter gingen. De tweejarige John-John Larsson was op klaarlichte dag verdwenen van een parkeerterrein bij een supermarkt.

Een van de knipsels bevatte een foto van de familie van de vermoorde peuter: zijn moeder, vader en broer met hun armen om elkaar heen geslagen. Eronder op de pagina stond een foto van het kind dat hen ontvallen was: een glimlachend jongetje met krullen.

Charlies hersens draaiden op volle toeren. Haar vingers waren vochtig van het zweet terwijl ze door de artikelen bladerde. Wat had deze zaak met de vermissing van Annabelle te maken en waarom wilde Frederik dat ze dit las? Hij wist toch dat ze van de zaak gehaald was?

KINDEREN VAN DE DUIVEL? luidde een van de koppen. Het was een citaat van een familielid van het vermoorde jochie. In het artikel bevestigde de politie dat de hoofdverdachten in de zaak twee kinderen waren.

Charlie stond op en liep naar het aanrecht om haar wijnglas te vullen. De fles was leeg. Ze stapte in Betty's klompen en ging de kelder in om een nieuwe fles te halen. Terug in de keuken sloeg ze een van de zwarte notitieboekjes open. Het waren dagboekaantekeningen van een meisje dat Alice heette. Haar leven ging niet over rozen, dat werd al snel duidelijk. Ze beschreef de klauwachtige handen van haar moeder, het gemis van haar afwezige vader, haar angst voor de jongens die haar achternazaten als ze van school naar huis liep. Maar na een paar bladzijden sprak er plotseling blijdschap uit het krullerige en kinderlijke handschrift. Er was sprake van een nieuwe vriendin.

Ik kan me gewoon niet voorstellen dat zij, Rosa Manner, met mij om wil gaan, dat wij nu beste vriendinnen zijn. Toen volgden er lange, montere beschrijvingen van bezoekjes aan Rosa's huis. Daar mochten ze doen wat ze wilden, schreef Alice – bakken, de hele nacht opblijven, op doordeweekse dagen pizza bestellen. *Ik ben het gelukkigste meisje van de wereld.*

Het hele resterende deel van het eerste dagboek ging over Rosa, zwemmen in het meer, spelletjes en ruzies met iemand die 'de minkukel' werd genoemd.

Zodra Charlie het eerste dagboek uit had, ging ze meteen verder met het volgende. Hierin was de toon serieuzer, constateerde ze. Alice was het niet meer zo positief over alles wat Rosa deed. *Ik ben bang voor haar als ze boos is. Ik begrijp niet waarom ze zo boos is. En haar moeder... Daar is iets geks mee.*

Toen Charlie bij het derde dagboek was aangekomen, was het alsof tijd en ruimte verdwenen. Ze dacht er niet meer over na waarom ze het dagboek van een onbekend meisje las, waarom Fredrik haar dit gegeven had. Ze las over de spelletjes die uit de hand liepen, de dreigementen, alle vreemde mannen bij Rosa thuis. Ze las over de mishandeling van Rosa's zwangere moeder, over de man die haar had geschopt en het meisje dat doodgeboren was, over Alice' verwarring en angst. *Soms denk ik dat we de duivel toch hebben opgeroepen, wat Rosa ook zegt.*

En toen Charlie dacht dat het niet erger kon worden, werd de spanning verder opgevoerd. De rillingen liepen over haar rug toen ze over de kat in de waterton las, over Rosa die tegen Alice zegt dat ze als beste vriendin alles voor haar over moest hebben.

Het laatste dagboek was het meest onsamenhangend. Het was duidelijk dat er iets vreselijks was gebeurd.

Rosa had gezegd dat we het moesten doen. Ze zei dat ze hem alleen maar een beetje bang wilde maken. Maar nu... Wat hebben we gedaan??? Als de hemel en de hel bestaan, weet ik wel waar ik terecht zal komen. Dat zei ik gisteren tegen Rosa. Ik zei dat we hiervoor in de hel zouden komen. Zij zei dat het voor ons al een hel zou worden voordat we dood zouden gaan als bekend zou worden wat er gebeurd was. Want niemand zou ons geloven, niemand zou geloven dat het niet de bedoeling was, dat het een ongeluk was. Rosa had die patserige familie alleen maar bang willen maken. Zij kon er toch ook niks aan doen dat dat kind ineens gestopt was met ademhalen. Hoe kon zij nou weten dat het zo snel zou gaan? Maar misschien was de wereld toch niet zo onrechtvaardig, zei ze, want als iemand moest voelen hoe het was om je kind te verliezen, was het de vader van John-John wel.

Pas toen wist ik wie de man was die ervoor had gezorgd dat Rosa's zusje niet één keer had mogen ademhalen.

Toen ze het laatste dagboek uit had, stond Charlie op om een sigaret op te steken. Ze was zo opgeslokt door het verhaal over de meisjes, de peuter en de moord dat ze de gebeurtenissen niet in een breder perspectief had geplaatst. Wil ik eigenlijk wel meer weten, dacht ze. Het enige wat nog resteerde, waren de brieven. Charlies handen beefden licht toen ze de eerste brief uit de opengesneden envelop trok. De brieven bevatten geen afzender en bestonden uit slechts een paar regels. *Ben je vergeten wie je heeft gered?* Uit sommige brieven sprak alleen wanhoop over het uitblijven van een reactie: *Waarom reageer je niet?*

Pas toen ze bij de laatste brief op de stapel kwam, viel alles op zijn plek. Pas toen schreef de afzender hun namen voluit, zowel die van zichzelf als van de ontvanger. Zweepslagen knalden door Charlies hoofd, en ze moest op de keukenbank gaan liggen. Ze kwam weer overeind en las de laatste brief opnieuw.

Lieve Nora,

Het voelt raar om je geen Alice te noemen, maar daar hoef ik me misschien niet druk over te maken, aangezien je geen contact wilt. Misschien heb je gelijk, dat sommige mensen geen tweede kans verdienen. Ik wil je in elk geval laten weten dat ik hier niet ben komen wonen om je dwars te zitten, maar omdat ik je miste, omdat ik me aan de belofte houd die we elkaar ooit hebben gedaan. Ik dacht dat je blij zou zijn dat ik je gevonden had. Het was niet makkelijk, maar het is me uiteindelijk toch gelukt. Eigenlijk zou ik moeten verhuizen, maar mijn dochter voelt zich hier al thuis en ik heb een baan. Maar maak je geen zorgen, ik zal je met rust laten. Je weet waar je me kunt vinden als je je ooit bedenkt.

Je vriendin voor altijd,
Rosa 'Betty'

Charlie keek om zich heen in de keuken, naar de oude klok aan de muur, de koperen pannen, de broodstang aan het plafond. Het was alsof alles op haar af kwam, tegen haar praatte, alsof ze bezig was haar grip op de werkelijkheid te verliezen. Ik moet Anders bellen, dacht ze. Misschien heeft de vermissing van Annabelle wel met Nora's verleden te maken, misschien wil iemand wraak nemen, haar kind hetzelfde aandoen als dat waar zij getuige van is geweest. Ik ga Anders bellen, ik moet alleen eerst… even mijn ogen dichtdoen. Ze legde haar hoofd op haar armen op de keukentafel. Beelden van Betty dansten door haar hoofd. Betty in haar witte nachtjapon in het kersenbos, met loshangend haar en haar blik naar de hemel gericht. Zelf was ze weer het kleine meisje dat in het open keukenraam zat en meezong met het liedje.

En als de sterren die ons omringen
Uitbarsten in gezang
Kunnen we samen dansen en zingen
Hele nachten lang

De bewuste nacht

Ze waren naar de woonkamer boven gegaan en zaten in een kring op de grond. Er ging een sigaret rond en degene op wie de as viel, moest op elke vraag eerlijk antwoord geven.

Het jonge meisje van de trap van wie Annabelle de naam was vergeten, was te ver heen om de regels te begrijpen. Ze gaf antwoord op vragen die aan anderen werden gesteld, lachte om niets en kon niet stil blijven zitten.

'Moet je mij niks vragen, Svante?' zei ze giechelend toen er wat gloeiende as op haar schoot viel. 'Ga je me niet vragen wat er in de schuur is gebeurd...?'

'Ik weet niet waar je het over hebt,' zei Svante. 'Mag je trouwens zo laat nog wel uit zijn, Sandra?'

Het meisje keek hem uitdagend aan, zei dat ze Sara heette en dat ze zo lang mocht uitgaan als ze wilde. Ze was per slot van rekening al dertien.

Een jongen uit een klas boven Annabelle keek Svante aan en zei dat hij dus iets deed wat verboden was.

'Hou op,' zei Svante. 'Ik weet niet waar ze het over heeft. Zeg, Sandra,' zei hij, 'misschien moet je Stoffel wat te eten gaan geven. Volgens mij heeft hij honger.'

Sara stond op en liep wankelend weg. Ze hoorden haar iets roepen over schildpaddenvoer, maar daarna werd het stil.

De sigaret ging verder rond en de as belandde op Annabelles schoot. Ze wist het net op tijd weg te vegen voordat het een gat in haar jurk brandde.

'Je hebt pech,' zei Svante. 'Nu mag iedereen Annabelle iets vragen.'

Annabelle zuchtte en zei dat ze het een stom spel vond en dat ze helemaal nergens antwoord op hoefde te geven.

'Wie a zegt...' zei Jonas.

'In plaats van de waarheid zeggen,' zei Svante, 'kun je ook iets doen.'

Annabelle begon te lachen. Dit was precies hetzelfde als flesje draaien. Hoe oud waren ze? Vijf? 'Oké, dan ga ik wel iets doen. Maar ik ga niet op één been een rondje om het gebouw lopen.'

'Pijp me,' zei Svante terwijl hij naar zijn kruis wees. 'Ik heb gehoord dat je hele goede blowjobs geeft.'

'Even serieus.' Annabelle staarde hem aan.

Svante knikte. Als hij ergens geen grapjes over maakte, was het over pijpen.

'Schei uit verdomme, Svante,' zei Jonas.

'Hoezo?' zei Svante. 'Je zei net zelf: wie a zegt, moet ook b zeggen.'

'Ja, maar...'

'Doe je broek dan uit,' onderbrak Annabelle hem. Ze keek Svante aan. 'Ik kan het niet doen als je je broek aanhoudt. Of durf je niet? Ben je soms bang?'

Svante zei dat hij absoluut niet bang was. Hij zette zijn glas weg en knoopte zijn gulp open.

Annabelle kroop op handen en voeten over de vloer.

Svante zat grijnzend in zijn witte boxershorts.

'Uittrekken,' fluisterde ze toen ze dichterbij kwam. 'Alles uittrekken.'

Svante ging op zijn knieën zitten en trok zijn onderbroek naar beneden. Hij pakte haar bij haar haar en trok haar naar zich toe.

Jonas stond op en zei dat ze compleet gestoord waren.

Annabelle deed haar mond open, kwam dichterbij, maar toen, toen ze een paar centimeter bij Svante vandaan was, maakte ze zich los uit zijn greep.

'Jullie dachten toch niet dat ik het echt zou gaan doen?' zei ze. Ze rolde over de vloer. 'Stelletje sukkels,' zei ze lachend. 'Ik ben helemaal klaar met al die sukkels om me heen.'

51

Haar mobieltje trilde. Charlie nam op.

Het was Johan.

'Ik wilde even checken hoe het met je gaat.'

'Ik ben een beetje moe,' zei Charlie.

Ze keek naar de klok en zag dat het negen uur was, het was ochtend geworden, een nieuwe dag. Ze moest op de keukenbank in slaap zijn gevallen.

'Mag ik binnenkomen? Ik sta bij het hek.'

'Het komt nu niet zo goed uit,' zei Charlie.

Johan was iemand die niet wist wat het woord 'nee' betekende, merkte Charlie toen hij een minuut later op de voordeur bonsde. Ze had geen zin om van de bank te komen en hoopte dat ze de deur op slot had gedaan.

Dat was niet het geval, want een paar tellen later stond hij in de keuken. Ze zag hoe hij naar de chaos om haar heen keek: de krantenknipsels, notitieboekjes, enveloppen, de flesjes en de asbak.

'Wat wil je?' vroeg ze.

'Weet ik niet. Ik had het gevoel dat het niet goed met je ging.'

'Dat klopt. Maar ik vrees dat je me niet kunt helpen.'

'Heeft het hiermee te maken?' Johan wees naar de spullen op de keukentafel.

Charlie knikte.

'Mag ik het lezen?'

'Ja hoor. Vind je het goed als ik even naar bed ga? Ik geloof dat ik nog wat slaap nodig heb.'

'Ga je gang,' zei Johan.

Charlie ging naar haar kamer een kroop in bed. Ze dacht aan alle avonden en nachten dat ze daar gelegen had en geprobeerd had Betty te begrijpen. Was dit het antwoord op haar drankzucht, het duistere, haar onbekende verleden? Nee, stelde ze vast. Deze nieuwe, gruwelijke ontdekking vormde slechts de basis voor een nog groter 'waarom'. Waarom heb je het gedaan, mama?

De beelden van de vermoorde peuter achtervolgden haar in haar onrustige, zweterige slaap.

Toen ze wakker werd, wist ze niet of ze tien minuten of tien uur had geslapen en of het ochtend of avond was.

Johan zat nog steeds in de keuken.

'Hoe laat is het?' vroeg ze.

'Vier uur.'

''s Middags?'

'Ja.'

'Je hebt het gelezen, zie ik.' Charlie knikte naar de krantenknipsels.

'Ja, maar het duurde even voor ik het helemaal begreep.'

'Ik weet nog steeds niet of ik het begrijp, of ik het wel wil begrijpen.'

'Wist je hiervan? Ik bedoel... Wist je dat ze elkaar kenden, je moeder en Nora?'

'Nee, ik wist nergens van.'

'Wat een afschuwelijk verhaal.'

'Ik vermoord je als je er iets over in die rotkrant van je schrijft.'

'Wat denk je wel niet van me?'

'Ik ken je niet,' zei Charlie. Ze keek naar de papieren en notitieboekjes op tafel en kreeg ineens de behoefte om alles te verbranden, en te vergeten dat ze het ooit gelezen had.

'Denk je dat dit met de vermissing te maken kan hebben?' Johan keek haar aan.

'Weet ik niet.'

'Heb je je collega's al gesproken?'

'Dat ga ik doen.'

'Ik snap niet hoe ze het hebben kunnen doen,' zei Johan. 'Ik snap niet hoe je een klein kind zoiets aan kunt doen.'

'Ik neem aan,' zei Charlie, 'dat er iets grondig mis was in hun hoofd.'

'Volgens de dagboeken was je moeder de drijvende kracht.'

'Ja, maar wat weten we daar eigenlijk van? Nora is degene die het heeft geschreven. En het maakt ook niet uit, want toekijken is toch net zo erg?'

'Minder erg dan een jongetje van twee wurgen,' zei Johan. 'Niets is erger dan dat. Dan kun je ook zeggen dat jij mijn vader hebt verdronken omdat je hem niet gered hebt. Sorry,' zei hij toen hij Charlies blik zag. 'Ik bedoelde niet… Dat is helemaal niet hetzelfde…'

'Ik denk dat het tijd wordt dat je gaat.'

'Sorry,' zei Johan opnieuw. 'Het is gewoon niet te bevatten. Ik bedoelde echt niet…'

'Niks aan de hand, ik wil gewoon graag alleen zijn.'

Johan stond op, maar ging niet weg. Hij zette een raam open en pakte zijn sigaretten. Hij nam een paar diepe halen en keek uit over de tuin.

Charlie dacht dat hij zich misschien dankbaar voelde, dankbaar omdat hij niet aan de zorg van zijn vader was overgelaten, dat hij niet bij die idioten had hoeven opgroeien. Wat maakte het uit dat de tuin groot was, dat er water in de buurt was en het bos betoverend mooi? Wat maakte het uit, als de vrouw die zijn stiefmoeder zou worden… Ja, wat was ze eigenlijk?

Charlie liep ook naar het raam. Zonder iets te zeggen gaf Johan haar een sigaret en een vuurtje.

'Het kind dat na die mishandeling in de buik van mijn oma is gestorven,' zei Charlie. 'Begreep jij wie haar dat heeft aangedaan?'

Johan schudde zijn hoofd, dat had hij over het hoofd gezien.

'De vader,' zei Charlie. 'De vader van de peuter.'

Johan fronste zijn voorhoofd en zei zo lang niets dat Charlie zich gedwongen voelde het te verduidelijken: 'Hij is de man die mijn oma heeft mishandeld. Dat gebeurde voordat…'

'Dus het was wraak?' Johan keek haar vragend aan.

'Ik weet niet wat het was. Een ongeluk, hoop ik.'

'Als het de vader van dat jongetje was, ligt wraak meer voor de hand.'

'Het kan allebei zijn geweest. Een wraak die niet zo serieus bedoeld was, een uit de hand gelopen wraakactie.'

'We zullen het nooit te weten komen, denk ik,' zei Johan.

De bewuste nacht

Svante had nog meer in het tuinhuisje liggen, zei hij, sterker spul, dat haar zou laten vliegen, als ze dat wilde.

Maar Annabelle wilde alleen maar weg van zichzelf. Ze wilde iets wat al die rotgedachten tot zwijgen zou brengen.

Dat kon hij wel regelen, zei Svante. Als ze meeliep naar het tuinhuisje, kon hij haar wel helpen.

Heel even aarzelde Annabelle. Ze was liever niet alleen met hem. Tijdens het spel had ze zijn ogen zwart zien worden, maar nu leek hij niet meer boos te zijn.

'Kunnen we het hier niet nemen?' zei ze.

Svante schudde zijn hoofd. Dit spul wilde hij niet aan iedereen geven.

Ze liepen naar de hal beneden.

'Je hoeft je schoenen niet aan te trekken,' zei hij. 'We gaan alleen maar naar het tuinhuisje.'

'Deze tuin,' zei Annabelle toen ze aan de achterkant het pand uit kwamen, 'lijkt wel een oerwoud. En die bomen,' ze wees naar de fruitbomen, 'zakken die nou in de grond of komt de grond omhoog?'

'Is dat niet hetzelfde?' zei Svante. 'Shit.' Hij bleef staan.

'Wat is er?' vroeg Annabelle.

'Ik dacht dat ik een slang zag.'

'Ben je daar bang voor?' Ze glimlachte hem plagend toe. 'Als je zo bang bent voor slangen, had je je schoenen aan moeten doen.'

Zonder iets te zeggen liep Svante naar het tuinhuisje. Ze gingen op het bankje aan de muur tegenover elkaar zitten. Svante haalde een pakje met handgerolde sigaretten uit zijn zak, viste er een uit en stak hem op.

'Wat is het verschil met deze en die we zonet hebben gerookt?' vroeg Annabelle.

'Deze zijn sterker,' zei Svante. 'Ze komen harder aan.' Hij gaf haar de joint. 'Je moet de rook zo lang mogelijk in je longen houden voor je hem uitblaast. Dan heb je meer effect.'

Annabelle inhaleerde diep en wachtte zo lang als ze kon met uitblazen.

'Lekker?' vroeg Svante.

'Heerlijk,' zei Annabelle.

'Heb je dorst?'

Annabelle knikte. Ze had ongelooflijk veel dorst.

Svante boog zich voorover en voelde met zijn handen onder het bankje.

'Nou ja, zeg,' zei hij toen hij een fles vond. 'Komt dat even goed uit dat die hier ligt.' Hij draaide de dop eraf, nam een grote slok en gaf de fles aan Annabelle. Ze nam drie snelle slokken, tot het begon te branden in haar keel en ze moest hoesten.

Svante lachte en zei dat dit de sterkste zelfgestookte drank was die hij ooit had gescoord.

'Hoe sterk is het?' vroeg Annabelle toen ze hem de fles teruggaf.

'Ongelofelijk sterk,' zei Svante met een glimlach. 'Hier, neem nog wat.'

Annabelle wilde nee zeggen, ze had van alles al veel te veel op, toch dronk ze nog meer, de ene slok na de andere.

'En, hoe gaat het met de liefde?' vroeg Svante.

'Welke liefde?'

'Die vent die je op het eiland hebt geneukt. Was het lekker?'

'Ja hoor, best wel.' Annabelle schoot in de lach. Dat verbaasde haarzelf, want er viel niets te lachen. Maar wat ze ook probeerde, ze kon haar lachen niet inhouden. Het kwam door Svantes gezicht, het veranderde van vorm, werd wazig, groot, klein en weer groot.

'Wat is er met je?' vroeg Svante. 'Ben je aan het flippen?'

Annabelle probeerde te antwoorden, maar kon haar lippen niet vormen en haar tong lag groot en slap in haar mond. Ik moet terug naar de anderen, dacht ze. Ze trok de deur van het tuinhuisje open. Op de grond hing een wattige nevel. Svante riep haar na dat ze moest blijven, maar ze liep door. Het was onmogelijk om het paadje door het gras te volgen, want het bewoog heen en weer, splitste zich en verdween. Ze stopte om zich te concentreren op waar ze heen moest. Toen kreeg ze een duw in haar rug.

'Wat doe je?' zei ze met dubbele tong. Het volgende moment lag ze op de grond, met Svante op haar.

'Blijf stilliggen,' siste hij toen ze met haar handen naar zijn gezicht sloeg. 'Stilliggen en je bek houden, anders leg ik je voor altijd het zwijgen op.'

52

Johan wilde net gaan toen zijn telefoon begon te piepen. Charlie was met hem meegelopen naar de hal om de deur achter hem op slot te doen. Ze had geen zin in nog meer onverwacht bezoek.

'Shit,' zei hij toen hij het berichtje had gelezen.

'Wat is er?'

'Ze hebben haar gevonden.'

'Waar?' vroeg Charlie.

'In de rivier voor de plattelandswinkel. Bij de sluisdeuren.'

'Ik ga mee.'

Johan deed zijn mond open om te protesteren, maar ze had haar schoenen al aangetrokken.

In de auto op weg naar Valls plattelandswinkel dacht Charlie aan Fredriks rode ogen, Nora's rusteloze handen, de grasmaaier in de tuin, Annabelles roze meisjeskamer. De pijn. Ze dacht aan de tatoeage op Annabelles arm: BECKA AND BELLA FOREVER, aan de kleine puntkomma op Annabelles pols, aan het vervolg dat niet zou komen. Het verhaal zou hier eindigen.

Ze parkeerden onder aan de brug. Het was nog een paar honderd meter naar de sluisdeuren, maar dichterbij konden ze niet komen. Er stonden al een paar andere auto's langs de weg geparkeerd. Charlies blik bleef op een oude gele Volvo hangen met een sticker op de achterruit, waarop stond: JEZUS IS DE WEG, DE WAARHEID EN HET LEVEN. In het vuil ernaast had iemand geschreven: HELL NO!

Johan nam zijn camera mee, die op de achterbank van zijn auto lag.

'Kom je?' zei hij. 'Ik ken hier de weg niet.'

'Volgens mij is er een eindje verderop een pad,' zei Charlie.

Het pad was geen pad meer. Het was overwoekerd met kreupelhout en moeilijk begaanbaar. Maar na een paar minuten kwamen ze bij de afzetlinten. Ze waren niet de enigen. Er waren al een stuk of twintig mensen. De meesten zagen eruit alsof ze alles uit hun handen hadden laten vallen om getuige te zijn van de slotscène van het drama. In de verte hoorden ze duikers tegen elkaar zeggen dat ze vastzat, dat ze voorzichtig moesten zijn. Charlie en Johan wilden ernaartoe lopen, maar Micke hield hen tegen toen ze voorbij het blauw-witte lint probeerden te komen.

'Geen journalisten,' zei hij terwijl hij Johan aankeek. En toen Charlie vervolgens alleen probeerde door te lopen, legde hij een hand op haar schouder en zei dat de afzetlinten er niet voor niets hingen. Het was verboden voor onbevoegden.

Charlie maakte aanstalten om iets venijnigs te zeggen, maar bedacht toen dat ze Micke dat plezier niet gunde. Ze draaide zich om en liep snel weg.

'We nemen dat bosje daar verderop,' zei ze tegen Johan terwijl ze wees. 'Daar is een klif.'

Ze renden het bosje in en kwamen bij de rand van het klif, waar ze zicht hadden op de lichtgroene, door de zon verbleekte sluisdeuren en de waterval.

'Kijk,' zei Johan. 'Ze halen haar nu naar boven.'

Charlie wilde liever niet kijken, maar dwong zichzelf haar ogen open te houden. Ondanks de afstand konden ze het allemaal duidelijk zien: de gescheurde blauwe jurk die langs haar lichaam hing, de bladeren en waterplanten in haar donkerrode haar. Haar dunne, witte armen.

Het was alsof alle geluiden en de wereld om Charlie heen verdwenen. Ze was geen volwassen vrouw meer, maar een meisje, een meisje dat na een halve nacht stappen thuiskwam en de deur van haar moeders slaapkamer opendeed, een meisje dat roerloos op de steiger zat en toekeek terwijl Mattias door het donkere water van Skagern werd verzwolgen.

Waarom kom je nu, Charline? Waarom kom je nu, nu het te laat is?

Ooit kom je in zee uit. Vroeg of laat gebeurt dat.

Charlie draaide zich om en gleed van de berg af. Toen begon ze te rennen.

'Wacht!' riep Johan haar na. 'Blijf staan, Charlie!'

Maar ze holde door, net als in die nacht negentien jaar geleden. Ze rende zonder zich te beschermen tegen de takken die in haar gezicht sloegen, zonder op te kijken. En toen viel ze, ze viel en kreeg geen lucht meer. Ik moet opstaan, dacht ze, toen haar ademhaling weer normaal was, maar het lukte niet.

'Alles goed?' vroeg Johan toen hij naast haar stond. Charlie schudde haar hoofd. Het ging niet goed. Het ging absoluut niet goed.

'Je kunt hier niet blijven liggen,' zei Johan terwijl hij haar zijn hand aanreikte.

Charlie wilde protesteren en zeggen dat dat heus wel kon. Het was een aanlokkelijke gedachte: alles loslaten, blijven liggen en nooit meer overeind komen. Wat had het voor zin om op te staan en door te ploeteren in een wereld waarin jonge meisjes van rivierbodems werden gehaald, een wereld waarin tieners zich met drugs moesten verdoven om het vol te houden, een wereld waarin ze niemand kon redden, zelfs zichzelf niet?

Ze legde haar gezicht op de heide naast zich en deed haar ogen dicht, alsof alles om haar heen zou verdwijnen als ze haar ogen maar hard genoeg dichtkneep.

De bewuste nacht

De mist hing over de weilanden en de krekels tjirpten in de berm. Het meisje liep slingerend over de grindweg. Het klopte tussen haar benen, er stroomde iets uit haar. Eigenlijk zou ik moeten huilen, dacht ze, maar er kwamen geen tranen.

Hoe laat was het? Elf uur? Twaalf uur? Ze viste haar mobieltje uit haar tas. Bijna halfeen. Mama zou laaiend zijn. Ze zou haar in de deuropening opwachten, haar bij haar schouders pakken en door elkaar schudden en schreeuwend vragen waar ze gezeten had. Ze zou de scheuren, het bloed en haar kapotte jurk zien. Hoe zou ze dat moeten uitleggen?

Het draaide haar voor de ogen, de wereld om haar heen kreeg geen houvast. Het was alsof alles loshing, alsof ze ergens inging wat alleen voor haar echt was.

Ze keek uit over de weilanden en probeerde zichzelf te kalmeren door te denken aan wat haar vader vroeger altijd tegen haar zei: dat de mist dansende elven waren. Ze had in dat witte nog nooit meisjes kunnen ontwaren, maar nu zag ze hen, meisjes met wuivende armen op het weiland en in het bos.

Ze was zo in gedachten verzonken dat ze de persoon die voor haar stond pas zag toen de afstand tussen hen slechts een paar meter was. Ze gilde, maar toen ze zag wie het was, slaakte ze een zucht.

'O, jij bent het,' zei ze met dikke tong. 'Ik schrok me te pletter. Wat doe jij hier?'

'Ik wilde met je praten.'

'Vindt je gekke vrouw dat wel goed, Mr. Rochester? Of heb je haar opgesloten op zolder?' Annabelle begon te lachen.

'Is het waar?' vroeg Isak.

'Wat?'

'Ja, wat denk je… Dat berichtje dat je me gestuurd hebt, die foto.

Waarom lach je? Wat heb je allemaal genomen, en wat heb je met je hand gedaan?'

'Raak me niet aan,' zei Annabelle toen hij haar hand pakte. 'Je raakt me nooit meer aan.'

'We moeten praten, Bella, ik kan je helpen. Ik bedoel… om…'

'Om het weg te laten halen, zeker.' Annabelle liep wankelend naar hem toe en ging vlak voor hem staan. 'En als ik dat nou niet wil? Als ik het nou wil houden?'

'Denk aan je toekomst,' zei Isak. 'Denk aan alle dingen waar je van droomt.'

'Zak toch in de stront.' Ze gaf hem een duw tegen zijn borst. Isak pakte haar bij haar bovenarmen en hield haar vast.

'En, wat ga je nu doen?' Annabelle lachte. 'Wat ga je nu met me doen?'

53

Toen ze terugreden naar Lyckebo kreeg Charlie het koud. Johan trok zijn warme trui uit en stond erop dat ze die aantrok.

'Nogmaals, ik vind dat we met je collega's moeten bespreken wat we over Nora gelezen hebben.'

'Niet wíj,' zei Charlie, 'maar ík.' Ze wilde dat ze het materiaal nooit had doorgelezen, ze wilde dat ze gehoor had gegeven aan het bevel van Challe om haar handen van het onderzoek af te houden, ze wilde dat ze überhaupt nooit naar Gullspång was gegaan.

'Zal ik met je mee naar binnen gaan?' vroeg Johan toen ze bij haar huis waren.

Charlie schudde haar hoofd. Het enige wat ze nu wilde, was slapen.

'Hou die trui maar aan,' zei Johan. 'Die krijg ik een andere keer wel terug.'

Eenmaal binnen nam ze twee van de slaappillen die ze van Susanne had gekregen. Ze ging in bed liggen en hoopte dat het slaapmiddel haar in zo'n diepe slaap zou brengen dat ze niet hoefde te dromen.

Het eerste wat ze de volgende ochtend deed toen ze wakker werd, was Anders bellen.

'Hoe gaat het?' vroeg ze.

Anders deed een onhandige poging haar uit te leggen dat hij niets kon zeggen.

'Echt absurd dat je me niks kunt vertellen.'

'Dat is altijd zo,' zei Anders, 'als iemand van een onderzoek is gehaald.'

'Ik heb je Isak gegeven,' zei Charlie. 'Ik...'

'Maar je bent nog steeds geschorst.'

'Is hij het? Heeft Isak het gedaan?'

'Je geeft niet op, hè?' zei Anders. 'Isak heeft toegegeven dat ze een verhouding hebben gehad en dat hij die beëindigd heeft. Maar toen hoorde hij dat ze zwanger was. Hij heeft haar die nacht gezien, zegt hij, en geprobeerd met haar te praten, maar ze was verdrietig en boos en had verwondingen. En toen hij aanbood haar naar huis te brengen, had ze gebruld dat hij haar met rust moest laten.'

'Geloven jullie hem?' vroeg Charlie.

'Hij zegt dat hij zijn mond heeft gehouden vanwege zijn gezin. Hij wist toch niet meer dan anderen. Annabelle was immers al op de weg achter de plattelandswinkel gesignaleerd, en dat hij haar daar ook had gezien, zou toch niets hebben veranderd. Hij komt in elk geval oprecht verdrietig over.'

'En zijn vrouw,' zei Charlie. 'Hoe gaat het met Susanne?'

'We hebben haar verhoord. Ze heeft verklaard dat ze Annabelle die avond heeft gesproken over het mobieltje van haar man en haar berichtje daarop over haar zwangerschap. Er komen natuurlijk nog meer verhoren, maar als de autopsie niets anders uitwijst dan dood door verdrinking en er alleen sporen van de verkrachting worden gevonden, dan denk ik dat we hier niemand aan kunnen linken.'

Charlie zei niets.

'Ben je er nog?'

'Ja.'

'Zullen we later weer bellen?'

'Prima.' Charlie beëindigde het gesprek. Ze was van plan geweest Anders over haar ontdekkingen van de dag ervoor te vertellen, maar waarom zou ze? Ze leken niets met deze zaak te maken te hebben. Het was al erg genoeg dat ze het zelf wist.

54

De volgende dag kwam de regen. Voor het eerst in tijden voelde Charlie zich uitgeslapen toen ze wakker werd. Ze bleef nog lang liggen om naar het rustgevende geluid te luisteren van de druppels die het dak boven haar beroerden. Vandaag, dacht ze, vandaag ga ik naar Betty.

De begraafplaats was verlaten. De regen was net zo snel opgehouden als hij begonnen was. De lucht was helder en fris. Charlie liep over de aangeharkte paden en las de teksten op de stenen. Ze herinnerde zich de graven nog waarin ze als meisje extra geïnteresseerd was, de kindergraven met de kleine, witte kruizen bij de zuidelijke kerkmuur, het familiegraf met het gedicht van Ferlin.

Zelfs geen klein grijs vogeltje
Zingend op een groene tak
Kom je aan gene zijde tegen
En dat doet me pijn in 't hart

Charlie kon het niet laten wat grijs mos weg te peuteren dat het laatste woord van het vers bedekte. Maar toen ging ze naar de kastanjeboom pal naast de kerkmuur, de plek waar Betty Lager begraven lag.

Ze keek even naar de pikkende duif op de steen. Hij zat onder de vogelpoep. Betty wilde geen duif, geen grafsteen, geen woorden over gemis. Ze zou immers in 'zee' worden uitgestrooid. Maar nu was het daar toch allemaal: de steen, de duif, haar geboorte- en sterfdatum onder de inscriptie: BETTY LAGER, GELIEFD, GEMIST. Wie had haar begrafenis eigenlijk geregeld? Dat kon Charlie zich niet meer herinneren. Ze herinnerde zich sowieso bijna niets meer van de tijd vlak na Betty's dood.

Op het graf stonden geen bloemen of kaarsen, alleen een groene, struikachtige plant, dezelfde plant die op alle graven leek te staan die niet door nabestaanden werd verzorgd. Charlie klom over de muur van het kerkhof en plukte een grote bos roze en paarse lupines. Toen liep ze naar de waterkraan om een puntige vaas te vullen. Nadat ze de vaas in de grond had gestoken, ging ze bij het graf zitten en gleed met haar wijsvinger over de krullerige letters die Betty's naam vormden.

Betty Lager, dacht ze. Je had me de waarheid moeten vertellen. Misschien had ik je beter begrepen als je me verteld had wat er was gebeurd. Maar toen bedacht ze dat dat niet waar was, want als Betty haar de waarheid had verteld, had dat alles alleen maar erger gemaakt. Want hoe had ze als kind kunnen verwerken dat haar moeder een kind had gedood? Voor een volwassene was het al niet te bevatten.

Wie was je, Betty Lager? Wie was je precies, Rosa Manner?

Ze dacht aan het wraakmotief. Voldeed dat als verklaring? In een van de krantenknipsels had iets gestaan over het tragische verleden van de jonge daders – over misbruik, prostitutie en ziekte, door de samenleving in de steek gelaten. Maar dat was allemaal te simpel, vond Charlie. Er waren miljoenen kinderen die door hun ouders en de samenleving in de steek waren gelaten, maar die werden niet allemaal moordenaars. Er moest een extra duisternis in Betty gezeten hebben. Zit die ook in mij, kon ze niet laten zich af te vragen. Lijk ik op Betty?

Nee, dacht ze, nee, nee, nee. Ik ben Betty Lager niet. Ik ben niet zoals zij.

Toen Charlie een paar uur later weer terugkwam in Lyckebo, zag ze Johan op het terras. Hij zat tegen de muur aan met zijn ogen dicht in de zon. Hij had niet gemerkt dat ze er was. Ze bleef een tijdje naar hem staan kijken. Naar zijn bruine benen onder zijn korte broek, zijn krullen. Hij zat er ontspannen bij, alsof het zíjn huis was, zíjn bloeiende wilde tuin en zíjn terras. Ze liep naar hem toe. Johan deed zijn ogen open, keek haar aan en begon te glimlachen.

'Het is echt jouw ding, hè, om ongevraagd op bezoek te komen?' zei ze.

'Het spijt me als ik je stoor. Maar deze plek maakt me… rustig op de een of andere manier.'

Charlie ging op de stoel naast hem zitten.

'Wat gebeurt er nu?' vroeg Johan.

Charlie haalde haar schouders op, want ze wist niet wat hij bedoelde.

'Misschien kunnen we weer eens afspreken,' ging hij verder. 'Ik bedoel, als we weer in Stockholm zijn, even koffiedrinken of zo.'

'Prima,' zei Charlie. 'Dat kunnen we misschien wel doen, als de broer en zus die we hadden moeten zijn.'

'Ik ben blij dat we geen broer en zus zijn.'

Charlie glimlachte naar hem en bedacht dat ze iets soortgelijks terug moest zeggen, maar dat was misschien een tikje te… voorspelbaar.

55

Het werk in Gullspång zat erop. Charlie had verwacht dat ze opgelucht zou zijn om uit het dorp weg te kunnen rijden, maar er was iets in haar veranderd. Ik kom terug, dacht ze. Dit afscheid is maar tijdelijk.

'Niet te geloven, zoals jij rijdt,' zei Anders.

'Je bent gewoon jaloers,' zei Charlie.

'Hoezo? Omdat ik niet als een gestoorde adolescent rij?'

'Omdat je niet durft in te halen, omdat je altijd het zekere voor het onzekere neemt, omdat je het gaspedaal de hele tijd intrapt en weer loslaat…'

'Je bent nog steeds boos op me, hè?'

'Niet op jou,' zei Charlie. 'Op mezelf, vooral.'

'Vergeef jezelf,' zei Anders.

'Gardell?'

'Huh?'

'Wat je zei: "Vergeef jezelf". Dat gebruikte ik altijd als een mantra toen ik wat jonger was om mezelf gerust te stellen als ik… me een slecht mens voelde: "Voor alles wat je haat aan jezelf – vergeef jezelf." Volgens mij heeft Jonas Gardell dat geschreven.'

'Ik wist niet dat hij schreef, ik dacht dat hij alleen maar comedian was.'

'Ongelooflijk,' zei Charlie.

'En hielp het, die riedel?' Anders glimlachte naar haar.

'Nee,' zei ze. 'Ik heb altijd moeilijk kunnen vergeven.'

'Jezelf of anderen?'

'Allebei.'

Er klonk gemiauw van de achterbank.

'Challe zal niet blij zijn met die kat,' zei Anders. 'Je weet toch dat hij allergisch is voor huisdieren?'

‘Ik ben niet van plan om hem mee naar zijn huis te nemen.’

‘Maar als hij in deze auto gaat rijden, krijgt hij er last van.’

‘Dan zal ik hem even schoon moeten maken,’ zei Charlie. Ze lokte de kat naar zich toe, die bij haar op schoot kwam liggen.

‘Hij ziet er echt beroerd uit, zeg. Hij is meer dood dan levend.’

‘Hij komt er wel bovenop,’ zei Charlie.

Anders’ telefoon ging.

‘Ja,’ zei hij. ‘Ja, we zijn onderweg. Een uur of twee, denk ik. Ja, maar we nemen onderweg wel iets. Nee, want ik heb nu honger.’

‘Heb je nou net opgehangen?’ Charlie keek hem aan.

‘Ja, zij bepaalt verdomme niet wanneer ik eet.’

‘Je hoeft je tegenover mij niet te verontschuldigen, hoor,’ zei Charlie. ‘Ik ben het roerend met je eens.’

Ze stopten bij een fastfoodrestaurant. Anders bestelde een heel hamburgermenu. Ze aten zonder iets te zeggen.

Charlie moest weer denken aan wat er in de kranten over Betty en Nora was geschreven. De meningen over de werkelijke toedracht leken verdeeld te zijn. Was het het werk van twee psychopathische kinderen? Wat het een spel dat uit de hand gelopen was? Was het een logisch gevolg als kinderen in de marge van de samenleving moesten opgroeien? Charlie dacht aan het kindje dat haar oma had verloren, Betty’s zus, haar tante. Hadden de journalisten dat maar geweten. Dat zou het beeld van haar moeder als koelbloedige moordenaar misschien een beetje hebben bijgesteld, een greintje begrip voor de tragedie hebben opgeleverd. Of misschien had het niets uitgemaakt. Er was een jongetje van twee gedood – meegenomen, gewurgd en verstopt.

Charlie dacht aan haar oma. Cecilia Manner. Wat was zij voor vrouw geweest? Een verslaafde prostituee, als je mocht geloven wat er over haar was geschreven, een vrouw die haar eigen kind in het verderf had gestort. Maar Betty had nooit een kwaad woord over haar moeder gezegd. En ook al was Cecilia de slechtste vrouw van de wereld geweest, wie zegt dat alle schuld bij haar lag?

In een van de kranten had iemand geschreven dat er in de zaak van de dode peuter geen daders waren, omdat alle betrokkenen slachtoffer waren.

Dat is waar, dacht Charlie. In dit verhaal zijn alleen maar slachtoffers.

De bewuste nacht

Annabelle hoorde dat Isak haar nariep.

'Ik zei toch dat je in de stront kon zakken,' riep ze zonder zich om te draaien. 'Ik zei toch dat je me met rust moet laten.'

'Ik breng je naar huis,' riep Isak. 'Je kunt nu maar beter naar huis gaan.'

'Ik ga niet naar huis. Rot op.'

Toch hoopte ze dat hij haar achterna zou komen, dat hij haar weer vast zou pakken en zou zeggen dat hij van haar hield, dat alles goed kwam. Maar toen ze zich omdraaide was hij weg.

Ze bleef lange tijd staan en dacht na over wat ze zou doen. Ze kon immers niet naar huis. In plaats van door te lopen over de grindweg, liep ze naar de brug. Halverwege ging ze bij de reling staan en keek omlaag naar de zwarte stromen. De sluisdeuren stonden wijd open, constateerde ze, want ver onder haar kolkte en stroomde het water hevig. Ineens voelde ze de behoefte om over de reling te klimmen. Ze tilde haar jurk op en stond al snel aan de andere kant. De wind blies door haar haar, haar hoofd tolde. Als je duizelig bent, zei haar vader altijd, als je duizelig bent, moet je je blik op één punt richten. Ze keek omlaag, probeerde een vast punt te vinden in de draaikolken. Maar alles bewoog.

Toen ze de brug weer op wilde klimmen, gebeurde het. Ze viel, een klein misstapje en ze… zweefde door de lucht.

Vlieg ik, dacht ze nog, voor haar lichaam het wateroppervlak doorkliefde en ze de diepte in gezogen werd.

Bedankt

Lisa Andersson, omdat je de kiem hebt gelegd voor dit boek.

Andreas Andersson, omdat je me al die tijd hebt gesteund bij het schrijven. Dat heeft veel voor me betekend.

Mama, voor je sprookjes, omdat je me hebt laten geloven in iets wat er niet was, voor je warmte en je onbevooroordeelde kijk op mensen en omdat je altijd een hoge dunk van me hebt gehad (ook als iets anders toepasselijker was).

Papa, omdat je me het gevoel geeft dat er van me gehouden wordt om wie ik ben, voor alle mooi gekamde middenscheidingen, alle splinters die je eruit getrokken hebt en omdat je me een hoog arbeidsethos hebt meegegeven.

Mijn fantastische broers en zussen, Sofia, Petra, Jonna en Jonas, omdat jullie er altijd voor me zijn als het leven lastig wordt. Wie zou ik zijn zonder jullie?

Bengt-Arne en Helena, voor jullie steun.

Oma, voor onze gesprekken over literatuur en het leven en omdat je me hebt laten zien dat er veel mogelijk is. Je wordt gemist. Göran Höjman, omdat je voor ons hebt gezorgd alsof we je eigen vlees en bloed waren.

Céline Hamilton, voor je vriendschap, je vakkundigheid en omdat je ervoor gezorgd hebt dat ik het schrijven heb volgehouden toen ik het gevoel had dat het niet meer lukte. Ik heb veel geluk gehad met jou als agent.

Johan Stridh en Matilda Lund, voor jullie scherpe blik op mijn manuscript, voor jullie geduld en jullie kennis, van woorden en kunst tot waterinstallaties. Wat een geluk dat ik jullie bij me had op deze reis.

Karin Linge Nordh, omdat Annabelle je aansprak en je me bij de juiste uitgeverij hebt gebracht. Adam Dahlin, omdat je mijn manuscript in een vroeg stadium hebt geaccepteerd. Sara Lindegren en Marie Björk, voor jullie professionele werk rondom het boek.

Elisabeth Brännström en het hele fantastische team bij Bonnier Rights.

Ted Esplund, voor je hulp bij het politiewerk en het lezen van het manuscript. Mikael Schonhoff van de NOA, voor al je snelle antwoorden op mijn talloze vragen over jullie manier van werken.

Sara Hemmel, omdat je in me geloofde en mijn teksten bent gaan kopen. Mijn dank gaat ook uit naar je collega's Veronica Trajkovski-Malheden, Nina van den Brink en Kari Bjørnstad.

Cajsa Winqvist, dramaturg en lector, voor je fijne opmerkingen over mijn eerste manuscript, die me de hoop gaven dat ik ooit...

Titti Persson en Catharina Wrååk, voor het publiceren van mijn eerste novelle en omdat jullie me hebben doen inzien dat ik een schrijver zou worden.

Svante Weyler, omdat je de tijd hebt genomen om mijn teksten te lezen en te bespreken. Dat was heel waardevol.

Ebba Andersson, Åsa Andersson, Lina Andersson, Eva Birkstam, Rosie Orr, Pernilla Ek, Thordis Elva, Birgitta Schenatz en Anna Winberg, voor jullie hulp bij het lezen en jullie feedback. Daar heb ik erg veel aan gehad.